푸른사상 평론선 38

현대시의 가족애

맹문재

푸른사상
평론선

38

The Family Love of Modern Poetry

현대시의
가족애

맹문재

책머리에

그동안 발표한 평론 중에서 가족을 제재로 쓴 글들을 골라 묶는다. 평론집의 분량을 고려해 발표한 글들을 다 싣지 못해 다소 아쉬움이 든다.

가족을 제재로 한 평론집을 내기로 결심한 이유는 한국 사회의 가족 문제가 심각하다고 생각하기 때문이다. 생각하기조차 힘든 충격적인 사건이 연일 가정에서 발생하고 있듯이 우리 사회의 가족은 위협받고 있다. 혼인한 부부의 가치가 사회의 규범으로 정착된 핵가족 제도조차 유지되기 힘든 것이다.

가족이 파괴되고 해체되는 이유로는 개인적인 도덕의 타락을 들 수 있지만, 자본주의 체제의 모순도 무시할 수 없다. 취업이 힘들고 해고가 느는 등 노동 시장이 불안하고 저임금 노동자와 비정규직 노동자가 확대됨에 따라 원만한 가족관계를 이루기가 힘든 것이다. 따라서 가족애를 발휘할 수 있는 경제적 조건과 윤리의 마련이 필요하다.

한 부모 가구 및 1인 가구의 증가, 독거노인의 증가, 미혼율과 이혼율 증가…… 이와 같은 가족 상황에서 시인들이 추구하는 가족애는 의미가 크다. 가족 사랑이야말로 이 자본주의 사회에서 소외된 사람들을 끌어안는 구체적인 방법이다. 이 평론집에서 필자가 궁극적으로 추구하는 가치이기도 하다.

이 평론집에 함께한 시인들과의 인연을 귀하게 생각한다. 더욱 깊게 책을 읽고 세상을 읽고 그리고 나를 엄정하게 읽으며 글을 쓸 일이다.

2022년 9월 25일
맹문재

차례

현대시의 가족애

제3부

제4부

제1부

경물(景物)의 시학
— 유진택 시집, 『염소와 꽃잎』

1.

　유진택 시인은 경물을 바라보면서 가족과 연인은 물론 자신이 살아가는 이 세계를 사랑하고 있다. 주관적인 감정이나 관념으로 대상을 노래하는 것이 아니라 경물과 객관적인 거리를 유지하면서 사랑을 의미화하는 것이다.

　경물시는 대상에 대한 묘사를 중시한다는 점에서 영미의 이미지즘 시와 유사한 면이 있다. 작품의 자아가 중심이 되지 않고 대상 스스로 존재성을 드러낸다는 차원에서 공통점이 있는 것이다. 그렇지만 이미지즘 시에서의 시적 대상은 자아의 가시적인 범주로 한정된 것으로서 단순화되고 객체화된다. 객관의 기준을 시인의 눈앞에 드러난 형상 그 자체에 두기 때문에 대상은 고유한 속성을 나타내지 못한다. 시적 대상은 시적 자아에 의해 사물화된 객체, 즉 시적 자아가 주도하는 타율적인 대상에 불과한 것이다. 따라서 형상 너머에 존재하는 대상의 의의를 자율적으로 환기하는 경물시와는 차이를 보인다.[1]

　경물시는 작품의 자아와 대상의 관계가 유연하고 자율적이다. 상호 독립성

---

[1]　장동석, 「한국 현대시의 경물 연구」, 홍익대학교 대학원 국어국문학과 박사학위 논문, 2010, 29~35쪽.

을 지니면서 자아가 보지 못한 대상의 의미를 수용하는 것이다. 그리하여 경물의 형상 너머에 존재하는 본질을 비추어보며 유기적인 관계를 갖는다. 자아와 대상이 통합이나 융합을 추구하지 않더라도 서로 친밀하고 조화로운 서정성을 띠는 것이다. 동화나 투사를 통한 자아와 대상의 동일화를 추구하는 것과는 다르게 자아가 중심이 되지 않으면서 대상과 조화와 균형을 이루는 것이다.

> 버드나무가 머리칼 풀어 강둑에 늘어지면
> 산비탈 앵도화도 화르르 피었지요
> 벌 떼들 부릉거리며 꿀샘 찾아다니면
> 강 언덕 산도화도 뺨 붉어졌지요
> 봄날이면 산골짝 따라 쑥꾹새 소리 어지럽고
> 벌들은 달콤하게 울었지요
> 온종일 풀밭 위에 벌렁 드러누워
> 강물 같은 구름 한 점 목메어 바라보네요
>
> ― 「봄날 잔치」 전문

위의 작품의 화자는 "버드나무가 머리칼 풀어 강둑에 늘어지면/산비탈 앵도화도 화르르 피"는 모습을 묘사하고 있다. "벌 떼들 부릉거리며 꿀샘 찾아다니면/강 언덕 산도화도 뺨 붉어"지는 모습이나, "봄날이면 산골짝 따라 쑥꾹새 소리 어지럽고/벌들은 달콤하게" 우는 모습을 그린 것도 마찬가지이다. 그와 같은 상황 속에서 화자는 "온종일 풀밭 위에 벌렁 드러누워/강물 같은 구름 한 점 목메어 바라"본다. 버드나무며 앵도화며 벌 떼며 산도화며 쑥꾹새를 관조적인 태도로 향하여 보는 것이다. 그러면서 화자는 대상들을 단순히 바라보지 않고 표상 너머의 의의를 추구한다. "봄날 잔치"를, 봄날의 아름다움과 생명력과 평화로움을 의미화하는 것이다.

현대시의 가족애

한평생 독서삼매에 빠진 그를 존경한다
책장 활짝 펼쳐 든 그를 보면 희망이 생긴다
그가 독서를 하기 위해
날아간 곳은 꽃들이 만발한 꽃밭
독서삼매에 빠지려면 꿀샘을 빨듯이 해야 한다며
눈은 찬찬히 분홍 꽃술을 읽는다
책장은 단 두 장이지만 달콤한 내용이라
한번 빠지면 좀체 헤어나올 수 없다
개구쟁이의 손길에 깜짝 놀라
책장을 펄럭이며 날아가는
그의 목적지는 또 다른 꽃밭이다

—「나비 1」 전문

위의 작품의 화자는 "한평생 독서삼매에 빠진" "나비"를 "존경"하면서 "책장 활짝 펼쳐 든 그를 보면 희망이 생긴다"고 말한다. 자기중심의 세계관을 지양하고 "나비"와 상호 관계를 갖고 그의 고유성을 나타내는 것이다. "나비"가 "독서삼매에 빠지려면 꿀샘을 빨듯이 해야 한다며/눈은 찬찬히 분홍 꽃술을 읽는" 모습이나 "책장은 단 두 장이지만 달콤한 내용이라/한번 빠지면 좀체 헤어나올 수 없"는 모습을 묘사한 것도 그러하다. "나비"가 "날아간 곳은 꽃들이 만발한 꽃밭"인데, 그곳에서 "독서"하는 모습을 그린 것도 그의 존재성을 의미화한 모습이다. 화자는 이와 같은 자세로 사랑을 변주한다.

2.

느티나무 아래 평상이 부산하다
쉴 날도 아닌데
할마씨들 죄다 느린 손 내려놓았다
느티나무를 쓸고 오는 바람조차 끈적거려

할마씨들 늙은 닭처럼 퍼들고 앉아 수다를 떤다
노모는 외따로 돌아앉아 설레설레 부채질이다
부채 바람이 홑적삼 펄럭일 때마다
메마른 젖꼭지 홑적삼 빤히 열고 내다본다
황무지에 박혀 있는 폐공처럼
젖줄이 마를 나이
팔십 줄 노모에게 어떤 자식들이 반겨주리
자식 많아봐야 소용없다는 것 알면서도
눈길이 닿는 곳은 동구 밖 신작로
뿌연 먼지 날리며 버스가 설 때마다
외아들 놈 오는지 마음은 까치발이다

—「폐공」 전문

"할마씨들 죄다 느린 손 내려놓"은 "느티나무 아래 평상이 부산"한 정경을
화자는 묘사하고 있다. "쉴 날도 아닌데" 할머니들이 평상에 모인 것은 "느티
나무를 쓸고 오는 바람조차 끈적거"리는 날이어서 일하기 힘들기 때문이다.

"할마씨들 늙은 닭처럼 퍼들고 앉아 수다를" 떨고 있는데, "노모는 외따로
돌아앉아 설레설레 부채질"을 한다. "부채 바람이 홑적삼 펄럭일 때마다/메마
른 젖꼭지 홑적삼 빤히 열고 내다"보기도 한다. "황무지에 박혀 있는 폐공처
럼/젖줄이 마를 나이"인 "팔십 줄 노모에게 어떤 자식들이 반겨"줄 것인가마
는 "노모"는 자식 사랑을 포기하지 않는다. "자식 많아봐야 소용없다는 것 알
면서도/눈길이 닿는 곳은 동구 밖 신작로/뿌연 먼지 날리며 버스가 설 때마
다/외아들 놈 오는지 마음은 까치발"인 것이다. "노모"는 자식으로부터 어떤
사랑을 받기보다 자식에게 사랑을 주는 데에서 행복을 느낀다. "노모"의 그
사랑은 자식으로부터 대가를 바라지 않고 헌신하는 것이기에 숭고하다. "노
모"의 얼굴은 지극히 도덕적인 힘을 지닌다.

어머니의 얼굴은 자식을 걱정하고 안쓰러워하고 희생하는 마음이 배어 있

현대시의 가족애

기에 어떤 강자의 얼굴보다 힘이 있다. 자식은 어머니의 얼굴을 통해 자신을 둘러싸고 있는 세계로부터 이탈될 수 없음을 자각한다. 타자로부터 자신을 분리해서는 정체성을 확립할 수 없음을, 타인의 얼굴을 인정하고 수용할 때 진정한 자신의 얼굴을 만들 수 있음을, 어머니의 얼굴에서 깨닫는 것이다. 그리하여 자신의 얼굴을 만들기 위해 어머니의 얼굴을 최대한 품는다. 타자를 배척하기보다는 자신을 낮추어 품는 것이다.[2]

> 호박꽃이 색소폰처럼 벌어진 날이었다
> 산 녘에 산제비나비 날고 보름달이 만삭일 때였다
> 평상에 가족들이 제비 새끼처럼 모여 앉아
> 호박잎쌈 우격다짐으로 입속에 밀어 넣었다
> 콧김 푹푹 뿜으며 악다구니로 씹는 입들이
> 둑에 엎어져 되새김질하는 황소의 주둥이를 닮아간다
>
> ─「봄밤」 전문

위의 작품의 "봄밤" 이미지는 "호박꽃이 색소폰처럼 벌어"지고, "산녘에 산제비나비 날고 보름달이 만삭"인 것으로 표현되고 있다. 작품의 화자가 대상들을 객관적으로 묘사해 모두 자족성을 지닌다. 대상들이 인과론적인 연관성이나 원근법적인 관계에서 벗어나 고유성을 유지하고 있는 것이다. "봄밤"은 화자가 비추어본 질서나 범주를 넘어서는 의미를 생성한다. "평상에 가족들이 제비 새끼처럼 모여 앉아/호박잎쌈 우격다짐으로 입속에 밀어 넣"는 모습이나, "콧김 푹푹 뿜으며 악다구니로 씹는 입들이/둑에 엎어져 되새김질하는 황소의 주둥이를 닮"은 모습이 그러하다. 화자는 호박꽃, 산제비, 보름달, 가족, 황소 등을 통해 풍요롭고 생명력 넘치고 평화로운 가족 사랑을 내보이고

---

2   맹문재, 「얼굴의 시학」, 『시학의 변주』, 서정시학, 2007, 46~47쪽.

있는 것이다.

작품의 화자가 "노파가 배부른 암소를 몰고 가듯/구름장을 헤치며" 가는 "보름달"에서 "산달이 되어 친정에 몸 풀러" 가는 "엄마"(「만월」)를 떠올리는 것도, "달밤에 아내가 뜨개질을" 하는 모습에서 "언젠가 내 아내가 된 외계인 이/제 고향으로 돌아가려고/대바늘로 외계의 전파를 잡는"(「외계인 아내」) 자세로 여기는 것도 가족 사랑의 변주이다.

3.

> 고목 등걸에서 하트 잎새가 솟아올랐다
> 나에게 악수를 청하듯
> 잎은 뜨거운 심장을 갖고 있었다
> 그 옛날 여자와 사랑을 나누던 일을 기억한다
> 어쩌다 내 마누라가 되지 못했지만
> 그때 왜 그녀와 틀어졌는지를 후회한다
> 그때 내 몸속에서 불타는 심장을 꺼내주듯
> 여자에게 피 끓는 사랑을 고백했다면
> 누가 아느냐
> 지금쯤 내 마누라가 되어
> 고목 아래서 알콩달콩
> 지나간 사랑 얘기에 묻혀 있을 줄을
>
> ─「고백」 전문

위의 작품의 화자는 "고목 등걸에서 하트 잎새가 솟아"오른 모습을 바라보면서 "악수를 청하듯/잎은 뜨거운 심장을 갖고 있"는 것을 발견한다. 주관적인 감정을 지양한 채 수평적인 관계에서, "잎새"와 시선을 교환하면서 "사랑"의 고유성을 자각하는 것이다. 다시 말해 화자에 의해 설명되거나 확정되지

현대시의 가족애

않고 "잎새"의 이미지를 통해 "뜨거운 심장을 갖"는 "사랑"을 알게 된 것이다. 그리하여 화자는 "그 옛날 여자와 사랑을 나누던 일을 기억한다". 또한 "그때 내 몸속에서 불타는 심장을 꺼내주듯/여자에게 피 끓는 사랑을 고백"할 것을, 그렇게 하지 못한 것을 아쉬워한다. 후회하는 마음을 내보이는 것이 아니라 사랑의 의의를 제시하는 것이다.

> 아내가 호박꼬지를 볕에 널어 말린다
> 채반에 촘촘히 배열하니 영락없는 상형문자다
> 아내가 호박꼬지를 볕에 널어 말리는 이유는 단 하나
> 첫사랑을 상형문자로 기록하고 싶다는 것이다
> 세상 어느 누구도 해독할 수 없는 문자를 만들어
> 가슴속에 숨겨 넣고 싶다는 것이다
> 정말이지 그때 우리의 첫사랑은 벌들처럼 뜨거웠었다
> 심심하면 꽃 덤불 속으로 날아와
> 꽃가루를 전해주고 달아나던
> 벌들의 수줍은 꽁무니를 본 적이 있었다
> 세상의 눈길을 피해 맺은 우리의 사랑이
> 어쩌면 벌들의 사랑과 흡사할까
> 홍조 띤 아내의 얼굴을 보면 안다
> 아내가 널어놓은 상형문자엔
> 호박꼬지 같은 꼬들꼬들한 첫사랑 얘기가
> 숨어 있을지 모른다
>
> ─「첫사랑」 전문

위의 작품의 화자는 "아내가 호박꼬지를 볕에 널어 말"리는 장면에서 "영락 없는 상형문자"를 발견한다. 그리고 "아내가 호박꼬지를 볕에 널어 말리는 이 유는 단 하나/첫사랑을 상형문자로 기록하고 싶다는 것"으로, "세상 어느 누

경물(景物)의 시학   17

구도 해독할 수 없는 문자를 만들어/가슴속에 숨겨 넣고 싶다는 것"으로 여긴다. 화자가 호박꼬지를 바라보면서 상형문자를 연상하고, 상형문자를 바라보면서 첫사랑을 연상하는 것은 의도에 의한 것이 아니다. 주관적인 개입을 제어하고 대상들을 객관적으로 통찰한 데서 이루어진 것이다.

"사랑"은 원근의 거리감으로는 밝힐 수 없는 고유성을 지닌다. 화자는 "상형문자"를 통해 "그때 우리의 첫사랑은 벌들처럼 뜨거웠다"는 사실을 떠올리며 "심심하면 꽃 덤불 속으로 날아와/꽃가루를 전해주고 달아나던/벌들의 수줍은 꽁무니를" 되살린다. "세상의 눈길을 피해 맺은 우리의 사랑이/어쩌면 벌들의 사랑과 흡사"한 사실을 환기하는 것이다.

> 대숲에 갔다 온 뒤로
> 여자를 보는 눈이 달라졌다
> 대쪽 같은 사랑은 이럴 때 하고 싶은 말이다
> 북풍한설을 맞으면서도 휘어지지 않는 사랑
> 휘어지다가도 시퍼렇게 일어서는 사랑
> 그런 사랑이 여자를 까무러치게 한다
> 그래서 대숲은 늘 여자의 마음으로 운다
> 조막만 한 멧새 하나 앉아도
> 휘청 휘어지다가 시퍼렇게 일어서는 사랑
> 이런 사랑이 대숲에서는 우후죽순 일어난다
>
> ―「대쪽 같은 사랑」 전문

"대숲에 갔다 온 뒤로/여자를 보는 눈이 달라졌다"고 화자는 토로한다. "대쪽 같은 사랑은 이럴 때 하고 싶은 말"이라는 진리를 비로소 깨달았다는 것이다. 그것은 "북풍한설을 맞으면서도 휘어지지 않는 사랑/휘어지다가도 시퍼렇게 일어서는 사랑"을 보았기 때문이다. "조막만 한 멧새 하나 앉아도/휘청 휘어지다가 시퍼렇게 일어서는 사랑"도 보았기 때문이다. 화자는 "이런 사랑

현대시의 가족애

이 대숲에서는 우후죽순 일어"나는 모습을 보고, "그런 사랑이 여자를 까무러 치게 한다"고 간파한다. "대숲은 늘 여자의 마음으로 운다"고, 사랑의 본질을 새롭게 인식하는 것이다.

　사랑은 근본적으로 의지의 행위이다. 나의 생명을 다른 사람의 생명에 전적 으로 맡기는 결심에서 비롯되는 것이다. 이것이 결혼은 서로 결코 갈라설 수 없다는 사상의 배경을 이루는 근거이다. 누군가를 사랑한다는 것은 강렬한 감 정만이 아니라 결단이고 판단이고 그리고 약속이다. 만약 사랑이 감정에 불과 하다면 서로 사랑하리라고 약속한 기반은 무너질 것이다. 감정은 몰려왔다 몰 려가는 것에 불과하기 때문이다. 서로의 사랑에 의지와 위임이 결여되어 있다 면 사랑은 영원히 존재할 수 없다. 따라서 이성애는 배타적이지만 그를 통해 모든 사람을 사랑할 수 있는 것이다.[3]

4.

　사랑은 본래 한정된 대상과의 관계에 국한되지 않는다. 사랑은 한 대상과의 관계가 아니라 전 세계와의 관계를 결정하는 자세이다. 한 사람만 사랑하고 그 밖의 사람들에게는 관심이 없다면 그 사랑은 팽창된 이기주의에 불과하다. 그 런데도 대부분의 사람들은 사랑을 받는 사람 외에는 아무도 사랑하지 않는 것 이 사랑의 열렬함을 증명하는 것이라고 생각한다. 이와 같은 사랑은 잘못된 것 이다. 누군가에게 나는 당신을 사랑한다고 말할 수 있다면 나는 당신을 통해 모든 사람을 사랑하고 세계를 사랑하고 나 자신도 사랑한다고 말할 수 있어야 한다.[4] 그렇게 했을 때 가족애도 이성애도 사회애로 확장될 수 있는 것이다.

3　에리히 프롬, 『사랑의 기술』, 이완희 역, 문장, 1983, 72~74쪽.
4　위의 책, 62~63쪽.

혁명의 시대가 갔다고 말하지 말아라
만발한 백일홍 속에
혁명의 기운이 들끓고 있다
백일홍에서 혁명을 떠올린 것은
러시아 여행 때 보았던 붉은 광장 때문이다
그때 거리를 휩쓸었던 노동자들의 붉은 깃발이
백일홍처럼 무리무리 고개 쳐들고 혁명을 꿈꾸었으리라
연약한 백일홍이 어떻게 백일을 견디나 걱정도 했지만
붉은 기질로 핏대 세워 서 있으면
거뜬히 백일을 견디고도 남으리라
혁명의 시대가 갔다고 말하지 말아라
백일홍이 불타는 여름을 견뎌보면 안다
얼마나 혁명이 힘들고 무서운지를 안다

— 「백일홍에서 혁명을 떠올리다」 전문

위의 작품의 화자가 "혁명의 시대가 갔다고 말하지 말아라"라고 주장하는 것은 의도에 의한 것이 아니라 "만발한 백일홍 속에"서 "혁명의 기운이 들끓고 있"는 것을 보았기 때문이다. 화자가 "백일홍에서 혁명을 떠올린 것" 또한 "러시아 여행 때 보았던 붉은 광장"이 있기 때문이다. 결국 화자는 백일홍과 러시아의 붉은 광장을 통해 혁명을 꿈꾸는 것이다. 혁명의 기운이 화자의 의지나 이념에 의해서가 아니라 대상들에 의해 생성된 것이다. 그리하여 "연약한 백일홍이 어떻게 백일을 견디나 걱정도 했지만/붉은 기질로 핏대 세워 서 있으면/거뜬히 백일을 견디고도 남으리라"고 믿고 "혁명의 시대가 갔다고 말하지 말아라"라고 말한다. "백일홍이 불타는 여름을 견뎌보면" "얼마나 혁명이 힘들고 무서운지를 안다"고 자신하고 있는 것이다.

동백 숲이 일몰을 맞고 있다

현대시의 가속애

붉은 띠를 두르고 혁명을 꿈꾼 것도 잠시
비탈 같은 시절 위험스레 견뎌왔지만
한순간의 폭풍 앞에서 혁명은 끝날 조짐을 보였다
동박새가 무사의 심정으로 부리를 휘둘렀는지
바닥에는 핏물 낭자한 모가지가 뒹굴고 있다
모반을 꿈꾸던 혈서들이 바닥에 흥건하다

—「혈서」 전문

위의 작품의 화자는 "동백 숲이 일몰을 맞고 있"는 장면 앞에서 "붉은 띠를 두르고 혁명을 꿈꾼 것도 잠시/비탈 같은 시절 위험스레 견뎌왔지만/한순간의 폭풍 앞에서 혁명은 끝날 조짐을" 우려한다. 화자의 선입견에 의해서가 아니라 대상을 통해서, 즉 저녁 무렵의 "동백 숲"을 바라보면서 떠올린 것이다. 그와 같은 모습은 "동박새가 무사의 심정으로 부리를 휘둘렀는지/바닥에는 핏물 낭자한 모가지가 뒹굴고 있다/모반을 꿈꾸던 혈서들이 바닥에 흥건하다"라는 표상에서도 확인된다. 혁명을 이루는 일이 얼마나 어려운지 보여주면서 아울러 혁명이 얼마나 필요한지를 제시하고 있는 것이다.

촛불을 쳐들지 못하는 너를
겁쟁이라고 하지 않겠다
차라리 나무에게서 배워라
꽃에게서 배워라
그들은 촛불을 쳐들지 못해도 단풍을 쳐들었고
전단을 뿌리지 못해도 꽃잎을 날렸다
사지 멀쩡한 사람들보다
침묵하는 그들에게서 배워라
그들은 꽃을 촛불처럼 켜서 세상을 밝혔고
단풍을 빨간 띠처럼 둘러 세상을 깨웠다
그들의 침묵 속엔

용암처럼 끓어 넘치는 함성이 있다

—「침묵하는 자들을 위해」 전문

"촛불"의 의미를 "차라리 나무에게서 배워라/꽃에게서 배워라"라고 화자는 제시하고 있다. 그 이유는 "나무"는 "촛불을 쳐들지 못해도 단풍을 쳐들었고", "꽃"은 "전단을 뿌리지 못해도 꽃잎을 날렸"기 때문이다. 화자는 자신을 "촛불"의 중심에 두지 않는다. 자신이 이 세계를 둘러싸고 있는 것이 아니라 이 세계가 자신을 둘러싸고 있다는 사실을 인정하는 것이다.

화자는 자신의 시선으로는 대상의 본질을 간파할 수 없으므로 자신의 주체적인 사유에 의해서가 아니라 대상과 상호관계를 맺어야 한다고 여긴다. "사지 멀쩡한 사람들보다/침묵하는 그들에게서 배"우려고 한다. "그들은 꽃을 촛불처럼 켜서 세상을 밝혔고/단풍을 빨간 띠처럼 둘러 세상을 깨웠"기 때문이다. 결국 "그들의 침묵 속엔/용암처럼 끓어 넘치는 함성이 있"음을 들은 것이다.

이와 같이 작품의 화자와 대상은 주체와 객체로 구분할 수 없다. 화자는 자신의 욕구를 위해 경물을 도구화하거나 목적화하지 않고 이물관물의 태도로 바라본다. 자아의 인위적인 개입 없이 경물의 실재를 인식하는 것이다. 경물은 화자가 바라보는 형상 그 너머에서 자신의 영역을 지니고 있다. 따라서 그와 같은 실재 앞에서 화자는 침묵할 수밖에 없다. 그렇지만 화자의 침묵이 경물을 회피하는 것이 아니고, 경물의 침묵이 자기 존재를 숨기는 것도 아니다. 침묵이 기의를 고착시키는 것도 아니다. 오히려 경물의 기의를 다양하게 인정함으로써 사랑의 의미가 확대되고 심화된다.

자본주의가 심화되는 오늘의 상황에서 경물을 통한 사랑의 변주는 큰 의미를 갖는다. 자본가는 자기 자본의 확장과 권력 유지에 지대한 관심을 갖고 있

현대시의 가족애

고, 노동자는 거대한 자본에 맞서는 노동조합에 결탁되어 결국 자립심을 잃고 있기 때문이다. 뿐만 아니라 분업화되고 기계화되고 자동화된 노동 과정에서 노동자는 공장의 소모품으로 전락되어 개성을 상실하고 있기 때문이다. 시장의 상품으로 취급받는 노동자는 자신으로부터도, 사람들로부터도, 그리고 자연으로부터도 소외되고 있다. 의식주를 해결하고 문화생활을 영위하고 세계를 바라보는 많은 정보를 소유하고 있지만 자아의 상실로 말미암아 피상적인 존재에 불과한 것이다. 따라서 경물을 통해 가족애와 이성애와 사회애를 추구하는 시인의 세계인식은 주목된다. 사랑의 본질을 회복하고 사랑의 의의를 인식하고 사랑의 가치를 지향하기 때문이다.

인학(仁學)의 서정시

—이흔복 시집, 『내 생에 아름다운 봄날』

1.

인학(仁學)은 이흔복 시인의 시 세계를 이루는 토대이면서 시인이 궁극적으로 추구하는 인생관이다. 주지하다시피 인학은 공자가 제시한 것으로 사람의 근본이 서면 도가 생긴다는 것이다. 사람의 근본은 "부모님께 효도하고 형 등의 연장자를 공경하면서 윗사람의 뜻을 거스르기를 좋아하는 사람은 드물다"[1]라는 데서 보듯이 효도하고 공손함을 갖추는 일이다.

이흔복 시인이 추구하는 인학은 세 가지의 면이 주목되는데, 그 우선은 인을 선천적으로 주어진 것이 아니라 자신의 노력으로 이루려고 하는 점이다. 시인은 자식으로서 도리를 다하지 못함을 부모님께 죄송스러워하고, 가장으로서 제 역할을 하지 못함을 아내와 자식들에게 미안해한다. 또한 자신이 살고 있는 날들을 생각하며 진정한 삶과 죽음을 성찰한다.

시인이 추구하는 인학의 또 다른 면은 다른 사람과의 관계를 지향하는 것이다. 시인은 계절을 느끼거나 자연에 들거나 어떤 상황에 놓여 있을 때 자기 자

---

1 "有子曰 其爲人也孝弟 而好犯上者鮮矣"(「학이」, 신춘호 역주, 『논어』, 푸른사상사, 2020, 18쪽.)

신을 되돌아보면서 자신과 인연이 된 존재들을 떠올린다. 인연의 이름을 부르며 자기 근본을 세우는 것이다.

시인의 인학은 자연의 질서를 따르는 면도 띠고 있다. 산과 바다를 바라보고, 꽃을 감상하는 등 자연과 동화하는 모습은 시문학의 오랜 전통이다. 공자가 엮은 것으로, 중국 최초의 시가집인 『시경』만 보더라도 자연은 시문학의 토대를 이룬다. "『시경』은 각종 초목과 조수에 대한 묘사에 있어서 비록 항상 형상적인 비유가 나타나지만, 그러나 그중에는 이미 인간의 이러한 자연물의 미에 대한 감상의 맹아(萌芽)가 포함되어 있"[2]는 것이다.

이흔복 시인의 인학은 작품에서 한 면이 부각되는 것이 아니라 서로 결합 내지 융합되어 나타나고 있다. 가령 시인은 자연의 질서를 수용하면서 자기 본분을 자각하는 동시에 사회적 존재성을 인식한다. 그만큼 한 인간으로서의 근본을 정성을 다해 세우고 있는 것이다.

2.

청명과 입하 사이
곡우가 있다

이십사절기의
여섯째

곡우 닷새 전에 딴 햇차
우전차(雨前茶)

무릇 차의 으뜸이다

---

2 이택후 · 유강기, 『중국미학사』, 권덕주 · 김승심 역, 대한교과주식회사, 1999, 165쪽.

벌써다
우인이 그립다

—「꽃 피고 지고 나면」 전문

위의 작품에서 화자는 "청명과 입하 사이/곡우가 있"는 계절을 감지한다. "이십사절기의/여섯째"인 "곡우"는 인간이 구분한 절기이지만, 그 자체는 이미 존재하는 자연이다. 곡우는 곡식이 자라는 데 도움이 되는 비가 내리는 날이라는 의미로 대개 양력 4월 20일 무렵이다. 이때부터 농촌에서는 볍씨를 물에 담그어 못자리를 준비하는 등 본격적으로 농사일을 시작한다.

화자는 "곡우 닷새 전에 딴 햇차"인 "우전차(雨前茶)"를 "무릇 차의 으뜸"으로 소개한다. 곡우를 기준으로 그 앞에 딴 차를 우전차라고 하고, 그 후에 딴 차를 우후차(雨後茶)라고 하며, 곡우 날 따서 만든 차는 곡우차라고 한다. 곡우 무렵에는 나무에 수액이 많이 오르기 때문에 찻잎의 맛도 오르는데, 우전차는 이른 봄에 따서 만들었기에 순하고 은은한 맛을 낸다.

그런데 화자는 "우전차"를 앞에 놓고 차의 맛이나 색깔이나 향기를 즐기기보다는 "우인"을 그리워한다. "벗이 먼 곳으로부터 찾아오는 일이 있다면 또한 기쁘지 않겠는가?"[3]와 같은 감정을 내보인다. 자연의 질서에 몸을 맞추면서 인연의 대상을 불러들이는 것이다.

인자(仁者)는 산을 사랑한다

한 여자를 사랑한 당신
산을 사랑하라

하르츠산맥의 당신

---

3 "有朋自遠方來 不亦樂乎"(「학이」, 신춘호 역주, 앞의 책, 13쪽.)

당신을 위한 간절한
기도가 거기 있었네

— 「알토 랩소디」 부분

위의 작품의 화자는 "인자는 산을 사랑한다"는 공자의 말을 인유하고 있다. 공자의 자연관을 받아들여 인학을 추구하고 있는 것이다. 공자는 자연에 대해 각별하거나 장황하게 언급하지 않았지만, 놀라운 간파와 인식을 보였다. 그 모습은 "지혜로운 사람은 물을 좋아하고 어진 사람은 산을 좋아한다. 지혜로운 사람은 움직이고 어진 사람은 조용하며, 지혜로운 사람은 즐겁게 살고 어진 사람은 정신적인 생명이 길다."[4]라고 말한 데서 여실히 볼 수 있다. 지혜로운 사람이 물을 좋아하는 까닭은 물이 부단히 흐르는 특성이 있기 때문이다. 그에 비해 어진 사람이 산을 좋아하는 까닭은 산이 만물을 생장시키는 품이 있기 때문이다. 그리하여 지혜로운 사람은 막힘이 없어 인생을 즐겁게 살고, 어진 사람은 넉넉하기에 육체적으로는 물론 정신적으로도 오래 사는 것이다.

화자는 공자의 이와 같은 자연 사상을 수용해 "한 여자를 사랑한 당신"에게 "산을 사랑하라"고 당부하고 있다. 산을 사랑하는 마음으로 연인을 품는 것이야말로, 넉넉한 산처럼 상대를 충분히 이해하고 포용하는 것이야말로 사랑하는 자세라는 것이다.

3.

법당의 작은 종은
백팔 번을 운다

---

4 "子曰 知者樂水 仁者樂山 知者動 仁者靜 知者樂 仁者壽"(「옹야」, 위의 책, 193쪽.)

어제 다르고
오늘 다른
저 먼 산을 되돌아오는
깊은 울림,

태정은 동백나무 숲에 있고

나는 한 곳에
오래 머물지 않는다

몸이 다하면
마음이 밖을 향한다

—「미황사 법당의 작은 종은 백팔 번은 운다」 부분[5]

　위의 작품의 화자는 전라남도 해남군 송지면 달마산에 자리 잡은 미황사에 찾아가 "법당의 작은 종"이 "백팔 번" 우는 것을 듣는다. 백팔번뇌는 인간이 가지는 번뇌가 108종이라는 것으로, 그 구성에 관해서는 여러 견해가 있지만, 모든 번뇌를 일컫는 것으로 볼 수 있다. 따라서 법당의 종이 108번 울리는 것은 인간을 괴롭히고 어지럽히는 그 번뇌를 깨닫게 해주는 것이다. 화자는 미황사에서 법당의 종소리를 "어제 다르고/오늘 다"르게 듣는다. 단순하게 듣는 것이 아니라 "저 먼 산을 되돌아오는/깊은 울림"을 가슴에 들이는 것이다.

　화자는 법당의 종소리를 들으며 한 사람을 그리워한다. 화자가 그리워하는

5　나머지 1연 및 7~10연은 다음과 같다. "땅끝 사자봉/높은 산마루를 출발하여/다섯 시간 남짓 걸으면/달마산 미황사다//음력 섣달/정월 사이/향기를 읊조리는/동매가 아니고/춘매 어디서든/꽃다운 향내/조금도 지나치지 않다//고(古)하고 아(雅)한 꽃으로서/내 백매라면/어찌 으스름 겨울/달 없는 밤을 원망하랴//밤마다 꿈속에 들어/잊을 수 없는 이/그립다//미황사/해맞이와 해넘이/오래오래 그립다."

현대시의 가족애

이는 "동백나무 숲에 있"는 "태정"이다. 곧 김태정(金兌貞) 시인이다. 시인은 1963년 서울에서 태어나 1991년 『사상문예운동』으로 작품 활동을 시작했다. 김남주 시인이 민족문학작가회의 상임이사로 재직할 때 간사를 맡기도 했다. 시집으로 『물푸레나무를 생각하는 저녁』(2004), 동화집으로 『자루 속에 빠진 꼬마 제롬』(1996)을 간행했다. 미황사가 있는 전남 해남에서 살다가 암에 걸려 2011년 타계했는데, 유해는 화장되어 미황사의 동백나무들 아래 뿌려졌다. 가난하고 외로웠지만, 작은 마당에 채소를 일구고 살아갔듯이 검박하고 자연과 함께하는 생활로 삶을 영위했다. 화자는 그 "태정"과의 인연을 미황사 법당의 종소리를 들으며 새기고 있다.

　쓰르라미 이마와 나방의 눈썹, 눈같이 흰 살과 꽃 같은 얼굴이면 색색의 얇은 모슬린 옷을 입고 그린 듯이 앉아 있어라 당신, 경성드뭇한 그림 완성되는 날 없으되 따로이 알면 알 듯도 하다.

　지금 거우듬한 햇덧에 가도 봄날, 봄이 무르익는다.

　당신은 미인이다.

　당신은 언제나 신의 뜻에 거스른다. 치명적인 그림자에 놀라고, 그림자의 품 안에 돌고나 돈다.

　당신의 아름다움에 달이 돌연 구름 뒤로 숨고, 꽃도 수줍음에 고개 숙였다던가. 물고기가 헤엄치지 못하고 가라앉았다던가. 기러기가 날갯짓을 잊고 내려앉았다던가.

　당신은 당신의 삶에 가로세로 얽혀드니 어여쁘기보다 수심에 그늘졌다. 존재 그 자체로 고독하다. 오 울고 있는,

울고 가는 물소리…… 운명이여, 행도, 불행도 없다. 신 이외는 아무도 진실을 알지 못한다. 어떻게 생각하는가? 그저 그러할 따름?

— 「봄은 가고 꽃은 쉬 지리라」 전문

위의 작품에서 우선 주목되는 면은 문체이다. 유협(劉勰)은 일찍이 공자가 자연을 문학의 작용으로 간파한 것을 반영해 성인의 도는 자연의 도를 바탕으로 하고 있고, 문학의 근본은 자연의 도에 있다고 보았다. "하늘과 땅의 구별이 생기면서 하늘은 둥글고 땅은 모난 체제로 나누어졌다. 해와 달은 아름다운 옥을 겹쳐놓은 것과 같이 하늘의 형상을 아름답게 드리우고 있다. 산과 하천은 꽃무늬를 새겨놓은 비단과 같이 빛나서 땅의 형상에 두루 펼쳐져 있다. 이것이 대개 자연의 도라고 하는 문장이다."[6]라고 한 것이다.

자연의 도라고 하는 문장은 "쓰르라미 이마와 나방의 눈썹, 눈같이 흰 살과 꽃 같은 얼굴"에서 볼 수 있다. "색색의 얇은 모슬린 옷"의 형상과 색조도 조화를 이룬다. "당신의 삶에 가로세로 얽혀드니 어여쁘기보다 수심에 그늘"진 분위기 역시 "울고 가는 물소리"로 담고 있다.

위의 작품의 화자는 "당신은 미인이다"라고 말할 정도로 인연을 받든다. 아름다운 당신에 반해서 "색색의 얇은 모슬린 옷을 입고 그린 듯이 앉아 있어" 달라고 부탁한다. "경성드뭇한 그림 완성되는 날 없"지만 "따로이 알면 알 듯도 하"듯이 충분히 가능하다고 본다.

화자는 당신의 아름다움을 절대적으로 인정하고 있다. 그와 같은 모습은 "당신의 아름다움에 달이 돌연 구름 뒤로 숨고, 꽃도 수줍음에 고개 숙였다던가. 물고기가 헤엄치지 못하고 가라앉았다던가. 기러기가 날갯짓을 잊고 내려

---

6 "夫玄黃色雜, 方圓體分 : 日月疊璧, 以垂麗天之象 : 山川煥綺, 以鋪理地之形 : 此蓋道之文也."(유협, 「원도」, 『문심조룡』, 황선열 역, 신생, 2018, 21쪽.)

앉았다던가"라고 했듯이 여실하다. 심지어 "당신은 언제나 신의 뜻에 거스른다"고 말하기도 한다. 신이 의도한 것 이상으로 당신은 아름답다는 것이다.

화자가 인연의 상대를 이와 같은 어조로 소개하는 것은 아첨이 아니다. 가식적인 수식이나 망상적인 과장도 아니다. 오히려 공손하고 지극하게 섬기는 모습이다. "거우듬한 햇덧에 가도 봄날, 봄이 무르익는" 계절처럼 당신을 소중하게 맞는 것이다.

화자가 "당신은 미인"이라고 여기는 것은 단순히 외모적인 차원만이 아니다. "당신은 당신의 삶에 가로세로 얽혀드니 어여쁘기보다 수심에 그늘졌다"는 데서 보듯이 당신은 외모에서 비추어지는 것 이상의 삶의 무게와 연륜이 있다. 실제로 당신은 "존재 그 자체로 고독하"여 "울고 있"다. 그 소리는 "울고 가는 물소리"를 닮았다. 따라서 당신의 운명에는 "행도, 불행도 없다"고 본다. 자연의 유한함을 간파하면서 생의 엄정함을 인식하고 있는 것이다.

4.

먼동이 부엿할 때부터
우리 어머니 눈물은
아래로 흐르고
숟가락은 위로 올라간다

가장 가깝고
가장 사랑하면서도
가장 먼 어머니의 눈물을 닦을 수 있는
유일한 한 사람

어머니를 울게 한
지금은 없는 아우일 뿐

벌써 철들긴 다 틀린
나는 아니다

하늘이 무너진다 해도
목숨이 끊어진다 해도
최후의 순간까지 변하지 않을 사랑
들린다, 들린다
어머니다

어머니는 육신의 근원
내 몸 받은 날로부터
발 헛디뎌 밖에서
안으로 되돌아가는 길은
어머니에게로 가는 길이라는 생각

—「어느 봄날의 생각, 문득」부분[7]

위의 작품의 화자는 "먼동이 부엿할 때부터/우리 어머니 눈물은/아래로 흐"
른다고 밝히고 있다. 그 "어머니의 눈물을 닦을 수 있는/유일한 한 사람"은
"어머니를 울게 한/지금은 없는 아우일 뿐"이고, "벌써 철들긴 다 틀린/나는
아니다"라고 고백한다. 자신에 비해 아우가 어머니의 눈물을 닦아드릴 수 있
는 존재이지만, 안타깝게도 그는 이 세상에 없다. 따라서 자신이 아우를 대신
해 어머니를 보살펴드려야 하지만 현실적으로 어렵다고 토로한다. 그 이유를
구체적으로 제시하지는 않았지만, 솔직하게 밝히고 있는 것이다.

---

7   나머지 1~2연 및 8연은 다음과 같다. "봄, 꽃향기인들 고스란할까/마루 끝에 조으는/어린
   고양이 기루어서/봄, 그렇게 다, 지나간다//봄이 그래도 아름다운 건/곧 꽃이 지기 때문이
   라는 생각,/문득//어머니에게로 가는 길은/내가 가는 것이 아니라/어머니가 나를 반겨주는
   것이라는 생각/또한 문득."

그렇다고 해서 화자가 어머니를 생각하는 마음을 포기한 것은 아니다. "하늘이 무너진다 해도/목숨이 끊어진다 해도/최후의 순간까지 변하지 않을 사랑/들린다, 들린다"라는 데서 볼 수 있듯이 화자는 어머니의 지극한 사랑을 잘 알고 있다. 따라서 화자는 어머니를 품으려고 한다. "어머니는 육신의 근원"이기에 "내 몸 받은 날로부터/발 헛디뎌 밖에서/안으로 되돌아가"겠다는 의지를 내보이고 있는 것이다.

이와 같은 화자의 자세가 곧 사람됨이다. 사람의 근본이 서면 도가 생긴다고 믿고 실천하려는 것이다. "한 잔 또 한 잔, 술과 싸우고 화해하는 동안 아버지 어머니를 늙게 하고 아내의 머리를 희게 하고 아이들의 밝은 웃음을 빼앗았다."(「나는 나를 악마라고 한다」)라고 반성하는 자세가 그 한 모습이다. 화자는 자신이 술을 마시는 정도를 조절할 수 없는 단계에 이르렀음을 알고 있다. 그래서 식구들에게 미안함을 갖는다. 그렇지만 그 한계점에서도 근본을 잃지 않으려고 애쓴다.

화자의 이와 같은 지순한 사랑은 권여선의 「봄밤」에 등장하는 주인공이 연상된다. 알코올 중독자인 아내는 류머티즘을 앓고 있는 남편을 사랑한다. 고칠 수 없는 정신적 장애를 갖고 있는 아내와 신체적 장애를 앓고 있는 남편의 사랑은 무의미하게 여겨질 수 있다. 그렇지만 서로를 진심으로 아끼고 배려해주는 모습에서 사랑의 본질이 환기된다. 알코올 중독으로 치매 환자가 되어 남편이 세상을 뜬 것도 모르는 채 찾아다니는 그녀의 모습은 사랑의 의미를 불러일으키는 것이다.

나는 네 가슴을 너는 내 가슴을 찬찬 얽동여 숨을 모았다. 그렇게 하여 우리 사랑의 두 탄생이 우리에게 매일을 절절히 접근해온다.

이 세상 모든 이의 가장 고요히 소중한 만큼의 그 사랑으로 우리는 잡사랑 행여 섞일세라 이 사랑 가지고 일생을 어떻다, 살아간다.

　　　　　　　　　　　　　　　—「내 생에 아름다운 봄날—아내에게」 전문

　위의 작품의 화자는 "이 세상 모든 이의 가장 고요히 소중한 만큼의 그 사랑으로" "아내"를 끌어안는다. "잡사랑 행여 섞일세라 이 사랑 가지고 일생을 어떻다, 살아"가려고 한다. 부부의 인연을 이어가기 위해 본분을 다하고 있는 것이다. 화자는 이와 같은 자각으로 인학의 토대를 이루고 있다. 지극한 정성으로 인연을 품으며 한 인간으로서의 근본을 세우려고 하는 것이다.

고요의 시학

— 박노식 시집, 『고개 숙인 모든 것』

1.

박노식 시인의 작품들에서 '고요'는 작품의 분위기를 형성하는 토대이자 주제를 심화시키는 제재이다. 고요는 잠잠하고 조용한 상태에 머무르지 않고 작품의 무게와 깊이와 색깔과 형태를 변주시킨다. 그와 같은 면은 "산 아래 작은 마을이 항아리 안에 내려앉은 우물같이 고요하다"(「가을 저녁」)라는 면을 넘어 "가을의 고요가 먼저 내려와 눕는데 내가 서운했다"(「고요」)라거나 "저녁이면 항아리에 고인 빗물이 고요히 가라앉는 소리를 들으며 귀가 밝아졌다"(「채송화」)라고 노래한 데서 볼 수 있다.

그리하여 "고요한 곳에서 고요한 마음을 지키는 것은 참다운 고요함이 아니다. 소란한 가운데서 고요함을 지켜야만 심성의 참 경지를 얻으리라."[1]는 『채근담』의 한 구절이 떠오른다. 조지훈 시인은 이 말을 "고요함 속에서 몸과 마음이 고요하기는 쉽지만 이것은 참다운 고요함은 아니다. 움직이고 시끄러운 곳에서 고요함을 맛볼 줄 알아야 천성의 진실경(眞實境)이니 참 고요함이다.

---

[1] "靜中靜非眞靜. 動處靜得來, 纔是性天之眞境"(홍자성, 『채근담』, 조지훈 역, 나남출판, 2004, 101쪽).

대은(大隱)은 시항(市巷)에 숨는다는 옛말이 있다. 깊은 산골에 숨어 살기는 어렵지 않지만 시끄러운 저자에 숨어 살기는 쉽지 않은 까닭이다. 절간에 앉아서 도를 닦는다 하지만 그 사람이 어지러운 거리에 나오면 어떻게 될 것인가. 시끄럽고 어려운 고비에 앉혀 놓아보지 않고는 과연 그 사람이 참 고요함을 체득한 사람인지 아닌지를 모른다."[2]라고 설명하고 있다.

이와 같은 고요는 유학을 집대성하여 완성시킨 주자(朱子)가 인식한 것과 상통한다. 주자는 복건성 장주의 지사로 있을 때 사사한 임일지라는 제자가 존양(存養)을 위해서 고요함이 많이 필요한가를 묻자 "그렇다고만은 할 수 없다. 공자는 언제나 삶의 현장에서 제자들이 수양하도록 하였다. 지금 '고요함을 주로 삼는다'라고 하여도 그것은 사물(사람이나 사태)을 버리고 '고요함'을 구하라는 뜻이 아니다. 사람인 이상 당연히 부모를 섬기고 친구와 사귀며 처자를 사랑하고 하인들을 부리지 않으면 안 된다. 설마 그런 것들을 버리고 오직 문을 닫고 정좌하며 사물이 눈앞에 닥쳤는데도 '존양'할 때까지 잠시 기다려 달라고 할 수는 없다."[3]라고 대답했다. 인간의 착한 본성을 간직하고 양성하기 위해서는 사물을 버리고 고요를 구하는 차원을 넘어 실천해야 된다고 말한 것이다.

박노식 시인의 작품들에 등장하는 고요 역시 정적인 세계에 머무르지 않는다. 고요하지만 이 세계의 시끄러움을 회피하거나 무관심한 태도를 보이지 않고 오히려 품기 위해 함께한다. 배타심이나 차별성이나 경계심을 극복하고 포옹하는 것이다. 시인의 고요는 평온하고 담박하면서도 풍진이 선명하고 기운

---

2 위의 책, 101~102쪽.

3 "不必然. 孔子却都就用處教人做工夫. 今雖說主靜. 然亦非棄事物以求靜. 旣爲人. 自然用事君親. 交朋友. 撫妻子. 御僮僕. 不成捐棄了. 只閉門靜坐. 事物之來. 且曰候我存養." 미우라 구니오(三浦國雄) 역주, 『주자어류선집』, 이승연 역, 예문서원, 2012, 144~145쪽.

　　　　　　　　　　　　　　　　　　　　　　　　현대시의 가족애

이 느껴지고 그리고 따스하게 들어온다.

2.

> 한 뼘쯤 대문이 열려 있다
>
> 감나무 그늘 안은 고요하고
> 현관문 앞에서 고양이는 빗자루처럼 누워 있고
> 빈 먹이통엔 개미 떼 소란스럽다
>
> 우체부는 몇 통의 안부를 내려놓고 우물가로 간다
>
> 호스의 물이 뜨듯하다
>
> ― 「빈집」 전문

"감나무 그늘 안은 고요"해서 "현관문 앞에서 고양이는 빗자루처럼 누워 있"는 시골집의 여름날 풍경은 그지없이 한가하다. 그 "고요" 속에는 어떠한 대립도 갈등도 보이지 않고 그저 평화롭기만 하다. "한 뼘쯤 대문이 열려 있"는 풍경은 정지된 것처럼 보이기도 한다.

그렇지만 작품의 화자는 그 "고요" 속에서 움직이는 존재를 발견하고 있다. 가령 "고양이"가 먹고 난 "빈 먹이통"에서 소란스러운 "개미 떼"나 "몇 통의 안부를 내려놓고 우물가로" 가는 "우체부"를 응시하고 있는 것이다. 이렇듯 화자의 관심은 조용하고 고요한 시골집의 풍경이 아니라 그 속에서 움직이는 존재들이다.

그들 중에서도 화자는 특히 "우체부"에게 눈길을 주고 있다. "고요" 속에서 부단하게 움직이는 인간 존재를 발견한 것이다. 그는 생김새가 매력적이거나 권세가 대단하거나 사회적인 지위가 높거나 경제력이 풍부한 존재처럼 보이지 않는다. 그보다는 소박하고 나약하고 박력이 없는 인상이다. 화자는 그와 같은 그를 주목한다. "몇 통의 안부를 내려놓고 우물가로" 갈 정도로 부단하게 움직이기 때문이다. 화자는 그를 애정의 눈길로 바라보며 품는데, 이와 같은 자세는 다음의 작품에서도 볼 수 있다.

외조모는 홀로 김을 매고 지게를 지고 외양간을 보살피느라 마흔 무렵에 허리가 휘었다

큰 눈 깊숙이 그늘이 들어앉아 한낮의 햇빛이 다녀가도 그대로여서 내 유년의 눈빛도 그 안에서 일찍 철이 들었다

뒤란의 사철나무 울타리와 길게 누운 간짓대는 처마 밑에서 늘 외로웠고 저물 녘엔 나의 작은 발자국만 일없이 다녀갔다

어느 외딴 농가의 뒤란이 낯익고 서글퍼서 잠시 발을 멈추는데 울타리 사이로 내려앉은 한 줌 이끼가 나의 눈을 채운다

—「뒤란」 전문

위의 작품의 화자는 "어느 외딴 농가의 뒤란이 낯익고 서글퍼서 잠시 발을 멈추"었다가 "외조모"를 떠올린다. "외조모"는 "큰 눈 깊숙이 그늘이 들어앉아" 있을 정도로 서글프게 살았다. 또한 "뒤란의 사철나무 울타리와 길게 누운 간짓대는 처마 밑에서 늘 외로웠"다고 기억하듯이 "외딴 농가"에서 외롭게 지냈다.

그렇지만 작품의 화자는 그 외로움 속에서도 가만히 있지 않고 움직인 "외조모"를 주목한다. "홀로 김을 매고 지게를 지고 외양간을 보살피느라 마흔 무렵에 허리가 휘었"던 외할머니의 삶을 되새기는 것이다. 그리하여 화자는 "내 유년의 눈빛도 그 안에서 일찍 철이 들었다"고 밝힌다. 외로운 날들을 극

현대시의 가족애

복할 전망이 보이지 않았지만 삶을 포기하거나 절망하지 않고 영위해나간 외할머니를 따르는 것이다. "저물녘엔 나의 작은 발자국"을 찍는 행동도 그 모습이다.

이와 같이 작품의 화자는 우연히 외딴 농가를 지나다가 발견한 낯익은 뒤란을 바라보면서 회한에 젖지만 그것에 함몰되지는 않는다. 그보다는 "울타리 사이로 내려앉은 한 줌 이끼가 나의 눈을 채운다"고 노래한다. "이끼"는 극단적인 환경에서도 생존하는 능력을 가지고 있다. 유럽항공우주국의 실험에서는 우주 공간에서도 살아남을 수 있다는 것이 밝혀졌다. 따라서 화자가 생명력이 대단한 "이끼"를 자신의 "눈"에 담은 것은 의미하는 바가 크다. 외롭고 힘들었지만 온몸으로 생애를 밀고 나아간 외할머니를 따르려는 것이기 때문이다.

3.

한빛약국 앞에서
좌판을 벌여놓고
공복의 까마귀처럼 졸고 있는
팔순 노파

낡은 파라솔 그늘엔
한 소쿠리의 밤과
플라스틱 바구니에 담긴 토란만이
행인의 눈길을 주워 담는다

어느 유명한 화가의 손끝마저 비켜 간
무정한 가을의 저녁 거리를
나는 마음에 그린다

멀리 달려오는 자동차의 전조등은 뜨겁고
앙상한 은행나무 가로수는 줄 지어 안부를 묻건만
수심이 가득한 밤과 토란의 눈망울은
어떤 그리움도 호명하지 않는다

까마귀는 외롭고
거리의 인파도 꼬리를 감추었다

나의 피로한 동공 속으로
안산(案山)의 외할머니가 성큼 들어와
지금 쓸쓸한 저녁을 주무시는 중이다

—「쓸쓸한 저녁 거리」 전문

위의 작품의 화자는 "한빛약국 앞에서/좌판을 벌여놓고/공복의 까마귀처럼
졸고 있는/팔순 노파"를 발견하고 "안산(案山)의 외할머니"를 떠올린다. 화자
가 좌판을 차린 한 노인을 보며 자신의 외할머니를 생각하는 것은 나이나 체구
나 인상이 비슷한 면도 있겠지만, 움직이는 모습을 발견했기 때문이다. "팔순
노파"는 "낡은 파라솔 그늘"에 "한 소쿠리의 밤과/플라스틱 바구니에 담긴 토
란"을 놓고 "행인의 눈길을 주워 담"고 있다. 좌판에 내놓은 물건들은 다 팔아
도 몇 푼 되지 않지만, 노인에게는 삶의 전부이다. 화자는 "어느 유명한 화가
의 손끝마저 비켜 간/무정한 가을의 저녁 거리"에서 그 노인을 품는다.

"멀리 달려오는 자동차의 전조등은 뜨겁고/앙상한 은행나무 가로수는 줄
지어 안부를 묻건만" 노인의 분신이라고 볼 수 있는 "수심이 가득한 밤과 토
란의 눈망울은/어떤 그리움도 호명하지 않는다". 진정 "밤"과 "토란"은 지나
간 시간을 그리워할 여유가 없다. 그저 처한 현실에 매진할 뿐이다. 작품의 화
자는 "까마귀는 외롭고/거리의 인파도 꼬리를 감"춘 저녁인데도 자신의 분신
을 내놓고 있는 그 노인을 외면하지 않는다. "피로한 동공 속으로/안산(案山)

의 외할머니"를 불러들여 편안하게 "주무시"기를 바라는 것이다.

> 저만치, 장터 밖 외진 입구에
> 노파는 홀로 앉아 있다
>
> 질긴 고사리와 쭈글쭈글한 대추를 만지작거리며
> 눈은 자꾸 장터 안으로 향한다
>
> 서로 눈을 마주 보며
> 푸성귀 한 줌 흥정할 거리도 아니지만
> 인파에 밀려가는
> 나의 무릎이 아팠다
>
> 밖에서 마음 다치고 들어오는 날은
> 왠지 방 안이 낯설어
> 습관처럼 자꾸
> 빈 서랍만 열어본다
>
> 서랍 안이 고요해서
> 반질한 손잡이를 끌어당기면
> 대추도 아닌
> 고사리도 아닌
> 노파의 설운 손등이 눈을 가렸다
>
> ――「화순 장날」 전문

위의 작품의 화자는 "저만치, 장터 밖 외진 입구에" "홀로 앉아 있"는 "노파"를 응시하고 있다. 그 노인은 "질긴 고사리와 쭈글쭈글한 대추를 만지작거리"고 있지만 사람들은 눈길을 주지 않고 장터로 들어가자 "자꾸 장터 안"쪽을 바라본다. 화자는 "서로 눈을 마주 보며/푸성귀 한 줌 흥정할 거리"에 있지 않아 그냥 지나치고 말았지만, 노인의 그 모습에 "인파에 밀려가는/나의 무릎이 아"프다고 토로한다. 그뿐만 아니라 "밖에서 마음 다치고 들어오는 날은/왠지 방 안이 낯설어/습관처럼 자꾸/빈 서랍만 열어"보는데, "대추도 아닌/고사리도 아닌/노파의 설운 손등이 눈을 가"린다고 토로한다.

이와 같이 화자는 좌판을 열었지만 물건을 제대로 팔지 못하는 "노파"를 끌어안고 있다. "서랍 안이 고요해서/반질한 손잡이를 끌어당기면" "노파의 설운 손등"이 보이듯이 화자는 마음속에 그 노인을 들이고 있는 것이다. 그 "노파"는 제자리에 가만히 있는 것이 아니라 지극히 움직이는 존재이다. 화자는 그 노인에게 기꺼이 다가가 함께하고 있다.

4.

>   처마 밑,
>   거미는 그늘과 햇볕과 낮과 밤을 잇고 공중을 오가며 길을 만든다
>
>   노모는 굽은 허리를 펴고 서서 걸어가는 거미를 보는데
>   싸리나무 빗자루가 허공을 몇 번 지나가버렸다
>
>   어느 해의 내 집에 고요한 날이 있어서
>   거미는
>   집을 짓고
>   쌀을 안치고
>   빨래를 하고
>   아이에게 젖을 물릴 것인가
>
> —「거미」 전문

"처마 밑"에 있는 "거미"는 고요하지만 부단하게 움직이고 있다. "거미는 그늘과 햇볕과 낮과 밤을 잇고 공중을 오가며 길을 만"들고 있는 것이다. 그

현대시의 가족애

렇지만 "거미"는 자신이 감당할 수 없는 속도를 내거나 힘을 쓰지 않는다. 그렇다고 요령을 피우거나 게으름을 피우지도 않는다. 그저 쉬지 않고 조용히 자신의 길을 내고 있을 뿐이다.

위의 작품의 화자는 "거미"와 같은 삶을 살아온 인물로 "노모"를 결합시키고 있다. "노모" 역시 "굽은 허리"에 이르기까지 당신의 길을 걸어왔다. 당신의 운명을 받아들이고 "거미"처럼 고요하게 길을 만들어온 것이다. 그러므로 "노모"가 "굽은 허리를 펴고 서서 걸어가는 거미를 보는" 동안 당신의 생애를 떠올리는 것은 이해된다.

작품의 화자는 "거미"와 "노모"의 모습에서 자신의 길까지 생각한다. "어느 해의 내 집에 고요한 날이 있어" "집을 짓고/쌀을 안치고/빨래를 하고/아이에게 젖을 물릴" 수 있을지, 부러워하며 희망하는 것이다. 그리하여 화자는 자신의 삶을 각성하고 새로운 의식을 갖는다. 자신이 감당할 수 있는 속도며 능력으로 나아가려고 하는 것이다.

작품 화자의 이와 같은 자세는 안빈낙도의 경지에는 이르지 못한다고 할지라도 의미하는 바가 크다. "가난해도 아첨하지 않고 부유해도 교만하지 않으면 어떻겠습니까?" 하고 자공이 묻자 "괜찮기는 하나 가난하면서도 낙도(樂道)하고 부유하면서도 예를 좋아하는 것만은 못하다."라고 공자가 대답했듯이[4] 군자로서 갖추어야 할 몸가짐은 대단하다. 가난하면 비굴하게 아첨하기 쉬운데도 흔들리지 않는 것을 넘어 즐겁게 살고, 부유하면 교만하기 쉬운데도 겸손한 자세를 넘어 예를 좋아하는 삶이란 훌륭하다고 볼 수 있다. 작품의 화자가 지향하는 "거미"나 "노모"의 삶 또한 그 못지않다. 그들의 삶이란 학식과

---

4   "子貢曰, 貧而諂, 富而無驕, 何如? 子曰, 可也, 未若貧而樂, 富而好禮者也"(김학주, 『논어』, 서울대학교출판부, 1993, 112쪽)

행실의 차원을 넘어 생애의 전부이기 때문이다. 그만큼 절대적이고 절실한 것이기에 화자는 정도를 벗어나지 않는 자세로써 추구하려는 것이다.

> 외할머니의 시렁은 작고 어두워 간혹 집왕거미가 내려와 머물다 가곤 했는데 저녁이면 항아리에 고인 빗물이 고요히 가라앉는 소리를 들으며 귀가 밝아졌다
>
> 이른 아침 부엌은 또 비어서 장독대 채송화만 바라보다가
> 산 너머 범바우골에서 호미 긁는 외할머니의 한숨 소리가 귀에 가득 차오를 때면 굳게 다문 채송화의 여린 입술을 매만지며 나의 침묵도 시작되었다
>
> 어느 날 뙤약볕을 달려와 빈집에 이르니 텃밭 울타리의 나팔꽃은 시들고 뜨건 장독대 아래 조용한 채송화만 남아서 나를 반겨주었다
> ―「채송화」 전문

위의 작품의 화자는 "외할머니의 시렁은 작고 어두워 간혹 집왕거미가 내려와 머물다 가곤 했"고 "저녁이면 항아리에 고인 빗물이 고요히 가라앉"기도 했다고 기억한다. 그리고 그 "빗물"의 "소리를 들으며 귀가 밝아졌다"고 토로한다. "빗물"이 움직이는 소리를 들었다는 것이다.

그뿐만 아니라 작품의 화자는 "이른 아침 부엌은 또 비어서 장독대 채송화만 바라보다가/산 너머 범바우골에서 호미 긁는 외할머니의 한숨 소리"도 들었다. 화자는 그 소리가 "귀에 가득 차오를 때면 굳게 다문 채송화의 여린 입술을 매만지며" "침묵"했다. 부엌이 빌 정도로 가난한 살림을 채워보려고 "외할머니"는 "이른 아침"부터 "산 너머 범바우골"의 밭을 매었지만, 가난이 해결될 날은 아득하기만 했다. 그리하여 "외할머니"는 자신도 모르게 "한숨"을 내쉬었는데, 화자는 그 소리를 듣고 "침묵"한 것이다.

그렇지만 작품의 화자는 "뙤약볕을 달려와 빈 집에 이르니 텃밭 울타리의

나팔꽃은 시들고 뜨건 장독대 아래 조용한 채송화만 남아서 나를 반겨주었다"고 노래한다. "뙤약볕" 아래에서도 시들지 않은 "채송화"가 "반겨주었다"고 인식한 것은 "외할머니의 한숨 소리"에 주눅 들었던 마음이 되살아난 것을 상징한다.

위의 작품의 서술이 "귀가 밝아졌다"로 시작해 "침묵도 시작되었다"로 바뀌었다가 다시 "반겨주었다"로 마무리된 것은 주목된다. 긍정적인 마음이 부정적으로 바뀌었다가 다시 긍정적으로 돌아왔기 때문이다. 동적인 것이 정적으로 되었다가 다시 동적인 것으로 돌아온 상태로, 화자는 절망적인 순간도 있었지만 끝내 희망을 놓지 않고 움직인 것이다.

> 가까운 산이 달아날 즈음 먼 산은 이미 지워져서 별 서넛이 곧장 튀어나올 것 같다
>
> 산 아래 작은 마을이 항아리 안에 내려앉은 우물같이 고요하다
>
> 주먹을 쥐고 펴면 고단한 소리가 난다
> 오늘 하루가 빠져나가서 손금이 가볍다
>
> 빈 깻대는 한낮에 잠시 비워둔 몸속으로 저녁을 들여와 마디마다 슾이 고였다
>
> ─「가을 저녁」 전문

"가까운 산이 달아날 즈음 먼 산은 이미 지워져서 별 서넛이 곧장 튀어나올 것 같"은 저녁 무렵, "산 아래 작은 마을"은 "항아리 안에 내려앉은 우물같이 고요하"기만 하다. 하루의 일을 끝내고 집으로 돌아온 작품의 화자가 바라보는 산골 마을은 이렇듯 고요하다. 어슴푸레한 저녁 기운이 마을을 덮고 산을 덮고 화자의 마음을 덮는다. 하늘을 따라 하루가 저무는 것이다.

작품의 화자는 하루가 저무는 그 시간에 "주먹을 쥐고 펴면 고단한 소리가

난다"고 노래한다. 하루 종일 농사일에 매달렸음을 알 수 있다. 그렇지만 화자는 "오늘 하루가 빠져나가서 손금이 가볍다"라고 다시 노래한다. 농사의 힘듦을 원망하거나 싫어하지 않고 온몸으로 다했기에 아쉬워하거나 후회하지도 않는다. 저무는 하루를 고요하게 받아들이면서도 "빈 깻대는 한낮에 잠시 비워둔 몸속으로 저녁을 들여와 마디마다 슴이 고였다"라고 긍정한다. 빈 몸에 저녁을 들여 삶을 영위하려는 것이다.

일찍이 주자는 움직임과 고요함의 관계를 물과 배의 관계와 같다고 설명했다. 조수가 밀려오면 움직임이고 조수가 물러나면 움직임을 멈춘다고 본 것이다. 그런데 움직임과 고요함에는 단서가 없으므로 두 상황을 확실하게 분리할 수 없다. 사람의 호흡에 비유하면 마실 때는 고요함이고 내쉴 때는 움직임이 된다. 또 대화할 때 대답하는 것이 움직임이고 침묵하는 것이 고요함이다. 무슨 일이든 다 그렇다.[5]

인간의 삶에는 고요함 속에 움직임이 항상 존재한다. 고요함 속에 존재하는 그 움직임은 관념이나 추상이나 상상의 실재가 아니다. 언제나 같은 몸으로 보이는 우리의 육신도 흐르는 강처럼 변하고 있듯이 그 변화로 인해 우리는 생존하고 있다. 박노식 시인의 시작품들은 그 고요 속에 움직이는 존재들의 가치와 의의를 구체적으로 보여주고 있다. 인간이 지닌 착한 본성과 강인한 생명력을 정중동의 실체로 확인시켜주고 있는 것이다.

---

5   미우라 구니오(三浦國雄) 역주, 이승연 역, 앞의 책, 148쪽.

관계의 시학

— 권진희 시집, 『죽은 물푸레나무에 대한 기억』

1.

현대사회를 살아가는 사람들은 개인주의에 경도되어 타자와의 관계를 소홀히 하는 면이 강하다. 자신의 자유나 평등의 가치를 추구하는 데 방해가 된다고 여기고 부정하기까지 한다. 물론 상품을 파는 샐러리맨은 고객 관리 차원에서 타자와의 관계에 적극성을 띠지만, 그 자체가 목적이 아니라 수단이기에 성격이 다르다. 계약 관계로 이루어졌기 때문에 인간 가치를 추구하는 모습으로 보기 어려운 것이다.

자본주의의 심화에 따라 물질적 재화의 생산보다 서비스 분야가 성장하고 있다. 그리하여 금융 전문가나 과학기술 전문가 등을 비롯한 각종 화이트칼라들이 사회를 이끌어 육체노동자가 중심이 된 시대에 이루어졌던 직접적인 인간관계가 줄어들고 있다. 사회의 변화가 빠르고 사람들의 이동이 잦음으로 인해 연대의식이 약화되고 보편적인 가치가 통용되지 않고 있는 것이다.

이와 같은 면은 오늘의 젊은 시인들에게도 여실하다. 시인들은 세계 인식이나 작품의 주제 의식보다 말놀이에 가까운 언어나 형식에 경주하고 있다. 시인들의 이러한 모습은 역사의식이 결여되어 있거나 사회적 가치를 의도적으로 거부하는 것으로 볼 수 있다. 조지 오웰(George Orwell)이 "내 작업들을 돌이켜보건대 내가 맥없는 책들을 쓰고, 현란한 구절이나 의미 없는 문장이나 장식적인 형용사나 허튼소리에 현혹되었을 때는 어김없이 '정치적' 목적이 결여되어 있던 때였다."[1]라고 토로한 데서도 확인되듯이, 시인들은 주제 의식이 약하기 때문에 형식적인 면에 기울고 있는 것이다.

수사적인 형식에 경도된 작품들은 언어의 고유한 의미를 생산하지 못한다. 다른 언어와의 조합으로 생산할 수 있는 창조적인 미학을 가져오지 못하는 것이다. 장광설과 요설과 욕설이 충돌하고 혼합되고 환상이 첨부된 언어의 범람은 의미를 생산하기보다 의미의 공백 혹은 의미의 부재를 가져온다. 언어의 질주로 인해 의미는 파편화되고 해체되어 사회적 맥락이나 공동체의 가치를 수용하지 못하는 것이다. 다소 진부한 진단이기는 하지만, 시작품은 시인의 이데올로기뿐만 아니라 사회적인 이데올로기를 반영하고 있다. 따라서 시작품에는 시인의 변증법적인 지향이 내포되어 있다. 변증법이란 타자와 관계를 맺는 일이다. 가령 시인이 추구하는 자유나 평등은 타자의 자유와 평등과 관계를 가질 때 가능한 것이다.

그렇다면 타자와 관계를 맺는 근거는 무엇일까? 그것은 인간 존재로서 지향해야 할 진리가 있기 때문이다. 진리가 있기에 사람들은 얼굴을 마주보는 차원을 넘어서는 보편성을 추구한다. 인간 자체가 모순되고 한계를 띠는 존재이지만 타자와 연대하며 극복해나가는 것이다.

권진희 시인 역시 진리를 추구하기 위해 타자와 관계를 맺고 있다. 시인은 아버지, 어머니, 아내, 딸 등 가족은 물론이고 사회적 존재로서 관계를 맺은 인연의 대상들, 그리고 벽돌, 나무, 새, 장승, 들녘, 문풍지, 비닐 조각, 책, 절,

---

1   조지 오웰, 『나는 왜 쓰는가』, 이한중 역, 한겨레출판, 2010, 300쪽.

꽃 등과 함께하고 있다. 심지어 죽음의 세계도 회피하지 않고 받아들인다. 시인의 이와 같은 자세는 본래적인 것이 아니라 의지적인 것이다. 인간 존재로서 지향해야 할 가치를 진지하게 추구하는 것이다.

2.

울산대학병원 1708호가
그의 생의 마지막 장소다.

나는 오늘 병실에서
발가락부터 종아리 위쪽까지를 검게 거둬들이며,
생을 지워가고 있는 그를 지켜본다.

처음도 이처럼 차가웠을까.

검고 어두운 강을 건너가는 먼 길에서
그는 이 말을 되풀이하였다.

―오 미리짜리 볼트로 가다아시바 치면 아무 일도 아니다!

오 미리 볼트보다 생은 얼마나 무거웠던가.

조여도 헐거웠고 더 조일 것도 없이 가벼웠던 가계(家計)를
생의 마지막 안간힘으로 그는 지금 조이고 있는 중이다.

아침마다 그를 다그치며 단단히 조여오던
무거운 볼트가 비로소 풀리고 있다.

아무 일도 아닌 것이 아무것도 없었던 듯
생조차도 이젠 아무 일도 아니라며

그는 한 세상 가벼이 풀어버리고 있는 중이다.

— 「한 세상 가벼이 풀어버리고」 전문

"그"는 "조여도 헐거웠고 더 조일 것도 없이 가벼웠던 가계(家計)를/생의 마지막 안간힘으로 조이고 있"다. 한 집안의 가장으로서 생의 마지막 순간까지 가계를 짊어지고 있는 것이다. 화자는 "그"를 끌어안는데, 이 세상의 아버지들이 추구해야 할 진리를 전형적으로 보여주고 있기 때문이다.

"그"는 "오 미리짜리 볼트로 가다아시바를 치"는 일을 자연스럽게 말하는 데서 유추할 수 있듯이 건설 노동자이다. "가다아시바"란 외줄 비계(飛階, scaffold)로 건설 현장에서 쓰는 가설 발판이다. 건설 공사, 보수 공사, 건물 청소 등을 할 때 인부나 자재를 받쳐주는 시설인데, "그"는 5mm짜리 볼트로 외줄 비계를 만드는 일뿐만 아니라 그 외줄 비계 위에서 벽돌이나 블록을 쌓는 일을 능숙하게 해왔다. "그"는 "오 미리 볼트보다 생은 얼마나 무거"운 것인지 잘 알고 있다. 그리하여 5밀리볼트로는 "아침마다 그를 다그치며 단단히 조여오던" 생을 감당할 수 없지만, 5밀리볼트를 통해서만 생을 감당할 수 있다고 믿고 온몸을 마지막 순간까지 쓰는 것이다.

어떠한 삶의 문제라도 5밀리볼트로 작업하듯이 땀을 흘리며 대응하면 해결할 수 있다고 믿는 자세는 소중하다. 자본주의에 익숙한 사람들은 그와 같은 진리를 외면한다. 자신의 육체노동보다 잉여가치를 추구하기 때문에 자신의 노동을 수단으로 삼기보다는 타인을 수단으로 삼는 것이다. 자본가가 노동자를 착취해온 전략을 습득해 노동을 시킨 만큼 임금을 주지 않거나, 임금 이상으로 이익을 챙기려고 한다. 그것을 삶의 지혜로 여기고 이자나 이윤이나 지대(地代)를 챙기려고 하는데, 그 결과 타인과 관계를 맺지만 비인간화로 인해 자기 소외가 심화되는 것이다.

따라서 화자가 생을 다하는 순간까지 육체노동을 추구하고 있는 "그"를 포옹하는 것은 의미가 크다. 화자는 "그"를 배움이 적고 가진 것이 없고 힘이 없는 노동자로 여기지 않는다. 시대에 뒤떨어지거나 삶의 지혜가 모자라는 존재로 여기지도 않는다. 오히려 온몸으로 자신의 삶을 영위해온 자세를 높게 평가하고 있다. 특히 "그"의 삶이 자기 자신만을 위한 것이 아니라 "가계"를 위한 것이기에, 자신의 생존 차원을 넘어 이타성을 추구했기에 그러하다.

"그"는 병원에서 생을 마감하고 있지만 "한 세상 가벼이 풀어버리고 있"을 정도로 의연하다. "발가락부터 종아리 위쪽까지를 검게 거둬들이며,/생을 지워가고 있"는 것이다. 결국 전심전력으로 생을 감당했기에 또 다른 운명을 기꺼이 맞는다. 정직과 성실과 이타적 사랑을 생의 진리로 구현하고 있는 것이다. 그와 같은 모습은 다음의 작품에서도 볼 수 있다.

> 땀을 손으로 털어내며 어머니는 말했다.
>
> ―오늘부터 니는 느그 형 호동이라 불러래이. 호동이
> ―호동이? 그라마 부를 때마다 호동이 형아 호동이 형아, 이카란 말이가?
> ―그래, 그래 불러라.
> ―그라마, 나는?
> ―니는 진욱이다. 권진욱이.
> ―진욱이?
> ―그래, 진욱이! 다시는 느그 원래 이름 부르지 마라!
>
> 어머니의 말씀은 단호하기도 해서
> 형과 나는 그날 이후로
> 불러도 어색하기만 한
> 새 이름으로 서로를 불러야 했다.
>
> 할아버지와 아버지가 물려준
> 그 이름은 왜 부르면 안 되는지는 묻지 않았지만

물어보지 않아도 알 수 있는 것이 세상에는 있다는 것을
이미 우리는 알아버렸으므로.

어느 점집, 우리가 알지 못하는 누군가가
낡은 월남치마, 목 늘어진 셔츠에 축축히 묻은
청상의 지친 땀을
낯선 석 자 이름으로라도 닦아주려 하였거니,

우리는 그저 건더기 없는 고깃국에 고개를 숙이고
말없이 곰씹기만 했을 뿐.

— 「새 이름」 전문

"낡은 월남치마, 목 늘어진 셔츠에 축축이 묻은/청상의 지친 땀"이라는 묘사에서 볼 수 있듯이 "어머니"의 손은 땀이 마를 새가 없다. 그런데 그와 같은 형편에 놓이게 된 이유가 "청상(靑孀)"이기에 더욱 안타깝다. 젊은 나이에 남편이 먼저 세상을 떠나는 바람에 두 아이를 맡아 키우는 일이란 얼마나 힘든가. 그리하여 "어느 점집"까지 찾아가게 되었고, 그곳에서 일러준 대로 두 아이의 이름을 바꾸어 부르기로 했다. "할아버지와 아버지가 물려준" 이름 대신 "호동이"와 "진욱이"라는 새 이름을 부르기로 한 것이다.

화자는 "어머니"의 그와 같은 모습을 미신적이라거나 비합리적이라고 비난하지 않는다. 비록 "어머니"의 행동이 합리적인 판단에 근거를 둔 것은 아니지만 "물어보지 않아도 알 수 있는 것이 세상에는 있다는 것을" 이해하는 것이다. 그리하여 "어머니"의 생(生)을 긍정한다. "어머니"의 생이란 합리성이나 객관성을 넘는 실재이다. 보편적인 기준으로는 잴 수 없는 절박함과 간절함이 배어 있는 것이다. 그것은 자신만을 위한 것이 아니라 지극히 이타적인 삶의 모습이다.

"어머니"는 자신의 운명을 감당할 진리를 추구하느라 "땀을 손으로 털어내"

야 했다. 그뿐만 아니라 "사남매 반생 숭숭 구멍 날 적마다/알지 못하는 밤새 머리맡 지키고 서서/찢기운 자리를 메워"(「문풍지」)야 했다. "당신이 맞았을 그 수많은 겨울들과/그때마다 당신이 버렸을 생의 무수한 희망들"(「겨울나무」)이 있었지만, "당신이 칠하고 싶었을 보랏빛과 푸른빛들을"(「병상에서」) 놓지 않았던 것이다.

"어머니"의 얼굴에는 책임감과 의무감이 가득 차 있다. 연약하고 상처받은 흔적이 분명하지만 어떤 얼굴로도 환원시킬 수 없는 위대함이 배어 있는 것이다. 진정 "어머니"의 얼굴은 힘이 없지만 강인하고, 보잘것없지만 고귀하고, 볼품없지만 권위가 있다. 동정심을 유발하기보다 견고한 주체성을 띤다. 생의 진리를 여실하게 보여주고 있는 것이다.

3.

횡단보도 앞에 하얀색 스프레이로
거꾸로 누운
사람 그림이 누워 있다

어제까지 없던 그림,
아이 같다

아이 얼굴은
붉은 신호가 들어올 때는 붉어졌다가
파란 신호가 들어올 때는 푸르러졌다가 한다

고개를 돌리다가
다시 보다가

어린 자식 셋을 둔 가장의

마음
붉어졌다가 푸르러졌다가 한다.

― 「붉어졌다가 푸르러졌다가」 전문

   화자는 횡단보도 부근에서 교통사고가 난 것을 표시한 "거꾸로 누운 사람 그림"이 신호등이 바뀌는 데에 따라 변하는 모습을 바라보고 있다. "붉은 신호가 들어올 때는 붉어졌다가/파란 신호가 들어올 때는 푸르러졌다가" 하는 모습을 주시하는 것이다. 그러다가 자신의 마음도 "붉어졌다가 푸르러졌다가" 하는 것을 발견한다. 자신이 "어린 자식 셋을 둔 가장"이기 때문이다. 화자는 아버지와 어머니가 자신에게 헌신했듯이 그 역시 "자식"들을 품으려고 하는 것이다.

   "자식"과 함께하려는 인식은 지극히 상식적이거나 진부한 것이 아니라 소중한 인간 가치이다. 그렇지만 그 일이 쉽지 않다. 인간 가치가 물질 가치에 밀려나 있는 자본주의 사회에서 공동의 가치를 추구하기란 힘들다. 사람들은 물질 가치를 중심으로 일자리를 찾고 거주지를 결정한다. 자격증을 취득하고 옷차림에 신경 쓰고 사교 모임에 나가고 심지어 배우자를 선택한다. 좀 더 나은 삶이나 희망도, 삶의 실패나 좌절도 물질 가치를 기준으로 삼고 있다. 따라서 사람들은 공동의 가치보다 개인의 가치를 고유함이나 존엄함의 대명사로 여기는 것이다.

   그렇지만 그것은 의미가 축소될 수밖에 없다. 인간은 이 세계를 초월할 수 없으므로 타자와 함께하는 삶이야말로 가치 있는 것이다. 물고기에게 물이 생존의 필수 조건이듯이 인간에게는 타자가 생존의 필수 조건이다. 타자는 인간에게 공기나 대지나 바다와 같은 존재이다. 따라서 개인의 가치 못지않게 공동의 가치가 소중한데, 아버지와 어머니가 자식을 위해 사랑하는 모습이 그 토대이자 본보기이다. 자식은 아버지와 어머니의 모습을 본받고 타자를 받아들인다. 타자와 함께하는 생의 진리를 추구하는 것이다.

　　새벽길 리어카 위에
　　벽돌 한 장

　　검정 고무줄 억센 끌어매놓은
　　푸른 비닐로 감싼 지친 하루

　　그래도 금세 떠내려가 버릴 것만 같은 내일 위에
　　무겁게 무겁게 눌러놓았을,

　　누군가의 손길 가만가만 간직하며
　　동짓밤 고스란히 새우고 앉아 있는

　　의젓하구나, 벽돌
　　저 한 장의 힘!

—「벽돌 한 장」 전문

　장사를 끝낸 주인이 집으로 돌아간 자리를 "벽돌 한 장"이 지키고 있다. 주인은 다음 날 사용할 물품들을 리어카에 실은 뒤 푸른 비닐로 싸고 검정 고무줄로 동여맸다. 그리고 짐이 풀리지 않도록 "벽돌"을 매달아 놓았다. "벽돌"은 힘이 들고 동짓날의 밤이어서 춥기도 하지만 맡은 일을 "의젓하게" 수행한다. 비록 무생물이어서 그의 주체성을 말하는 데는 한계가 있지만, 의인화해서 바라보면 타자를 기꺼이 맞고 있는 모습이다.

　타자와의 관계에서 자신을 긍정하는 자세가 필요하다. 걸어 다니거나 날아다니지 못하는 운명을 탓하기보다 자신의 자리에 묵묵히 뿌리박고 있는 나무나 "벽돌 한 장"이 그 모습이다. 자신을 긍정할 때 타자를 위할 수 있고 존재성을 확립할 수 있다. 자신의 이기심을 극복하고 타자와 연대해서 생의 진리를 추구할 수 있는 것이다.

한 개인은 자신의 의지와 상관없이 타자가 떠받치고 있는 환경에 신세를 지고 있다. 그러므로 한 개인은 타자와 영향관계가 깊다. 타자가 신(神)이 아니기에 행복을 보장해주는 것은 아니지만, 자신의 자세에 따라 행복해질 수 있다. 따라서 "눈길 위에 푸른 멍 같은 발자국을 새기며 돌아서던/너를, 보내던 그날의 나를"(「그리운 멍」) 바라보는 자세가 필요하다. "모두 너구나./온통 너구나."(「너」)라고 끌어안는 모습이 필요한 것이다. 타자는 자신과 경쟁하는 대상이 아니라 감싸주고 이끌어주고 힘이 되는 존재이다. 삶의 궁극적인 의미를 일깨워주는 것이다.

4.

비오는 저녁 숲에 갔다.
흠흠거리며 비 먹고 선 저녁 나무들
웅성웅성 이야기하는 소리 들으며 숲길 걸었다.
걷다가 나무들 사이에 말없이 선
물푸레나무 한 그루를 보았다.
죽은 물푸레나무,
뒤로
도토리나무 개암나무 느릅나무 사람주나무 무성한데
뒤로
저녁 해 진다.

물푸레나무 앙상한 가지 사이로
노을빛 저녁 해 지나간다 죽음이란
낱낱이 앙상한 것이었구나.
지금 내 곁을 지나가고 있는 것은 무엇인가.
세월만큼 욱닥거리는 5월 저녁 숲에서

물푸레나무의 젖은 실루엣처럼
어디서 저녁 새 운다.

새들은 어디서 날개를 접는가.
오늘의 새 울음은 아무래도 어제의 새 울음이 아니다.
물푸레나무는 자유로운가.
나는 무엇으로 서 있었던가.

울다가 생이 다해서 죽은
새가 보고 싶다.

―「죽은 물푸레나무에 대한 기억」 전문

　화자는 비 내리는 저녁 숲에 들었다가 "죽은 물푸레나무"를 발견한다. 그리고 그 나무를 지켜보면서 죽음과 삶을 떠올린다. 외면으로 보기에 "죽음이란/낱낱이 앙상한 것"에 불과하지만, 그것만이 아님을 깨닫는 것이다. 그와 같은 인식은 화자가 죽은 나무 위에서 울고 있는 새의 울음소리를 들으며 더욱 심화된다. 자신 역시 "물푸레나무"와 같이 죽을 수밖에 없는 운명이라는 것을 깨달음과 동시에 자신의 삶 또한 포기할 수 없음을 자각하는 것이다.

　"오늘의 새 울음은 아무래도 어제의 새 울음이 아니"라는 자각은 주목된다. 오늘의 삶이란 어제의 죽음을 딛고 영위되는 것이기에 죽음 자체보다도 살아 있음을 소중하게 여기는 것이다. 그리하여 화자는 "울다가 생이 다해서 죽은 새"를 보고 싶어 한다. 죽은 나무와 새 울음소리와의 관계에서 삶의 의미를 자각하는 것이다.

　화자는 죽음이라는 타자를 부정하지 않는다. 오히려 삶의 의미와 주체성을 인식시켜주는 대상으로 여긴다. 자신을 위협하고 불안하게 만드는 대상이 아니라 유한성을 인정하면서 열린 마음을 갖도록 이끌어주는 대상으로 삼는 것이다. 그 결과 화자는 자신의 이기심이 얼마나 허무한가를 깨닫고 생의 진리를 추구한다. "내가 타자를 잘 대접하고 보살필 때, 타자에 대한 사랑과 함께 혹시나 내가 힘없는 타자를 죽이지 않을까 하는 두려운 마음이 생긴다. 이때 죽음에 대한 불안이 사라질 수 있다고 레비나스는 말한다. 죽음에 대한 불안은 이기적으로 생각할 때 일어나는 것이다. 타자를 선대(善待)할 때 나의 존재는 나에게서 타인의 미래로 무게 중심을 옮겨놓게 된다. 죽음으로 향한 나의 존재는 '타자를 위한 존재'로 바뀌고 이것을 통해 죽음의 무의미성과 비극성은 상실된다."[2]

죽음은 살아 있는 자들에게 삶의 의미를 새롭게 열어준다. 현재의 삶에 책임과 의무를 다하고, 이 세상을 초월하는 기대보다 현재의 삶에 희망을 걸도록 일러준다. 죽음으로 인해 자신의 삶이 끝나는 것이 아니라 자신의 삶이 끝나면 죽음도 끝난다고 인식시키는 것이다. 그리하여 화자는 "죽은 물푸레나무"만을 바라보지 않고 "나는 무엇으로 서 있었던가"라고 자신을 되돌아본다. 삶을 긍정하고 죽음을 자신의 협력자 내지 동반자로 받아들이는 것이다.

이와 같이 권진희 시인은 열린 마음으로 타자들과 함께한다. 인연이 된 타자들은 물론이고 죽음까지도 끌어안고 자신의 삶의 의미를 성찰하고 구현하는 것이다. 시인은 아버지와 어머니가 자식에게 그러했듯이, 나무와 새가 서로에게 그러했듯이, 타자를 품으며 주체성을 확립한다. 자신이 한 개체라는 사실을 넘어 타자와 함께하는 존재라고 인식하는 것이다. 결국 시인은 타자를 통해 자신의 생을 긍정하고 진리의 지평을 확대해나가는 것이다.

---

2   에마뉘엘 레비나스, 『시간과 타자』, 강영안 역, 문예출판사, 1998, 145쪽.

긍정의 시학

― 김종상 시집, 『고갯길의 신화』

1.

김종상 시인의 시 세계는 자신이 지향하는 길을 긍정적으로 인식하고 걸어가는 노래들이라고 볼 수 있다. 시인은 삶을 영위하는 일이 거리에서 찬바람을 맞는 것과 같이 만만하지 않다고 여기지만 회피하거나 물러서지 않고 기꺼이 맞선다. 비록 부조리한 상황에 놓여 있다고 할지라도 자신의 인간 존재성을 자각하고 극복해나가는 것이다. 그리하여 시인의 노래들을 듣고 있으면 마틴 셀리그먼이 제시한 긍정심리학이 자연스럽게 떠오른다.

셀리그먼은 그동안의 심리학이 정신질환의 치료에만 관심을 두었는데, 인간에게 올바른 것이 무엇인지에 대한 연구가 보다 필요하다고 주장했다. 실제로 심리학은 지난 50년 동안 우울증이나 정신분열증같이 애매모호했던 증상들을 상당히 진단했고 정신질환의 발병 과정, 유전적 특징, 생화학적 작용, 심리적 원인 등에 대해서도 방대한 지식을 축적했다. 그 결과 30여 가지의 심각한 정신질환 중에서 14가지는 약물 치료나 특수 심리 요법 등으로 효과를 보고 있고 2가지는 완치까지 가능하다. 그렇지만 삶을 불행하게 만드는 심리 상태를 완화하는 데 치중하다 보니 삶의 긍정적 가치를 부각시키는 노력은 소홀히 해왔다. 따라서 약점을 보완하는 데 시간을 투자하기보다는 의미 있는 일에 추구하는 면이, 삶을 불행하게 만드는 부정 심리보다는 긍정 정서를 연구하고 미덕을 살려내는 일이 필요한 것이다. 개인의 강점을 발견하고 계발해서 일, 사랑, 자녀 양육, 여가 활동 등에 활용하면 행복을 실현할 수 있는 것이다. 이처럼 긍정심리학은 개인과 사회를 발전시키는 장점과 강점을 연구하는 심리학의 한 분야로 정신질환을 치료하기보다는 인생에 충실하려고 한다. 고통을 완화하거나 개인의 수준을 정상으로 올리기보다는 현재의 상태를 더 우수한 수준으로 높이는 데 관심을 갖는 것이다.[1]

김종상 시인의 시 세계에는 셀리그먼이 제시한 긍정의 정서가 놓여 있다. 긍정적인 자세로 자신이 선택한 길을 걸어가고 인연들을 끌어안는다. 지적인 영역과 창의적인 영역을 구축해 삶의 자원으로 활용하고, 신체적인 영역을 확장시켜 인내심을 키우고, 심리적인 영역을 심화시켜 불안감이나 좌절감이나 무기력이나 분노 같은 부정 정서를 긍정 정서로 전환한다. 알렉산드르 블로끄가 "삶은 시작도 끝도 없다./우리 모두를 숨어 살피는 우연./우리 위에는 피할 수 없는 어스름,/혹은 신의 얼굴의 광명./그러나 그대 예술가여, 굳게 믿을지어다/시작과 끝의 존재를. 그대는 알지어다/천국과 지옥이 어디서 우리를 지켜보고 있는지를./그대는 침착한 잣대로 보이는 모든 것을 헤아려야 한다./우연한 윤곽들을 지우라—/그러면 알게 되리니, 세계는 아름답다는 것을./어디가 빛인지 알지어다. 그러면 어디가 어둠인지 알게 되리니./세상의 신성과 세상의 죄악,/그 모든 것이 천천히 지나가게 하라,/영혼의 열기와 이성의 한기를."(「삶은 시작도 끝도 없다」 전문)[2]이라고 노래한 세계관과 같은 것이다.

인간의 삶은 자신의 의지와 상관없는 우연이, 인간이 피할 수 없는 신이 지배하고 있는지 모른다. 삶은 시작도 끝도 없는 어스름과 같다고 볼 수 있는

---

1 Martin E. P. Seligman, 『긍정 심리학』, 김인자·우문식 역, 물푸레, 2016, 12~16쪽.
2 Alexandr Alexandrovich Blok, 『삶은 시작도 끝도 없다』, 이명현 편역, 창비, 2014, 60쪽.

60   현대시의 가족애

것이다. 그렇지만 블로끄는 예술가는 시작과 끝이 존재한다는 것을 믿어야 한다고 제시했다. 천국과 지옥이 인간을 지켜보고 있다는 사실을 인정하고 살아가야 이 세상의 어느 곳이 빛이고 어느 곳이 어둠인지 알게 되어 살아갈 만한 곳을 선택하고 올바른 자세를 갖는다고 보았다. 결국 이 세계를 아름답고 살아갈 만한 곳으로 인식하고 적극적으로 적응하는 것이다.

적응이란 르네 듀보(René Dubos)가 『적응하는 인간』에서 말했듯이 주어진 환경에 수동적으로 따르는 것이 아니라 인간다운 삶을 영위할 수 있는 환경을 만들어가는 것이다. 타락한 환경에 순응하는 것이 아니라 인간 가치를 실현할 수 있는 환경을 이루는 것이다. 우리가 살아가는 이 자본주의 사회는 환경오염이 심각하고 신뢰할 수 없는 광고들이 넘쳐나고 돈으로 얽힌 비정한 사건들이 매일 일어나는 등 많은 문제점을 안고 있다. 따라서 이 타락한 사회에 안일하게 순응하려는 자신을 반성하고 삶의 주체성을 가지고 영위해나가야 한다. "오, 나는 미친 듯 살고 싶다./모든 현존을 영원케 하고/몰개성적인 것을 인간화하며/이루어지지 못한 것을 구현하고 싶다!"(「오, 나는 미친 듯 살고 싶다」)[3]고 노래할 필요가 있는 것이다.

2.

바람이 불어옵니다
옷깃을 파고드는
모래바람입니다

---

[3] 나머지 부분은 다음과 같다. "삶의 불안한 꿈으로 가위눌리고/그 꿈속에서 나 숨 막히면 어떠리./어쩌면, 미래에 쾌활한 젊은이가/나에 관해 이렇게 말할지도.//음울함을 용서합니다. 정말이지 그건/그의 은밀한 원동력 아니겠어요?/그는 온전히 선과 빛의 아이/그는 온전히 자유의 제전!"(위의 책, 65쪽).

바늘바람입니다

산다는 것은
세상 산다는 것은
거리로 나와서
바람을 맞는 일입니다

버려진 종이가
바람에 날립니다
산다는 것은
곧 그런 것입니다.

— 「산다는 것은」 전문

"바람"은 작품의 화자에게 가해하고 있다. "옷깃을 파고드는" 공격으로 화자를 움츠러들게 하고, "모래바람"으로 화자를 넘어뜨리고, "바늘바람"으로 화자를 아프게 한다. "바람"은 "모래바람"과 "바늘바람"에서 보듯이 유사성과 인접성으로 결합되어 강하기만 하다. 그리하여 "바람"의 공격이 지속된다면 화자는 떨어지는 나뭇잎과 같은 운명이 되고 만다. "바람"에 맞서 자신을 지키지 못하면 "버려진 종이가/바람에 날"리는 것과 같은 상황에 처해질 수밖에 없는 것이다. 그렇지만 작품의 화자는 움츠러들거나 쓰러지지 않는다. 두려워하거나 아파하지도 않는다. "산다는 것은/세상 산다는 것은/거리로 나와서/바람을 맞는 일"이라고, "곧 그런 것"이라고 인식하고 당당히 맞선다.

이 세계에 대한 태도에는 허무주의와 비관주의 그리고 낙관주의를 들 수 있다. 허무주의는 자신의 삶에 절대적인 진리나 도덕이나 가치 등이 존재하지 않는다고 보고 기존의 권위 등을 부정한다. 비관주의는 이 세계는 본래 불합리한 비애로 가득해 행복도 덧없고 일시적인 것이라고 여긴다. 이에 반해 낙관주의는 이 세계가 선(善)을 향해 나아가기 때문에 즐겁게 살아갈 필요가 있다고 생각한다. 작품의 화자가 "세상 산다는 것은/거리로 나와서/바람을 맞는 일입니다"라고 노래하는 것은 낙관주의에 속한다. 자신의 생애를 방해하거나 억압하는 환경에 맞서는 것이다. 곧 "벌판을 지나면 언덕이 기다리고/언덕을 넘으면 산이 막아서지만/그래도 쉬지 않고 가"(「우리 사는 일」)는 것이다.

걸림돌이 되던 돌부리도
빗물 괴면 디딤돌 된다

고질병에 점 하나 찍으면
고칠병이 되지 않느냐

사는 일이 힘들 때는
긍정의 점 하나 더하자

빚에도 점 하나 보태면
빛이라는 희망이 되고

기망(欺罔)도 점 하나 더하면
가망(可望)으로 바뀌지 않느냐

안 된다는 부정보다
된다는 긍정에 방점을 두자.

— 「긍정의 방점」 전문

위의 작품의 화자는 어떤 사실이나 생각에 대해 옳다거나 그렇다고 인정하는 "긍정"의 가치를 자기 발전으로 추구하고 있다. "고질병에 점 하나 찍으면/고칠병이 되지 않느냐"라고 강조한 것이 그 모습이다. 고통을 완화하고 질환을 치료하는 데 관심을 갖기보다는 긍정적인 마음으로 자신의 강점을 부각시키고 있는 것이다. "빚에도 점 하나 보태면/빛이라는 희망이" 된다거나 "기망

(欺罔)도 점 하나 더하면/가망(可望)으로 바뀌지 않느냐"라고 강조하는 것도 마찬가지이다. 그리하여 화자는 "안 된다는 부정보다/된다는 긍정에 방점을 두자"라고, "사는 일이 힘들 때는/긍정의 점 하나 더하자"라고 노래한다.

긍정하는 마음을 가질수록 지적, 신체적, 심리적, 사회적 자원을 구축해 위기의 상황에 활용하거나 기회의 상황을 만든다. 비관적인 생각을 버리고 자신감을 갖고 어려움이 생겨도 회복력을 발휘한다. 신체 활동력을 키워 근육이나 심장 혈관 등을 건강하게 만들고 면역력을 높인다. 정보에 많은 관심을 기울여 생산성과 직업 만족도를 높인다. 사회적 자원도 풍부하게 만들어 자기중심적인 사고에서 벗어나 융통성 있는 사고 작용을 촉진시켜 상대방과의 유대감 혹은 안정적인 애착을 만든다. 사랑이나 목표 달성을 위한 밑거름을 이루고 문제 해결 능력이나 열정을 발휘한다. 사회 활동 시간을 늘려 참여율을 높이고 이타심을 발휘하고 다른 사람과 함께 행운을 나눈다. 분노나 불안이나 무기력 같은 부정 정서를 줄이고 역경을 극복할 수 있는 긍정적인 자세를 키운다.[4] 작품의 화자는 이와 같은 거울로 아버지와 어머니를 소개하고 있다.

3.

또다시 봄이 오니
막골 산밭머리에 있는
어머니 아버지 유택에도
봄풀이 파랗게 돋았다

평생 거기에서 일하셨던
아버지 어머니였기

---

4   마틴 셀리그먼, 앞의 책, 85~109쪽.

봄풀이 돋은 밭머리에
누워만 계시진 않을 것이다

아버지는 새벽같이 일어나
누렁소와 쟁기질을 하거나
못자리판 피사리를 할 것이다

아니면 터만 남은 옛집
그 빈 마당에 풀을 뽑고
사립을 손질할지도 모른다

어머니도 그러실 것이다
텃밭의 채소에 거름을 주고
울바자에 호박순을 거두거나

집 안에 들어가 마루를 닦고
묵은 빨래를 씻어 널거나
뒤란의 장독대를 돌아보며
장맛을 걱정하실지도 모른다

봄풀이 파랗게 돋아나는
이 좋은 봄날에
절대로 가만히 누워만 계실
어머니, 아버지가 아니다

못난 이 자식을 생각하며
어머니는 여름옷을 손질하고
아버지는 시장에 가서
고무신을 찾으실지도 모른다

봄이 오고 농사철이 되면

막골 산밭머리 유택에 계신
내 어머니, 아버지는
생전에 하셨던 대로 아침 일찍
논밭으로 나가셨을 것이다.

—「새 풀이 돋으면」 전문

작품의 화자는 돌아온 봄날 "막골 산밭머리에 있는/어머니 아버지 유택에" 찾아갔다가 "봄풀이 파랗게 돋"은 것을 발견한다. 그리고 그 "봄풀"을 바라보면서 당신들이 "평생 거기에서 일하"던 모습을 떠올린다.

화자에게는 "아버지 어머니"의 일하는 모습이 생전의 수많은 장면들 중에서 우선적으로 떠오른다. 아침이나 저녁이나, 날씨가 좋은 날이나 흐린 날이나, 평일이나 휴일이나 다르지 않다. "아버지는 새벽같이 일어나/누렁소와 쟁기질을 하거나/못자리판 피사리를" 하거나 "마당에 풀을 뽑고/사립을 손질"한다. "시장에 가서/고무신을 찾"기도 한다. "어머니도 그러"해 "텃밭의 채소에 거름을 주고/울바자에 호박순을 거두"고, "자식을 생각하며" "여름옷을 손질"한다. 또 "집 안에 들어가 마루를 닦고/묵은 빨래를 씻어 널거나/뒤란의 장독대를 돌아보며/장맛을 걱정"한다.

그리하여 화자는 "봄풀이 파랗게 돋아나는/이 좋은 봄날에/절대로 가만히 누워만 계실/어머니, 아버지가 아니다"라고 생각한다. "봄이 오고 농사철이 되"었기에 "생전에 하셨던 대로 아침 일찍/논밭으로 나가셨을 것"이라고 확신하는 것이다. 화자의 이와 같은 면은 "어머니"를 부르는 경우 더욱 여실하다.

수수깡 울타리
호박잎에 비 내리는 소리

들로 가신 어머니는
오늘도 웬일일까

비안개 줄기줄기
몰아 넘는 당잿마루

삽을 메신 어머니는
어느 논귀에 서 계실까?

비에 젖은 삼베 적삼
얼비치던 젖무덤

이 비를 다 맞으시고
어머니는 웬일일까?

도롱 삿갓 손에 들고
아기는
눈물을 글썽이는데

범밭둑 옷샘터에
뿌리박는 쌍무지개

—「기다림」 전문

　위의 작품의 화자는 "아기"가 되어 어린 시절의 한순간에 서 있다. 화자는
"수수깡 울타리" 곁에서 "호박잎에 비 내리는 소리"를 들으며 "들로 가신 어
머니"를 기다린다. "어머니"는 "비안개 줄기줄기/몰아 넘는 당잿마루" 너머에
있는 논에 일하러 가 돌아오지 않고 있다. 그리하여 화자는 "삽을 메신 어머니
는/어느 논귀에 서 계실까?" 하고 걱정한다. "도롱 삿갓 손에 들고" 있지만 전
해줄 수 없어 "비를 다 맞으시"는 "어머니"를 마냥 안쓰러워하고 있는 것이다.

"어머니"는 가난한 살림을 이끌기 위해 비가 와도 눈이 와도 바람이 불어도 폭염의 날씨에도 온몸을 다해 일한다. 당신이 마땅히 해야 할 직분으로 여기고 힘들어도 회피하지 않고 감당한다. 화자는 그 "어머니"를 위해 "범밭둑 옷 샘터에/뿌리박는 쌍무지개"를 내놓고 있다. 가족을 위해 헌신한 당신께 보답하려고 황홀하도록 아름답고 희망과 행운을 상징하는 "쌍무지개"를 마련한 것이다. 자신의 운명을 긍정하고 일하는 어머니의 모습은 다음의 글에서도 볼 수 있다.

어머니가 자진해서 떠맡은 일은 모두가 싫어하는 분쇄기 일이었다. 틀 하나에서 여러 개의 제품이 이어져 나오기 때문에 제품과 제품 사이에 아니면 제품 외부에 바리라고 불리는 불필요한 부분이 이어지기도 한다. 또한 불량품이 대량으로 생기는 일도 허다하다. 던져버리면 그만이지만 경제적인 면에서는 그럴 수도 없다. 그런 쪼가리 제품을 분쇄기에 넣어 알갱이 또는 분말 상태로 만들어 새로운 연료에 섞어 재생해서 이용해야 한다. 분쇄기 소음과 날리는 화학연료의 분진 때문에 이 일을 하려면 귀와 입은 물론이고 코까지 막아야 한다. 수건으로 입과 코를 감싸는 등 나름의 방법을 취해보긴 하지만 분진을 막기에는 역부족이다. 그러니 모두가 그 일을 하지 않으려 했고 단숨에 산처럼 쌓이고 말았다. 그렇지 않아도 비좁은 공장이 포화 상태에 이를 수밖에 없다. 그런 분쇄 일을 어머니는 자진해서 했다. 그것으로 공장의 모든 일을 하나에서 열까지 어머니가 뒷받침하고 있다는 자부심을 긍지로 살아온 것 같다. 그런데 화학연료 속에는 유리수지가 포함되어 있어 잠시 옆에 있기만 해도 눈이 따끔거릴 정도였다. 이런 환경에서 장시간, 아니 장기간에 걸쳐 노출되다 보면 몸에 좋을 리가 없다. 과학적 지식이 전혀 없다고 해도 그러한 사실을 어머니가 모를 리는 없을 텐데도 그 일을 오랫동안 맡아온 것이다.

— 「어머니와 자전거」 부분[5]

5 현선윤, 『어머니와 자전거』, 서혜영 · 한행순 역, 푸른사상사, 2015, 41~42쪽.

일제강점기에 일본으로 건너가 정착한 제주도 출신 부모로부터 1950년 오사카에서 태어나 그곳에서 성장하고 대학과 대학원을 졸업한 뒤 현재 오사카 경제법과대학 아시아연구소 객원교수로 재직 중인 현선윤의 산문 중 일부이다. 그의 "어머니"는 학교를 다닌 적이 없고 글자를 쓸 줄 몰랐지만 일본어를 일본인들만큼 구사했는데, 당신의 삶을 위해서는 물론 자식의 삶에 방해가 되지 않으려고 피나는 노력을 한 것이다. "어머니"의 그 헌신적인 모습은 "모두가 싫어하는 분쇄기 일"을 자진해서 맡은 데서도 확인된다. "분쇄기 소음과 날리는 화학연료의 분진 때문에 이 일을 하려면 귀와 입은 물론이고 코까지 막아야" 할 정도로 힘들었다. 그리고 "화학연료 속에는 유리수지가 포함되어 있어 잠시 옆에 있기만 해도 눈이 따끔거릴 정도"로 건강에 좋지 않았다. "이런 환경에서 장시간, 아니 장기간에 걸쳐 노출되다 보면 몸에 좋을 리가 없"는데도 불구하고 "어머니"는 기꺼이 맡았다. "공장의 모든 일을 하나에서 열까지 어머니가 뒷받침하고 있다는 자부심"을 갖는 차원을 넘어 이국에서, 아니 적국에서 뿌리박으려고 헌신한 것이다.

이처럼 어머니는 자식에게 언제나 목이 메는 이름이다. 자식의 생명을 탄생시킨 근원일 뿐만 아니라 자식의 어려움도 슬픔도 원망도 절망도 온몸으로 끌어안는다. 자식의 기쁨에는 한없이 즐거워하고, "내가 기침만 해도/어머니는 몸살을 앓"(「익모초」)을 정도로 자식의 고통에는 한없이 아파한다. 투박한 손으로 자식의 등을 다독여주고, 온몸으로 자식의 양식을 마련해준다. 어머니는 자식의 마음속에서 밤하늘의 은하수처럼 빛난다. 하늘 아래 첫 이름으로 불리는 것이다.

4.

작품의 화자가 자신의 어머니와 아버지를 작품에 등장시킨 것은 주어진 운명을 긍정하며 당신들의 길을 걸어갔기 때문이다. "삶이란 첩첩 산길/고개 너머 또 고개라/어머니 삼베 적삼/땀 마를 적 없"(「외로운 나그네」)이 걸어간 것이다. 따라서 당신들의 일은 단순히 노동의 영역에만 속하는 것이 아니라 그 이상의 의미를 갖는다. 가난한 농부의 삶이 결코 나아질 전망이 보이지 않지만 포기하지 않고 기꺼이 감당했기에 일상적이면서도 숭고한 것이다. 마치 알베르 카뮈가 『시시포스 신화』에서 제시한 반항과 같은 것이다.

"어떤 경험, 어떤 운명을 산다는 것은 그것들을 전적으로 받아들인다는 것이다. 그런데 운명이 부조리하다는 것을 알면서도, 의식에 의해 밝혀진 이 부조리를 자기 자신 앞에 고스란히 붙잡아 두기 위해 모든 것을 다하지 않는다면, 그 운명을 살아내지 못할 것이다. 부조리의 존재방식인 대립의 여러 항목들 가운데 어느 하나를 부정하는 것은 결국 부조리를 회피하는 것이나 다름없다. 의식의 반항을 폐기한다는 것은 곧 문제 자체를 교묘하게 피해가는 것이니 말이다. 이렇듯 항구적 혁명의 테마는 개인의 경험 차원으로 옮겨진다. 산다는 것, 이는 곧 부조리를 살려 놓는 일이요. 그리고 부조리를 살려 놓는다는 것, 이는 그 무엇보다도 부조리를 주시하는 일을 뜻한다."[6]고 카뮈는 말했다.

카뮈는 한 개인을 짓누르는 운명을 확인하는 과정에서 체념을 극복하고 삶의 위대한 가치를 회복했다. 실존자로서 자신의 어둠에 끊임없이 대면하고 현존을 인식한 것이다. 카뮈가 이와 같은 자세를 견지할 수 있었던 것은 부조리 상황에 대해 반항했기 때문이다. 카뮈는 포도농장 저장 창고의 노동자였던 아버지와 글을 모르고 말이 어눌했던 어머니 사이에서 태어났는데, 그가 한 살이었을 때 제1차 세계대전에 징집된 아버지가 세상을 뜨고 말았다. 그리하여 어머니가 가정부 일을 하고 어린 나이의 형이 돈을 벌어 외할머니와 장애

---

6 Albert Camus, 『시시포스 신화』, 오영민 역, 연암서가, 2014, 95~96쪽.

현대시의 가족애

를 가진 외삼촌을 부양하며 근근이 살아갔다. 카뮈는 그와 같은 처지에서 그의 문학적 재능을 알아본 루이 제르맹 초등학교 교사의 각별한 사랑으로 상급 학교에 진학할 수 있었고 알제 대학까지 입학했다. 그렇지만 폐결핵의 발병으로 인해 휴학했고, 철학 졸업 논문을 제출했지만 건강상의 이유로 교수 자격 시험 응시를 거부당했다. 그렇지만 카뮈는 절망하지 않고 노동 극단을 창단해서 공연했고, 신문 기자가 되어 정치 칼럼 및 문학 기사를 썼다. 또한 소설『이방인』과 에세이『시시포스의 신화』를 썼고, 민족해방운동의 지하 신문도 발간했다. 미국이 일본의 히로시마와 나가사키에 원자폭탄을 투하한 일을 강도 높게 비판했고, 사형 선고를 받은 그리스 공산당원들의 구명 운동을 계기로 사형 폐지론을 주장했다. 카뮈는 가난하고 건강이 좋지 않아 학업을 그만둘 수밖에 없었지만 자신의 길을 포기하지 않았다. 자신의 운명을 긍정적으로 인식하고 부조리한 상황에 맞서 나간 것이다.

김종상 시인의 작품에 등장한 어머니 아버지도 같은 차원으로 이해할 수 있다. 당신들이야말로 주어진 운명의 길을 긍정하고 생을 다할 때까지 흔들림 없이 걸어갔다. 그리하여 시인은 어머니 아버지를 자신의 삶의 거울로 삼고 있다. "사는 일은 불꽃과 같아/꺼져버리면 적막이지만/식어버린 재 속에서도/남는 불씨가 있"(「남은 불씨」)다고, 즉 당신들이 두고 간 불씨를 피울 수 있다고 노래하는 것이다. 그리하여 시인 역시 인간 존재로서 추구하는 길을 부단하게 걸어간다. 나아가는 동안 폭풍이 몰아치고 폭우가 쏟아지고 폭설이 내려도 물러서거나 포기하지 않는다. 자신의 운명을 긍정하고 부조리한 상황에 맞선 어머니 아버지가 물려준 나침반을 들고 있기에 든든하기만 하다.

제2부

'당신'의 시학

— 이인호 시집, 『불가능을 검색한다』

1.

이인호 시인의 시 세계에서 '당신'이라는 이인칭 대명사는 스무 편이나 되는 작품에 등장하면서 시인의 세계 인식을 반영하고 있다. 작품들에서 당신은 부모를 비롯한 지인으로도, 사회적 대상이나 역사적인 존재로도 읽힌다. 따라서 시인의 작품들에서 당신이 누구인지는 파악해볼 만한 주제이다. 마치 만해 한용운의 작품들에서 '님'이 누구인지를 분석하고 그 의미를 연구하는 경우와 같은 것이다. 그렇지만 만해의 경우는 개인 차원을 넘어 일제 강점기라는 특별한 상황과 그가 불타였다는 신분 등으로 님의 정체성이 중요한 데 비해 이인호의 경우는 당신과의 관계 자체가 보다 주목된다. 따라서 이인호의 작품에서 당신이 누구인가에 대한 고찰은 후순위로 놓고자 한다.

이인호 시인의 작품에 등장하는 당신은 적당한 온도와 향기를 가지고 있다. 또한 작품의 화자가 당신의 얼굴을 바라볼 때 함께 바라보고, 화자가 당신의 손을 잡을 때 같은 방향으로 선다. 이름이 불리는 것만으로도 당신의 얼굴은 푸르게 빛나고, 함께 걷는 걸음만으로도 당신의 발목은 따스하다. 그리고 모퉁이를 돌아야 삶이 이어진다고 인식할 정도로 적극적이다. 그리하여 당신이 심어놓고 간 온기는 차츰차츰 뿌리를 뻗고 싹을 틔운다.

그렇지만 당신의 형편이 평온하거나 여유로운 것만은 아니다. 당신은 서랍 깊숙이 진통제를 넣어두고 복용할 정도로 질병을 앓고 있고, 당신의 심장을 그리기로 마음먹고 가슴을 열어보았을 때 생각했던 것보다 유난히 붉었다. 그러면서도 상가(喪家)에서 초상을 보며 허기를 잊을 정도로 마음이 여렸다. 따라서 작품의 화자와 당신과의 관계는 손쉽게 마련된 것이 아니다. 당신의 호주머니에서 꺼낸 빛이 오래 죽은 병아리처럼 유용하지 않자 실망하고, 변명과 실수를 반복해서 분노로 멀어져 있는 당신이 다가오자 또다시 물러난다. 사소한 불편을 성가신 것으로 여기고 자신을 지킨다고 성 밖으로 내던진 무수한 화살과 창이 당신에게 꽂힌 적도 있다. 심지어 방아쇠를 당겨 당신을 쏘는 죄도 저질렀다.

하지만 작품의 화자는 당신의 존재를 부정하지 않는다. 그만큼 당신과 뗄 수 없는 관계에 있는 것이다. 화자는 당신이 남긴 지문이 바람에 풍기는 것을 느끼고, 당신의 향기가 기억보다 오래 남아 있다고 고백한다. 당신과 오래 보았던 지붕 아래 구겨 넣은 신발 두 켤레를 보면서 그리움도 갖는다. 생강나무 노란 꽃망울을 보며 당신에게 자라난 난포를 떠올리고, 몇 번의 병증을 검사받으면서 당신의 안부를 궁금해한다. 당신이 오지 않으면 아무 소용이 없다고 함께 머무르던 지명을 되새기기도 한다. "당신이 송전탑에서 만든 구름이 나풀나풀 피어오를 때마다/환호를 지르던 푸르디푸른 지상의 균형"(「누구나 갈비뼈에 몸을 묶고 산다」)을 꿈꾸기도 한다.

국어사전에 따르면 당신의 의미는 다섯 가지로 쓰인다. 첫째는 듣는 이를 가리키는 이인칭 대명사. "이 일을 한 사람이 당신이오?"처럼 하오할 자리에 쓴다. 둘째는 부부 사이에서 상대편을 높여 이르는 이인칭 대명사. 셋째는 "당신의 희생을 잊지 않겠습니다"처럼 문어체에서 상대편을 높여 이르는 이인칭 대명사. 넷째는 맞서 싸울 때 상대편을 낮잡아 이르는 이인칭 대명사. 다섯째는 "할아버지께서는 생전에 당신의 장서를 소중히 다루셨다"처럼 그 사람 자신을 아주 높여 이르는 말 등이다.[1] 이인호 시인의 작품들에서 문맥으로 보았을 때 첫째와 넷째로의 사용은 보이지 않는다. 따라서 당신을 둘째와 셋째와 다섯째의 경우로 인식하고 그 의의를 살펴보고자 한다.

2.

계획되지 않은 동네에선
계획이 자꾸 틀어진다
조만간 계획이 들어서서,
계획들을 밀어내고
거주보다 확실한 보증이
필요한 사람들은
조금 더 넓은 길을 위해
바닥을 자꾸 다질 것이다

구경꾼이 많은 동네는
계획되지 않은 동네다
무계획을 들여다본 사람들은 그래서
자신의 무계획에 대해 안심하고
계획을 다시 세운다

무계획의 동네에 가면 자주 평상을 만난다
평상의 계획은 그래서 경계가 없다

평상의 풍경은

---

1   국립국어원 표준국어대사전(http://stdweb2.korean.go.kr/search/List_dic.jsp).

평상에서 바라본 풍경과 다르고
평상의 계획은
평상에서 바라본 계획과 다르다

내가 당신의 얼굴을 바라볼 때
당신이 내 얼굴을 함께 바라보는 것은
평상의 풍경이고
내가 당신의 손을 잡을 때
당신이 같은 방향으로 서 있는 것이
평상의 계획이다

— 「평상의 계획」 전문

위의 작품에서 "평상"은 "계획"과 대조를 이룬다. 전자가 자연적인 것이라면 후자는 인위적인 것이고, 전자가 열린 장소라면 후자는 닫힌 장소이다. 전자가 다수의 것이라면 후자는 소수의 것이고, 전자가 인간적인 면을 띤다면 후자는 비인간적인 면을 띤다. 그리하여 "무계획의 동네에 가면 자주 평상을 만"나게 된다. "평상의 계획은 그래서 경계가 없다". 나무로 만든 침상을 밖에 내어놓아 누구나 앉거나 누워 쉴 수 있는 것이다.

그런데 그와 같은 상황은 지속되지 못한다. "계획되지 않은 동네에선/계획이 자꾸 틀어"지게 되는데, "조만간 계획이 들어서서,/계획들을 밀어"낼 것이기 때문이다. 그렇게 되면 "거주보다 확실한 보증이/필요한 사람들은/조금 더 넓은 길을 위해/바닥을 자꾸 다질 것이다". "구경꾼이 많은 동네는/계획되지 않은 동네"이고, "무계획을 들여다본 사람들은 그래서/자신의 무계획에 대해 안심하"게 되는데, 다른 상황이 전개되는 것이다.

그와 같은 상황에서 "내가 당신의 얼굴을 바라볼 때/당신이 내 얼굴을 함께 바라"본다. 또한 "내가 당신의 손을 잡을 때/당신이 같은 방향으로 서 있"다.

　　　　　　　　　　　　　　　　　　　현대시의 가족애

이와 같은 것이 "평상의 풍경"이고 "평상의 계획"이다. 화자와 "당신"은 "계획"의 침입에 의해 밀려나고 있지만 같은 세계관과 가치관을 가지고 연대하는 것이다.

바다를 메운 자리에 꽃이 피었다
살아가다 보면 꽃보다 꽃이 핀 자리가 더 눈부심을
바람이 한결 가벼워서 함께 피어나던
한 생이 다른 생으로 이어지던 자리
길은 마치 물결처럼 반짝이고, 물결이 지나간 곳에
한 움큼씩 쏟아지던 굵은 소금들

자신의 모습을 덜어낼수록 더욱 단단해져
바라보는 것들이 무서워 담장이 올라갔다
시멘트 벽에 갇힌 노동은 더 이상 경계를 넘지 못해
너의 이름을 조용히 부르려다 말고
공장 밖을 서성이다 돌아선다
당신의 유일한 나머지를 짊어지면 어깨를 조여 오는
바다를 채우던 날의 갯내 가득한 기억

구름은 언제나 기억 너머를 향해 흘러간다
누군가는 구름 위에서 노래를 부르기도 하고
누군가는 구름 위에서 춤을 추기도 한다
한때는 거대한 크레인이 구름은 아닌지
의심했던 적이 있다
하지만 구름보다 높은 크레인은 없어
구름 위에 서는 법은 구름보다 높이 올라가야만 할 뿐
내가 딛고 있는 바닥의 이름을 알아야 할 뿐
그대가 우리에게 남기고 간 바닥의 이름을 불러본다

이름이 불리는 것만으로도
당신의 얼굴은 푸르게 빛나고
함께 걷는 걸음만으로도
당신의 손길이 발목을 따스하게 하던
이제 그 길은 정말 사라지고 없는가
당신이 짊어진 것을 들여다볼 순간도 없이
우리에게 남기고 간 바닥의 이름을 불러볼 순간도 없이
하지만 그게 구름이 떠다니는 이유라는 걸
결국 길이란 것도 떠도는 것들을 위한 흔적이니

굳이 당신의 짐을 들여다볼 필요도 없어
다만, 우리가 딛고 있는 바닥의 이름을 나지막이 부른다
메아리처럼 둥둥 북소리가 들리고
그 소리에 당신의 심장이 두근거린다면
그저 흔적을 향해 눈길 한 번 주고
다시 가야 하는 것, 다시 걸어야 하는 것

—「소금포─흔적 8」 전문

위의 작품에 등장하는 "당신"은 "소금포"와 깊은 관계를 가진 존재이다.
"소금포"는 울산시 북구 염포동의 옛이름으로 과거에 염전이 있었기 때문에
붙여진 이름이다. 그리하여 화자는 그 "바다를 메운 자리에 꽃이 피"어 있는
것을 바라보면서 "살아가다 보면 꽃보다 꽃이 핀 자리가 더 눈부심을" 깨닫는
다. "한 생이 다른 생으로 이어지던 자리/길은 마치 물결처럼 반짝이고, 물결
이 지나간 곳에/한 움큼씩 쏟아지던 굵은 소금들"을 다시금 떠올리는 것이다.

"다른 생으로 이어"졌다는 사실은 삶의 환경이 바뀌었다는 것이다. 곧 "소
금포"의 자리에 "공장"이 들어선 것이다. "시멘트 벽에 갇힌 노동은 더 이상
경계를 넘지 못"하고 "공장 밖을 서성이다 돌아"서고 만다. "당신의 유일한
나머지를 짊어지면 어깨를 조여 오는/바다를 채우던 날의 갯내 가득한 기억"

이 있을 뿐이다.

그렇지만 그 기억도 한계가 있어 "구름은 언제나 기억 너머를 향해 흘러간다". "누군가는 구름 위에서 노래를 부르기도 하고/누군가는 구름 위에서 춤을 추기도" 하는 바람에 "한때는 거대한 크레인이 구름은 아닌지/의심했던 적이 있"었다. "하지만 구름보다 높은 크레인은 없어/구름 위에 서는 법은 구름보다 높이 올라가야만" 한다는 진리를 깨닫는다. 결국 "다른 생으로 이어"진 상황을 기정 사실로 받아들이는 것이다. 그와 같은 자세가 "내가 딛고 있는 바닥의 이름을 알"려고 하는 것이고, "그대가 우리에게 남기고 간 바닥의 이름을 불러"보는 것이다.

실제로 "이름이 불리는 것만으로도/당신의 얼굴은 푸르게 빛"나고, "함께 걷는 걸음만으로도/당신의 손길이 발목을 따스하게" 한다. 그렇지만 그것은 다 지나간 옛일이다. 화자는 "이제 그 길은 정말 사라지고 없는가"라고 반문한다. "당신이 짊어진 것을 들여다볼 순간도 없이/우리에게 남기고 간 바닥의 이름을 불러볼 순간도 없이" 떠나간 사실을 안타까워한다. "하지만 그게 구름이 떠다니는 이유라는 걸" 수긍한다. "결국 길이란 것도 떠도는 것들을 위한 흔적"이라는 사실을 인정하는 것이다.

화자는 이와 같은 자세로 자신의 현재 상황을 적극적으로 인식한다. "굳이 당신의 짐을 들여다볼 필요도 없어/다만, 우리가 딛고 있는 바닥의 이름을 나지막이 부"르는 것이다. 그리하여 "메아리처럼 둥둥 북소리가 들리고/그 소리에 당신의 심장이 두근거린다면/그저 흔적을 향해 눈길 한 번 주고/다시 가야" 한다고 다짐한다. "다시 걸어야 하는 것"을 운명으로 여기고 나아가는 것이다.

화자의 이와 같은 의식은 "당신"으로부터 독립하는 것이지만 함께하는 것이기도 하다. "당신의 심장"을 들으면서 가기 때문이다. "눈길 한 번 주고" 다시 가지만, "당신"의 흔적을 품고 가기 때문이다. 화자는 "당신"으로부터 독립하는 것을 바람직하다고 여기면서도 "당신"과 함께하는 것을 운명으로 여긴다. "당신"을 동반자로 삼고 갈등보다는 화해로, 오해보다는 이해로, 미움보다는 사랑으로 감싸 안는다. 화자는 "당신"과의 관계를 단순히 받아들이는 것이 아니라 만들어가는 것이다.

3.

> 기억과 기억 사이 맞물리는 관절마다
> 분해되지 않은 기억이 날카롭게 파고들어요
> 기억이 만들어낸 물음표
> 굽은 기호가 흐르는 혈관
> 뒤돌아 걸어가는 그대에게 내가 보냈던,
> 수많은 물음들이 제대로 흐르지 못해
> 일으킨 동맥경화
>
> 맞아요 모든 질병의 근원은 호기심이에요
> 견디기 힘든 질문은 하지 마세요
> 내 심장은 온몸에 피를 돌리기도 벅차요
> 당신이 서랍 깊숙이 숨겨놓은 진통제는
> 식후 삼십 분이 지나야 먹을 수 있나요?
> 도대체 끼니를 거르기 일쑤인 우리들에게
> 저 복용법은 무슨 소용이 있는지
>
> 자주 움직여줘야 하는 생은 통증이
> 간절기처럼 자주 찾아오곤 하죠
>
> 잠복기가 무서운 건 언제 나타날지
> 아무도 모르기 때문이에요

하지만
오월처럼 또 혈압 높은 통풍이 온다면
무시하기엔 통증이 너무 심하지 않던가요
잊지 말아요 당신 몸 깊숙이 박힌
관절 속 물음표를

—「통풍이 오는 오월」 전문

　작품 화자의 "기억과 기억 사이 맞물리는 관절마다/분해되지 않은 기억이 날카롭게 파고"드는 것은 "당신"의 아픔이다. "기억이 만들어낸 물음표/굽은 기호가 흐르는 혈관"이 그 모습이다. 화자는 그 원인이 "뒤돌아 걸어가는 그대에게 내가 보냈던,/수많은 물음들이 제대로 흐르지 못해/일으킨 동맥경화"라고 여긴다. 화자의 이와 같은 토로가 "당신"이 앓고 있던 질병의 직접적인 원인인지는 알 수 없지만, 그렇게 생각하는 것 자체가 중요하다. 그만큼 화자는 "당신"을 깊게 생각하는 것이다.

　화자는 "맞아요 모든 질병의 근원은 호기심이에요/견디기 힘든 질문은 하지 마세요"라고 "당신"을 안심시키려고 한다. "내 심장은 온몸에 피를 돌리기도 벅차"듯이 "당신" 역시 힘들 것이기 때문이다. "당신"은 "진통제"를 "서랍 깊숙이 숨겨놓"고 "식후 삼십 분이 지나"서 먹을 정도로 질병을 앓고 있었다. 화자가 "도대체 끼니를 거르기 일쑤인 우리들에게/저 복용법은 무슨 소용이 있"냐고 따지는 모습에서 볼 수 있듯이 "당신"은 구성원으로서의 역할을 제대로 하지 못했다.

　그렇지만 화자는 "당신"을 탓하기보다는 "당신"을 아프게 했던 통증에 맞서려고 한다. "오월처럼 또 혈압 높은 통풍이 온다면/무시하기엔 통증이 너무 심하"기 때문에 회피할 수도, 누구를 탓할 수도 없다고 생각하는 것이다. 따라서 통증에 굴복하지 않고 마주해서 버티려고 한다. "자주 움직여줘야 하는 생은 통증이/간절기처럼 자주 찾아오"기 때문에 맞서는 그 행동은 결코 수월한 것이 아니다. "잠복기가 무서운 건 언제 나타날지/아무도 모르기 때문"이듯 통증의 정도는 예상할 수 없다. 그러므로 화자가 "잊지 말아요 당신 몸 깊숙이 박힌/관절 속 물음표를" 떠올리는 것은 통증에 맞서는 지난한 모습이다.

나뭇가지에 매달린 이파리를 뜯는다
나머지를 잘 잡지 않으면
가지 전부가 흔들리는 것을 본다

당신을 쏠 때
방아쇠를 당기는 순간
나머지 온몸이 흔들렸다

흔들리는 것이 무서워
방아쇠를 당기던 검지를
입안으로 밀어넣는다
울컥 어제가 쏟아진다

잘 녹아서 물컹거리는 어제를
손가락으로 찔러본다
손가락 끝에 묻은 냄새로 어제를 확인한다

오늘의 나와 악수하는 손가락
떠다니던 먼지를 손가락으로 건드린다
내가 저지른 죄가 함께 흔들린다
죄의 나머지를 손가락으로 잡아본다

당신을 쏠 때 나머지가 온통 흔들렸다

— 「악수」 전문

현대시의 가족애

위의 작품의 화자는 "나뭇가지에 매달린 이파리를 뜯"을 때 "나머지를 잘 잡지 않으면/가지 전부가 흔들리는 것을" 바라보면서 "당신을 쏠 때/방아쇠를 당기는 순간/나머지 온몸이 흔들렸"던 사실을 떠올린다. "당신"에게 총을 겨눌 만큼 사이가 좋지 않았지만, 그렇다고 해서 등을 돌릴 수는 없었다. 불행한 상황의 모든 책임을 "당신"에게 돌릴 수 없었고, 오히려 자신에게 문제가 있었기 때문이다. 그리하여 "흔들리는 것이 무서워/방아쇠를 당기던 검지를/입안으로 밀어넣는"데, "울컥 어제가 쏟아진다". 부끄러움과 후회가 드는 것이다. 그와 같은 모습은 "오늘의 나와 악수하는 손가락/떠다니던 먼지를 손가락으로 건드"리니 "내가 저지른 죄가 함께 흔들린다"는 고백에서 확인된다. 화자는 반성과 사죄하는 차원에서 "죄의 나머지를 손가락으로 잡"는다.

화자와 "당신"은 총을 쏠 정도로 갈등을 겪었지만 완전히 결별하거나 증오할 수 없었다. 그만큼 서로는 특별한 관계를, 계약관계가 아니라 혈연 같은 운명적인 관계를 맺고 있었다. 그리하여 화자는 "당신을 쏠 때 나머지가 온통 흔들"릴 수밖에 없었다.

4.

파도에 밀려 바람이 나를 태우러 온다
고백되지 않은 것이 많다고
옆자리에 앉은 그녀가 정면을 바라본다

정면의 정면은 항상 점일 뿐이라고
고백되지 않은 것도 결국
정면의 흔적일 뿐이라고
브레이크를 서서히 밟아본다
뒤따라오던 차들이 따라 속도를 줄인다

그녀가 차창 밖으로 쓰다 만 편지를 내던진다

달리는 자동차 안에서 바람은
항상 정면에서 불어온다

심장은 혈관의 모퉁이야
모퉁이를 돌아야 삶이 이어지지
모퉁이에서 당신이 잠깐 나를 쳐다본다
모퉁이에 이르러서야 주변이 궁금해지고
모퉁이에 이르러서야 길에도
뒷면이 있다는 걸 깨닫는다
그래서 모퉁이를 돌면
우린 다시 모퉁이가 된다

정면의 모퉁이는 모퉁이의 정면이 되고
날 바라보는 이유를 알게 된다
바라보는 것으로
서로의 모퉁이가 되는 순간이다
우리가 정면을 맞이하는 순간이다

─「정면을 맞이한다」 전문

위의 작품의 화자는 "심장은 혈관의 모퉁이야/모퉁이를 돌아야 삶이 이어
지지"라는 "당신"의 말을 떠올린다. 그것은 "모퉁이에서 당신이 잠깐 나를 쳐
다본" 것을 발견했기 때문이다. 화자는 그 말을 떠올린 뒤 "모퉁이에 이르러
서야 주변이 궁금해지고/모퉁이에 이르러서야 길에도/뒷면이 있다는 걸 깨
닫는다". "그래서 모퉁이를 돌면/우린 다시 모퉁이가" 되고 "정면의 모퉁이는
모퉁이의 정면이 되고/날 바라보는 이유"도 알게 된다.

"당신"은 "모퉁이"에 있는 존재이다. 곧 구부러지거나 꺾어지거나 변두리

현대시의 가족애

의 구석진 곳을 외면하지 않는 것이다. 화자는 "당신"이 있는 그 "모퉁이"에서 주변에 대해 관심을 갖는다. "길에도/뒷면이 있다"는 것을, "모퉁이"를 돈다고 해서 "모퉁이"가 사라지지 않는 것을 알게 된다. 그리하여 화자는 "모퉁이"를 외면하지 않고 끌어안는다. "정면"이나 "모퉁이"는 분리되는 것이 아니라 함께 길을 형성하는 요소로 여긴다. 곧 전체와 부분이 분리되지 않고 하나로 구성된다고 인식하는 것이다.

화자와 "당신"은 맞서거나 의심하거나 원망하는 등의 갈등을 보이지 않는다. 그와 같은 관계로써 "모퉁이"도 "바람"도 회피하지 않고 함께 "정면을 맞이한다". 마치 "달리는 자동차 안에서 바람은/항상 정면에서 불어"오듯이 화자와 "당신"은 주저하지 않고 "모퉁이"로 나아가는 것이다.

화자는 '당신'과 함께하는 길을 지향하고 있지만 당신에게 절대적으로 의지하지는 않는다. 당신에게 종속되지도 않는다. 당신은 화자와 밀접한 관계에 있지만 넘어설 수 없는 존재이다. 당신의 입장에서 보면 화자 역시 같은 존재이다. 이와 같은 면은 시간의 차원에서도 확인된다. 화자가 현재의 존재라면 당신은 과거의 존재이고, 설령 당신이 현재의 존재라고 할지라도 화자와 결합되거나 융합될 수 없다. 두 존재의 이원성은 공간적으로도 육체적으로도 정신적으로도 마찬가지이다. 상호주관성이나 대칭적인 관계를 넘어 존재하는 것이다.

그렇지만 화자는 당신에게 다가간다. 당신의 정체성을 화자의 정체성으로 동화시키지 않고 함께하려고 한다. 구체적이면서, 인격적이면서, 온몸으로 우주를 사랑하는 순서에서 그 우선으로 당신을 품는 것이다. 그 과정에는 고독과 불안과 안타까움과 고통이 수반될 수밖에 없다. 작품의 형식이며 시어며 비유 등이 다소 낯선 것은 그와 같은 면이 반영된 것이다. 그렇지만 화자는 "당신이 오지 않으면/아무 소용이 없는 밤"(「섬으로 온다」)이라고 여기듯이 당신과의 관계를 포기하지 않는다. 화자는 자신의 존재성을 인식하면서 이미 당신을 향한 운동성을 걸어놓은 것이다.

작품의 화자가 당신에게 다가가는 모습을 바라보고 있으면 카렐 차페크의 아버지에 대한 사랑이 떠오른다. "아버지와의 접촉은 어떤 벽이나 단단한 기둥에 기대는 듯한 느낌을 주었다. 나는 아버지가 이 세상에서 제일 힘이 센 사람일 거라고 생각했다. 그에게 싸구려 담배와 맥주와 땀 냄새가 배어 있었고, 그의 건강함은 내게 한없는 안정과 신뢰감을 주었다. 가끔 화를 낼 때는 아주 무서웠고 벼락이 내리치듯 고함을 질렀지만, 분노가 가라앉은 아버지의 품에 안길 때 느끼는 조마조마한 두려움은 그럴수록 더욱 달콤했다."[2]

---

2 카렐 차페크, 『평범한 인생』, 송순섭 역, 리브로, 1998, 51쪽.

현대시의 가족애

시간의 얼굴

— 김승종 시집, 『푸른 피 새는 심장』

1.

김승종 시인의 시 세계에서 얼굴은 작품의 토대를 이루면서 궁극적으로 지향하는 대상이다. 시인은 시간의 흐름 속에 존재하는 얼굴을 절대화하지 않지만, 주체성을 상실한 대상으로 내던지지도 않는다. 그리하여 자신의 얼굴은 물론 다른 존재의 얼굴을 긍정하고 품는다.

레비나스(Emmanuel Levinas)는 시간을 인식하며 얼굴에 대해 각별하게 주목했다. 그에 따르면 타인은 얼굴로 나타나는데, 사물과 근본적으로 구별되는 특징이 있다. 사물은 전체의 한 부분으로, 또는 전체의 한 기능으로 의미가 있지만, 사람의 얼굴은 그렇게 규정할 수 있는 것이 아니다. 사람의 얼굴은 코와 입과 눈으로 이루어지지만, 책상이 판자와 서랍과 다리로 이루어지는 것과는 다르다. 책상은 바라보지 않고 호소하지 않고 스스로 표현하지 않지만, 사람의 얼굴은 바라보고 호소하고 또 표현하기 때문이다. 그리하여 얼굴과의 만남은 사물의 경우와는 전혀 다른 차원을 열어준다.[1]

---

1   에마뉘엘 레비나스, 『시간과 타자』, 강영안 역, 문예출판사, 1998, 135쪽.

빗소리 들리지 않고 걷다가 걷기를 잊은 천변
짓쳐 나아가는 용맹한 누런 강물
온 길을 돌아보네
저무는 서녘으로 빨려들며 다정히 손짓하는 얼굴

— 「손짓하는 얼굴」 전문

위의 작품에서 화자는 비가 그친 천변을 걷다가 강물을 바라보고 있다. 비가 상당하게 온 뒤여서 짓쳐 나아가는 누런 강물은 용맹하게 보이기까지 한다. 화자는 자신도 모르게 걸음을 멈추고 흘러내리는 강물을 하염없이 바라본다. 그 이유는 일상적인 풍경을 넘는 광경이기 때문이다. 화자는 강물 앞에서 자신이 "온 길을 돌아"본다. 자신이 살아온 시간을 인식하는 것이다.

화자가 바라보는 강물은 분명 흘러나가고 있지만, 그 위로 또 다른 강물이 흘러들어와 지나간 강물과 새로운 강물을 구분할 수 없다. 강물 자체는 변한 것이 분명한데 변함이 전혀 보이지 않는다. 강물이 변화한다는 사실만 인정될 뿐 그 실체를 파악하기 어려운 것이다.

화자는 자신의 얼굴에 들어 있는 시간도 마찬가지라고 생각한다. 자신의 시간은 분명 흘러갔지만, 또 다른 시간이 다가오고 있기에 과거와 현재를 구분할 수 없다. 그리하여 "같은 강물에 두 번 들어갈 수 없다"는 헤라클레이토스의 말에 공감하며 시간 위에 자신을 태운다.

화자는 그 시간 위에서 "저무는 서녘으로 빨려들며 다정히 손짓하는 얼굴"을 만난다. 짓쳐 나아가는 강물의 끝이 서녘이라는 인식은 회피할 수 없는 운명의 자각이다. 화자는 그 절대적인 시간 앞에 서서 계시처럼 나타난 얼굴과 마주한다.

레비나스가 다른 얼굴과의 만남을 '계시'라는 종교적 언어를 사용했듯이 김승종 시인에게도 인연의 얼굴은 어떤 대상으로 환원되지 않는다. 부모를 비롯한 가족은 물론이고 친척, 친구, 선배, 이웃 사람들 등은 시인에게 고유한 존재이다. 또한 "상처받을 가능성, 무저항에 근거하고 있"기에 힘이 세다. "상처받을 수 있고 외부적인 힘을 막아낼 수 없기 때문에, 바로 그 때문에 얼굴에서 도덕적 힘이 나"[2]오는 것이다.

화자나 작중 인물은 자신을 바라보며 호소하는 얼굴에 무관심할 수 없다. 자신의 자유로움이나 이익을 위해 거절할 수도 없다. 그만큼 마주하는 얼굴은 힘이 세다. 결코 연약한 상대가 아니어서 동정받거나 종속되지 않는다. 오히려 인간다운 자세를 갖도록 시인을 일깨워 화자나 작중 인물은 그 얼굴의 호소를 기꺼이 받아들인다.

2.

> 태평동 여인숙 골목 요양원으로
> 아내를 따라 그는 장인을 뵈러 간다
> 푸른 하늘 계수나무 아래에서
> 돛대 없이 난발(亂髮) 장인은 늙어 가고
> 삿대 없이 아내는 어려 가는데
> 누가 토끼인지 아닌지도
> 알 수 없다 그는 알 수 없지
> 눈썹 사이 주름 같은 그 길로 다시 이른 자리
> 해병 이병처럼 각지게 머리 깎여
> 미용사 출신 원장 옆에서 한 번 웃다가
> 엎드리고 막무가내로 끼니를 외면한다
> 그가 앉히려다 식욕 같은 힘에 물러서고
> 아내가 아무리 애원해도 눈뜨지 않는다

---

2 위의 책, 136쪽.

누구에게 분노하는 건가 혹 자신에겐가
알 수 없다 그는 알 수 없지
태평동 붉은 창문 닫힌 여인숙 골목
고개 숙이고 그는 아내를 따라가
눈 감고 분노하는 장인을 뵈어야 한다
어제인지 내일인지 푸른 하늘 계수나무 아래에서
서쪽 나라로 갔던 장모가 절구를 찧으며 노래한다
장인은 삿대도 없이 젊어 가고
그와 아내는 돛대도 없이 늙어 간다

— 「반달」 부분

위의 작품의 그는 아내와 함께 "태평동 붉은 창문 닫힌 여인숙 골목"에 위치한 요양원에서 생활하는 장인을 문안 갔다. "해병 이병처럼 각지게 머리깎"은 장인은 그를 본 뒤 "미용사 출신 원장 옆에서 한 번 웃"는다. 그러고는 엎드린 채 "막무가내로 끼니를 외면한다". 그는 걱정되어 장인에게 다가가 앉히려고 하지만 "식욕 같은 힘"이 워낙 세어서 물러설 수밖에 없다. "아내가 아무리 애원해도 눈뜨지 않는다".

그는 장인이 "누구에게 분노하는 건가"라고 궁금해한다. 장모가 먼저 "서쪽 나라로" 갔기 때문인지, 자식들이 당신을 소홀히 대한다고 여기기 때문인지, 요양원 관계자들이 홀대한다고 생각하기 때문인지, 아니면 요양원 같은 환경에 놓인 자신에게 화가 나는 것인지 알 수 없다. 왜 "눈 감고 분노하는"지 파악하기 어려운 것이다.

그 순간 화자는 그의 장인의 얼굴에서 흐르는 시간을 발견했다. "서쪽 나라로 갔던 장모가 절구를 찧으며 노래"하고, "푸른 하늘 계수나무 아래에서/돛대 없이 난발(亂髮)"인 채로 늙어가던 "장인은 삿대도 없이 젊어 간다". 그와 아내는 "삿대 없"고 "돛대도 없이 늙어 간다". "누가 토끼인지 아닌지", 누구

현대시의 가족애

의 시간이 젊어가고 늙어가는지 알 수 없다. 흘러가는 강물 위에 새로운 강물이 흘러들어와 강물 자체를 구분할 수 없듯이 흐르는 시간을 알아볼 수 없다. 육체적인 시간과 정신적인 시간이, 과거의 시간과 미래의 시간이 혼재되어 흐르고 있을 뿐이다. 그리하여 유한한 존재에게 삶이란 무엇인지, 어떤 삶이 행복한지, 어떻게 행해야 잘 사는 것인지 등이 암시된다. 화자의 이와 같은 고민은 사회성을 띠는 것이다.

> 엘리베이터 도착 음향이 복도에서 들리고 번호 키가 눌리고 문이 열리고 그가 요양원으로 들어선다 요양원에서 오는 길 백 세 정정 이천 할아버지는 또 아들들에게 전화해 달라고 막무가내로 졸랐고 성남 젊은 파킨슨 노인은 일주일 만에 기지도 못했고 건넛방 수줍은 정읍 할머니는 글쎄 한번 안고 싶다고 하였고 욕쟁이 분당 할머니는 시선을 내리깔며 그저 시무룩하였다고 한다 저녁 식사 시중을 들고 또 서둘러 떠나려 하자 치매 장인은 딸의 눈을 똑바로 쳐다보며 잠드는 나를 지켜봐 달라고 하였다 한다
>
> ─「성모실버홈요양원」 전문

위의 작품에 등장하는 요양원 노인들의 모습은 김수영 시인이 번역해 한국 독자들에게 알려진 뮤리얼 스파크(Muriel Spark)의 소설 『메멘토 모리』의 한 장면을 연상시킨다. 모드 롱 병동에는 열두 명의 여성 환자가 있는데,[3] 그녀들의

3　"제일 끝에서 자고 있는 것은 일흔여섯 살 먹은 미시즈 엠린 로버츠, 그녀는 오데온극장의 전성시(全盛時)에 매표구에 있었다. 그 옆이 미스(인지 미시즈인지 분명하지 않다) 리디아 리위스 덩컨, 일흔여덟 살. 지난날의 경력도 분명치 않은데 2주일에 한 번씩 지독하게 잘난 체하는 중년의 조카가 찾아와서 의사와 간호원에게 몹시 거만한 태도를 취한다. 그다음이 미스 진 테일러, 여든두 살. 그녀는 유명한 여류 작가 차미안 파이퍼가 양조업을 하는 콜스톤가(家)로 시집을 온 후부터의 말동무 겸 하녀였다. 또 하나 옆의 미스 제시 바나클은 출생증명서를 갖고 있지 않은데, 병원의 서류에는 81세로 적혀 있다. 그녀는 48년 동안 홀본 광장에서 신문팔이를 하고 있었다. 그에 이어서 매텀 트로츠키, 미시즈 패니 그린, 미스 도린 발보나, 그 밖에 다섯 명. 경력은 가지각색이지만 모두 다 뚜렷이 알려져 있고, 나이는

삶은 오늘날 우리 사회에 대두된 노인 문제를 여실하게 반영하고 있다. 관절염으로 신음하는 노인, 기억력이 감퇴한 노인, 청력을 상실한 노인, 가끔 발작을 일으키는 노인…… 노인들은 간호원장이 '빵가게의 한 다스'라고 불릴 만큼 인격적인 대우를 받지 못하고 있다.

이와 같은 모습은 위의 작품에서도 여실하다. 그가 요양원에 들어서니 "백세 정정 이천 할아버지는 또 아들들에게 전화해 달라고 막무가내로" 조르고, "성남 젊은 파킨슨 노인은 일주일 만에 기지도 못"할 정도로 건강이 나빠져 있다. "건넛방 수줍은 정읍 할머니는" "한번 안고 싶다고" 말하고, "욕쟁이 분당 할머니는 시선을 내리깔며 그저 시무룩하"다. 그리고 "저녁 식사 시중을 들고 또 서둘러 떠나려 하자 치매 장인은 딸의 눈을 똑바로 쳐다보며 잠드는" 자신을 "지켜봐 달라고" 호소한다.

"성모실버홈요양원"에서 생활하는 노인들의 외롭고 소외된 모습은 오늘날 우리 사회가 겪고 있는 노인 문제의 실상을 구체적으로 보여준다. 경제발전과 의료 수준의 향상으로 인간의 평균수명이 연장되면서 노인층이 급속히 늘었지만, 그에 따른 정책이나 복지 등이 미흡해서 사회문제로 대두되고 있는 것이다. 산업화와 도시화에 따른 핵가족화로 말미암아 노부모를 부양하던 전통 가치가 붕괴한 면도 노인 문제를 심화시키고 있다. 질병, 빈곤, 고독감, 무력감 등으로 노인들은 자기 자신으로부터는 물론이고 사회로부터도 소외당하고 있다. 이렇듯 "성모실버홈요양원"의 노인들 실상은 이 자본주의 사회의 모순과 한계를 자각시킨다. 그리하여 화자는 사회의 낙오자나 패배자가 되지 않기 위해서는 어떻게 살아가야 할지를 고민하는 것이다.

73세 이상 93세 이하. 이 열두 명의 노부인들은 제각기 그래니 로버츠, 그래니 덩컨, 그래니 테일러, 그래니 바나클 등등으로 불리어졌다." (뮤리얼 스파크, 『메멘토 모리』, 김수영 역, 푸른사상사, 2022, 15~16쪽).

현대시의 가족애

3.

지지 마라
수십 년 전 병상 선배의 유언
이후 그는 자주 졌고 막걸리도 자주 마셨지
그때 묻고 싶었지만
선배가 숨을 몰아쉬었고
알 것 같기도 해 묻지 않았는데
어언 그래도 가끔 궁금하였지
오늘 또 막걸리를 배불리 먹다가
문득 그때 선배의 백혈병 눈으로 자신을 보네
분수 모르고 게으르게 늙은 당황한 어린 당나귀
무엇에 지지 말라는 것이었을까
평생 자신을 떠나 떠돌면서
무엇에 지지 말라는 것이었을까
남녘 땅 선배의 고향에 오래전 들어선 시비
겨우 어젯밤에서야 꿈에서 지나갔네

— 「당황한 당나귀」 전문

위의 작품의 그는 "수십 년 전 병상 선배"가 유언으로 남긴 "지지 마라"라는 말을 가슴속에 품고 있다. 그렇지만 그 선배의 유언대로 살아오지 못했다. 의지가 약하거나 실천력이 부족해서일 수도 있지만, 의도적으로 지는 삶을 선택했을 수도 있다. 그는 선배의 죽음 이후 "자주 졌고 막걸리도 자주 마셨"던 것이다.

그는 선배가 "지지 마라"라는 유언을 남기는 순간, 그 의미가 무엇인지 궁금했다. 그래서 "묻고 싶었지만/선배가 숨을 몰아쉬었"기 때문에, 또 "알 것 같기도 해 묻지 않았"다. 그렇지만 살아오면서 선배의 말이 무슨 뜻인지 파악하기 힘들었다. 그럴수록 알고 싶어 "오늘 또 막걸리를" 마시다가 "무엇에 지지 말라는 것이었"는지 궁금해한다.

그는 선배의 말이 사회적 존재로서 다른 사람에게 지지 말라는 것으로 해석하기도 했다. 자기 이윤을 철저히 추구하는 이 자본주의 체제에 적응하기 위해서는 구성원들 간의 경쟁이 치열하므로 지지 않아야 했기 때문이었다.

그렇지만 그는 전적으로 동의하지 않았다. 엄청난 폭력과 불평등한 분배를 자행하는 자본주의의 요구에 무조건 순응하면 결국 자신이 타락하고 소외되고 만다는 것을 잘 알고 있었기 때문이다. 따라서 "지지 마라"는 선배의 유언을 자기 자신에게 지지 말라는 의미로 이해하기도 했다. 자본주의가 자기 체제에 순응하도록 집요하게 요구하고 유혹하기 때문에 굴복당하기 쉽다는 것을 알고 자신에게 지지 말라는 의미로 이해한 것이다.

물론 그는 선배의 유언이 위의 두 가지 모두일지 모른다는 생각도 했다. 사회의 한 구성원으로서 삶을 영위해야 하기 때문에 경쟁자에게 지지 않는 것은 물론 자기 자신에게 지지 않아야 한다고 받아들인 것이다. 이와 같은 해석은 정답일 수 있다. 그렇지만 모든 가능성을 품는다고 해서 당연히 정답이 되는 것은 아니다. 화자는 그것을 알고 자신이 선택해야 할 가치관 및 인생관을 고민해오는 것이다.

그는 살아오면서 "무엇에 지지 말라는 것이었을까"를 생각해왔다. "선배의 백혈병 눈으로 자신을" 바라보기도 했고, "분수 모르고 게으르게 늙은 당황한 어린 당나귀"로 자신을 비하하기도 했다. "평생 자신을 떠나 떠돌"았다고 비난하기도 했다. 그와 같은 자세로 진정한 삶의 의미를 묻고 또 되물어온 것이다.

그는 선배가 남긴 유언의 의미를 파악하지 못하고 있다. 그렇지만 고민하는 과정에서 어떻게 행동하는 것이 올바르게 살아가는 것인지를 자각했다. "남녘 땅 선배의 고향에 오래전 들어선 시비/겨우 어젯밤에서야 꿈에서 지나갔네"라고 했듯이 잠을 통해 자신이 걸어가야 할 길을 본 것이다. 잠 속에서의 의식은 강요를 벗어나 주체성을 띤다. 잠을 통해 다시 일어서는 기반을 얻을 수 있다. 그는 힘없는 선배의 얼굴이 전하는 호소를 명령으로 받아들이고 기꺼이 따르는 것이다.

아부지는 빨갱이들 살렸던 부정 부르주아지
한때는 민의의 대변자
군사정변 일어나자
참여 제의 물리치고
도연명(陶淵明)을 따라 귀거래사(歸去來辭)를 읊었지만
가끔 속옷에 낀 땀소금도 팔아야 하였지

대학 입학했던 해 여름 끝날 무렵
2학기 등록금 마련하러
쇠 두 마리 몰고 아부지와 삼십 리 길 쇠전엘 갔었네
난생처음 겪는 숱한 쇠눈
자욱한 소음에 뜬 질퍽한 진흙땅

한 쇠장수 눈웃음치며 달라붙었으나
거간꾼이 매긴 값 어림없다 하고
다시 매긴 값에도 그르다 하네
흐린 날씨 쇠똥 냄새 늘어진 해 국밥 냄새
쇠장수 길게 언성 높이다가

고무줄로 칭칭 동여맨 돈다발에 천 원 더 얹어
쇠똥 진흙창 골라 팽개치네
더는 안 되지럴 씨발 할라면 하고 말려면 말라고 그래라 씨발
사람들이 모여들어 히히 헤헤거리네

쇠똥 진흙창에 처박힌 아부지
도리(道理)와 도락(道樂)이 다 무엇인가

아들이 주먹 쥐고 나서자
꾸짖어 물러나게 하고 돈을 주워 갖다 주라네
일그러져 서 있기만 하자
허리 굽혀 쇠똥 진흙 묻은 돈다발을 주워 되돌렸네

흥정 이어져 거래가 끝났지만
그 후로도 오랫동안 흐린 날에
아부지는 쇠전엘 갔네
가서 쇠똥 진흙창에 처박혔네

—「쇠똥 진흙창」 전문

　위의 작품의 화자는 "대학 입학했던 해 여름 끝날 무렵/2학기 등록금 마련하러/쇠 두 마리 몰고 아부지와 삼십 리 길 쇠전엘 갔었"다. 화자는 "난생처음 겪는 숱한 쇠눈"과 "자욱한 소음에 뜬 질퍽한 진흙땅"인 쇠전에서 인간 시장을 실감했다. 시장이라는 장소가 철저히 이익을 추구하는 곳이기 때문에 각축을 벌이는 것은 당연하지만, 화자는 처음 맞닥뜨린 상황에 큰 충격을 받았다.
　"한 쇠장수 눈웃음치며 달라붙"어 행패에 가까운 흥정을 걸어왔다. "거간꾼이 매긴 값 어림없다 하고/다시 매긴 값에도 그르다 하"며 제멋대로 값을 매긴 것이다. 그가 물건을 사고파는 당사자들 사이에서 흥정하는 일을 직업으로 하는 거간꾼조차 무시할 수 있었던 것은 돈을 가졌기 때문이다. "길게 언성 높이다가//고무줄로 칭칭 동여맨 돈다발에 천 원 더 얹어/쇠똥 진흙창을 골라 팽개치"면서 "더는 안 되지럴 씨발 할라면 하고 말려면 말라고 그래라 씨발" 하고 행동한 데서 볼 수 있다. 그 모습을 본 주위 사람들은 그를 나무라지 않고 오히려 "모여들어 히히 헤헤거"렸다. 그만큼 그곳에서는 돈의 위력이 발휘

　　　　　　　　　　　　　　　현대시의 가족애

되고 있었다.

화자는 그 우시장에서 "빨갱이들 살렸던 부정 부르주아지"였고, "한때는 민의의 대변자"였으며, "군사정변 일어나자/참여 제의 물리치고" 낙향해 "속옷에 낀 땀소금"을 파는 아버지가 "쇠똥 진흙창에 처박힌" 모습을 목격했다. 아버지의 학식이며 경력이며 명성이며 인품 등이 여지없이 무너진 현실을 본 것이다. 화자는 그 앞에서 "도리(道理)와 도락(道樂)이 다 무엇인가"라고 한탄했다. 인간으로서 마땅히 행해야 할 길과 도를 깨달아 즐기는 일이 짓밟혔기에 절망한 것이다.

화자는 쇠장수의 행패를 용납할 수 없어 "주먹 쥐고 나"섰다. 아버지는 화자를 "꾸짖어 물러나게 하고 돈을 주워 갖다 주라"고 했다. 그렇지만 화자는 분을 삭일 수 없어 "일그러져 서 있기만" 했다. 그러자 아버지는 "허리 굽혀 쇠똥 진흙 묻은 돈다발을 주워 되돌"려 주었다. 화자는 아버지의 그 모습을 이해할 수 없었고, 인정할 수도 없었다.

그렇지만 화자는 살아오면서 무엇이 중요한지를, 어떻게 행하는 것이 이기는 삶인지를 깨달았다. 자식을 공부를 시키기 위해 소를 팔아야 하는 아버지의 심정을 자신이 아버지의 시간이 되어서야, 아버지의 얼굴이 되어서야 깨달은 것이다. 그리하여 화자는 비참한 처지에 놓인 아버지의 얼굴이 호소하는 목소리를 고개 숙이고 들었다. 가장 낮은 아버지의 얼굴에서 가장 높은 아버지의 얼굴을, 가장 힘없는 아버지의 얼굴에서 가장 강한 아버지의 얼굴을 발견한 것이다. 아울러 아버지를 닮은 자신의 얼굴을 그려본 것이다.

4.

오후 늦어 깊은 낮잠에서 깬 노모
침침한 눈으로 그를 살피네 이윽히

에그 너도 이제 늙었구나
아이고 그래요? 그렇습니까?
제가 벌써 게으르게 늙고 말았다는 건가요
각혈하는 번개로 무너지는 천둥처럼 후회하네
하지만, 그가 이미 오래 예감했던 예정이지
암 예정했고 말고
노모가 조심조심 탄식조로 말을 잇는다
눈도 처지고 입가에 주름도 졌구나
북받치는 낡은 심장
그래 오래 잊었다가 어제 해본 달리기
견딜 만한 고통에 도취해
견딜 만한 고통을 기약하던 그때를 추억하면서
발이 무릎이 되도록 계속 달리리라
한밤에 무슨 억울한 짐승처럼
한밤에 화살 다발에 꿰인 유령처럼 달리고 달리리라

— 「낡은 심장」 전문

위의 작품에서 그는 자신의 얼굴을 만들게 하는 또 다른 얼굴을 마주한다. "오후 늦어 깊은 낮잠에서 깬 노모"는 "침침한 눈으로" 그를 이윽히 살피다가 "에그 너도 이제 늙었구나"라고 말한다. 노모로부터 뜻밖의 말을 들은 그는 "아이고 그래요? 그렇습니까?/제가 벌써 게으르게 늙고 말았다는 건가요?"라고 놀란다. 그리고 "각혈하는 번개 무너지는 천둥처럼 후회"한다.

그는 자신이 늙었다는 것을 부정하지 않는다. 유한한 존재로서 늙을 수밖에 없다는 것을 익히 알고 있었기 때문이다. "이미 오래 예감했던" 일이어서 인정하는 것이다. 하지만 막상 노모로부터 늙었다는 말을 듣는 순간, 충격을 가눌 수 없었다. "노모가 조심조심 탄식조로" "눈도 처지고 입가에 주름도 졌구나"라는 말을 잇자 "북받치는 낡은 심장"을 느낀 것이다.

그는 자신이 늙었다는 노모의 말에 기분 상하거나 실망하지 않는다. 오히

현대시의 가족애

려 자신의 늙음에 맞서 "오래 잊었다가 어제 해본 달리기를 계속하"겠다고 다 짐한다. 절대적인 힘을 가진 늙음의 폭력에 더 이상 속수무책으로 당하지 않 겠다는 것이다. 늙음에 대항해도 끝내 자신이 무너질 수밖에 없음을 알고 있 지만 순순히 굴복하지 않겠다고, "견딜 만한 고통에 도취해/견딜 만한 고통을 기약하던 그때를 추억하면서/발이 무릎이 되도록 달리"겠다고 나선다. "한밤 에 무슨 억울한 짐승처럼/한밤에 화살 다발에 꿰인 유령처럼 달리고 달리"겠 다는 것이다.

달리기에 집중하는 동안 그는 자기 존재성을 갖는다. 과거도 없고 미래도 없는 현재의 얼굴에 집중하는 것이다. 그는 자신의 얼굴을 노모의 얼굴에서 가져왔다. 노모의 늙은 얼굴은 그의 동정을 불러일으키는 것이 아니라 그에게 당당하게 나설 것을 요구했다. 그는 노모의 얼굴 앞에서 자신의 안일함과 나 태함을 반성한다. 자신의 얼굴에 대한 책임과 의무를 다하려고 하는 것이다.

꽃이 눈에 들어오는군 이제 늙은 건가
붉은 정지신호 대기 중 차 안
뻔한 말 왜 하나 마누라도 중얼거렸지

한 주 지나 다시 그 네거리
며칠 전에 한 친구가 죽었다
당뇨로 눈멀어 가며 용달차 끌고
잘 알아주지 않아도 짬짬이 시 쓰던 시인

은사 묘소 참배하고 돌아오는 길에 그에게 한 말,
… 인생이 호박 같아 초년은 싱싱하고 맛있고 중년은 다 자랐으나 맛이 없고
노년은 쭈글쭈글하지만 그래도 맛은 있다고 내 노모가 그러더군…

그가 자신에게 쓴 마지막 시,

… 목숨 애써 구걸치 않고 … 흐름 하나로 방울 하나로 순간 매듭짓는 삶, 빗소리 … 밤을 지키는 내 지하방 시절 희망의 소리 … 그 눈동자면 되지 않겠는가 …

신호 여전히 붉고
봄꽃 밀어낸 신록이 눈에 들어서네

—「호박」 전문

위의 작품의 화자가 "꽃이 눈에 들어오는군 이제 늙은 건가"라고 "붉은 정지신호 대기 중 차 안"에서 한 말은 의미심장하다. 화자에게 꽃의 발견은 새로운 세계의 인식이기 때문이다. 곁에 있는 아내가 "뻔한 말 왜 하느냐"고 중얼거린 것은 화자의 말에 대한 부정이 아니라 당연한 이치라고 공감해주는 것이다.

화자가 꽃을 발견하고 그 의미를 궁구한 것은 현재 인식의 발현이다. 계시처럼 나타난 꽃은 지나간 시간과 다가올 시간을 모두 불태우고 있다. 그 모습은 며칠 전에 죽은 "한 친구"의 얼굴이다. 그 친구는 "당뇨로 눈멀어 가며 용달차 끌고/잘 알아주지 않아도 짬짬이 시 쓰던 시인"이었다.

화자는 "은사 묘소 참배하고 돌아오는 길에" "인생이 호박 같아 초년은 싱싱하고 맛있고 중년은 다 자랐으나 맛이 없고 노년은 쭈글쭈글하지만 그래도 맛은 있다"라는 말을 친구에게 들려주었다. 노모에게 들은 말이었는데, 오랫동안 앓아온 친구에게 희망을 주기 위해 전한 것이었다. 그렇지만 친구는 부재의 대상이 되고 말았다. 그 역시 유한한 존재로서 운명을 회피할 수 없었던 것이었다. 화자는 친구의 부재에서 자신의 현존을 자각하고 있다.

친구는 "… 목숨 애써 구걸치 않고 … 흐름 하나로 방울 하나로 순간 매듭짓는 삶, 빗소리 … 밤을 지키는 내 지하방 시절 희망의 소리 … 그 눈동자면 되지 않겠는가 …"라는 시를 남겼다. 친구는 자신에게 주어진 삶의 순간을 얼굴

현대시의 가족애

에 집중했다. 희망의 소리를 들었으며, 눈빛을 빛냈다. 아픈 얼굴이었지만 주체성과 생명력을 지녀 아름다운 빛을 띠었다.

화자는 친구의 얼굴이 호소한 말을 최대한 받아들인다. "꽃이 눈에 들어오"도록 마음을 열고, "신호 여전히 붉"은 것을 발견하고, "봄꽃 밀어낸 신록이 눈에 들어서"는 것을 맞이한다. 화자는 부조리한 세상에서 살아가야 하는 자신을 긍정하고 얼굴을 지킨다. 자본주의 체제에 순응하는 것이 아니라 적응하기 위해 새로운 얼굴을 만들고자 한다. 궁극적으로 인간 가치를 지향하는 얼굴을 추구하는 것이다. "살기도 어렵고 죽기도 어렵지만/극락이 따로 없"(「산 첩첩 강 분분」)다는 세계인식으로 자신은 물론 인연의 얼굴들을 향유하는 것이다.

지천명의 필사(筆寫)

— 최부식 시집, 『봄비가 무겁다』

1.

최부식 시인의 시 세계는 지천명(知天命)의 나이에 이르러 자신이 보고 느끼고 생각하고 지향한 것들을 필사한 것으로 볼 수 있다. 주지하다시피 지천명은 공자의 사상이 담긴 『논어』의 위정편(爲政篇)에 나오는 말로 흔히 사람의 나이 50세를 비유한다. 지천명의 본질을 이해하기는 결코 쉽지 않지만 지금까지 많은 사람들이 이해한 것을 받아들이면 하늘이 부여한 사명을 알았다는 것이다. 공자가 열다섯 살에 배움에 뜻을 두어 서른 살에 자립하였고 마흔 살에 미혹되지 않았으며 쉰 살에 이르러 하늘의 사명을 깨달았다는 것은 우주의 섭리를 한층 더 인식했다고 볼 수 있다. 그리하여 공자는 예순 살에 이르러서는 귀로 듣는 모든 것을 순조롭게 이해했고, 일흔 살에는 자신이 하고 싶은 대로 해도 법도에 어긋나지 않을 수 있었다. 이와 같은 차원에서 보면 공자에게 지천명은 이전과는 확연히 다른 의미를 지닌다. 지천명에 이르러 세속적인 이해관계를 넘어 우주적인 차원에서 자연과 인간 세계를 이해하고 행동하기 시작했기 때문이다.

최부식 시인이 추구한 시 세계 역시 이와 다르지 않다. 물론 공자처럼 50세

현대시의 가족애

에 이르러 천명을 깨달은 것은 아니지만 지천명을 거울로 삼고 있는 것이다. 시인은 아침에 집을 나가 사람들과 어울려 사냥을 하다가 저녁에 집으로 돌아와 잠자리에 들기까지 지천명을 들여다보고 있다. 따라서 시인에게 지천명은 경지에 이른 결과가 아니라 그것을 향해 나아가는 과정이다. 우주의 섭리를 인식하며 삶을 긍정하고 살아가게 하는 힘인 것이다.

성경을 필사한
어머니의 공책을 들추어 본다

사람들은자기를사랑하며돈을사랑하며자긍하며
교만하여훼방하며 부모를 거역하며 감사치아니하며
거룩하지아니하며무정하며 원통함을 풀지아니하며
참소하며절제하지못하며 사나우며 선한 것을 좋아
아니하며조급하며 쾌락을 사랑하기를

볼펜으로 꾹꾹 눌러쓴
눈물의 새벽기도
빼곡하다

돋보기안경 쓰고 베껴 쓴
언약의 눈빛들
모든 걸 지나가게 했다

필사적으로 사신
간절한 어머니의 필사
고요하다

쉰을 넘긴 나는
이제야 내 생을 필사하기 시작한다

지천명의 필사(筆寫)

잊기 힘든 그대를 향하여

—「필사(筆寫)」 전문

독실한 신앙생활을 한 "어머니"의 모습은 『성경』의 「디모데 후서」 3장을 필사한 모습에서 볼 수 있다. 「디모데 후서」는 사도 바울이 사랑하는 아들 디모데에게 보낸 두 번째 편지이다. 바울은 기원 후 67년경 순교한 것으로 전해지므로 이 서신은 66년 말에서 67년 사이 로마 감옥에서 기록된 것으로 보인다.

바울은 수많은 곳을 다니며 복음을 전도했는데, 그 과정에서 이루 말할 수 없는 고초를 겪었다. 그렇지만 "이제는 우리 구주 그리스도 예수의 나타나심으로 말미암아 나타났으니 저는 사망을 폐하시고 복음으로써 생명과 썩지 아니할 것을 드러내신지라"(「디모데 후서」 1장 10절)고 믿고 기쁜 마음으로 복음을 전파했다. 그리고 죽음을 앞두고서도 디모데에게 주님의 말씀을 지키고 가르치고 전파하라고 당부했다. "하나님 앞과 산 자와 죽은 자를 심판하실 그리스도 예수 앞에서 그의 나타나실 것과 그의 나라를 두고 엄히 명하노니"(4장 1절), "너는 말씀을 전파하라 때를 얻든지 못 얻든지 항상 힘쓰라 범사에 오래 참음과 가르침으로 경책하며 경계하며 권하라"(4장 2절)고 당부한 것이다.

바울은 말세에 이르러 사람들은 고통을 당하게 되는데, "사람들은 자기를 사랑하며 돈을 사랑하며 자긍하며/교만하여 훼방하며 부모를 거역하며 감사치 아니하며/거룩하지 아니하며"(3장 2절), "무정하며 원통함을 풀지 아니하며/참소하며 절제하지 못하며 사나우며 선한 것을 좋아/아니하며"(3장 3절), "조급하며 쾌락을 사랑"(3장 4절 부분)할 것이라고 예언했다. "어머니"는 바울의 그 말씀을 "볼펜으로 꾹꾹 눌러" 썼다. 그냥 따라 쓴 것이 아니라 "눈물의 새벽기도"를 올리면서 귀 기울여 듣고 가슴속으로 새긴 것이다.

화자는 "어머니"가 공책에 쓴 그 내용을 그대로 옮겨 놓았다. 현대 맞춤법에 따라 띄어쓰기를 고치지 않고 "어머니"가 쓴 대로 보여준다. 이는 "어머니"가 필사해 놓은 내용을 독자들에게 객관적으로 보여주려는 의도이기도 하면서 "어머니"의 필사를 따라가면서 "새벽 기도"를 체험하려는 것이다. 나아가 자신의 "생을 필사하기" 위해서이다.

"어머니"는 「디모데 후서」 3장을 "돋보기안경 쓰고" 정성을 다해 필사했다. 그 모습이야말로 "어머니"가 "필사적으로 사신" 면을 보여주는 단적인 예이다. "어머니"는 바울의 말씀을 "필사"할 만큼 자신의 삶을 "필사적"으로 살아왔다. "언약의 눈빛들"을 믿을 수 있었고, 어렵고 힘든 "모든 걸 지나가게 했다".

시인이 "어머니"의 그 모습에서 "고요"함을 발견한 것은 주목된다. "어머니"가 필사적으로 살아왔는데 그 모습이 "조용"했다는 사실은 언뜻 보면 모순된다. "필사적"으로 살아온 모습과 "조용"한 모습은 서로 상치되기 때문이다. 그렇지만 "필사적"인 모습은 "조용"한 모습일 수 있다. 아니 "필사적"인 모습일수록 "조용"한 모습을 띤다. 『채근담』에서 "움직임과 고요함이 어우러진 것이 도의 참 모습이다"(動靜合宜 道之眞體)라고 간파한 것과 같다. 움직이는 것만 좋아하는 사람은 구름 속 번개나 바람 앞 등불과 같고, 고요한 것만 좋아하는 사람은 불 꺼진 재나 말라 죽은 나무와 같다. 도를 깨우친 사람은 고요한 구름과 잔잔한 물과 같으면서도 내면에는 솔개와 물고기와 같은 활기찬 기상을 함께 지니는 것이다.[1]

화자가 "필사적"이면서도 "조용"한 "어머니"의 모습을 발견한 것은 결국 자신이 따르고자 함이다. 이와 같은 면에서 "어머니"는 화자가 지향하는 자화상이다. "필사적"으로 살아가면서도 "조용"한 모습을 띠고자 하는 것이다. 곧

---

1   이병국 · 이태주, 『셰익스피어와 함께 읽는 채근담』, 푸른사상사, 2012, 40쪽.

움직이기만 하고 조용하지 않거나 조용하기만 하고 움직이지 않는 것이 아니라 움직이면서도 조용하고 조용하면서도 움직이는 삶을 추구함이다. 움직이면서도 고요함을 잃지 않고 고요하면서도 움직임을 잃지 않는 정중동(靜中動)의 자세를 지향하는 것이다.

화자는 "간절한 어머니의 필사"를 "쉰을 넘"기고 나서야 발견했다. 곧 지천명의 나이에 이르러서야 "어머니"의 삶을 이해하고 의미를 깨달은 것이다. 그리하여 화자는 "어머니"의 길을 따르기로 한다. "이제야 내 생을 필사하기 시작한다"고 토로했듯이 자신의 생애를 "간절"하게 "필사"하기로 결심한 것이다.

2.

시인이 필사한다는 것은 곧 대상을 모방한다는 의미이다. 아리스토텔레스가 일찍이 『시학』에서 제시했듯이 모방은 시를 쓰는 데 필수 불가결한 요소이다. "아리스토텔레스는 플롯과 아울러 모방을 내세웠다. 서사시나 비극이나 희극의 창작뿐만 아니라 합창곡이나 플롯이나 리라의 연주에 필요한 작곡 등 모든 예술을 모방의 형식이라고 보고, 예술가를 행동하는 인간들을 모방하는 존재로 정의했다. 예술가란 인간들의 행동을 모방하는 존재이며 예술 작품이란 그 산물로 간주한 것이다. 그 예로 고대 희랍어인 행동하는(drontas) 것을 기원으로 두고 있는 드라마(drama)를 들고 있다. 드라마를 움직이는 사람들을 모방한 산물로 여기고 있는 것이다. 이와 같은 차원에서 보면 모방은 동적인 성격을 띤다."[2] 최부식 시인의 시 세계 역시 이와 같은 면을 보이고 있다.

---

2 맹문재, 『만인보의 시학』, 푸른사상사, 2011, 24쪽.

현대시의 가족애

포항역 뒷길 오가며 청소하는 환경미화원 재준이 아버지. 포장마차 주인이 내다버린 철제 의자를 주워 벚나무에 기대놓았다 그냥 지나치면 잘 보이지 않는다 작은 숲에 가려서. 장마에 녹슨 철다리는 겨울을 나면서 으스러질 듯 삭았건만 볕살 따사로운 봄날, 의자를 주운 까닭을 알았다. 플라스틱 빗자루 내려주고 싸온 도시락 무릎에 올려 점심 드시는 것을 보고

맛난 점심 정갈한 시간. 담배 한 대 피울 짬 찾아드는 낮잠. 지는 벚꽃도 곤한 잠 깨울세라 드문드문 흩날린다 버림받은 의자가 노곤한 등짝 받쳐주는 봄이 되었다

— 「의자」 전문

위의 작품에서 화자는 "작은 숲에 가려서" "그냥 지나치면 잘 보이지 않는" "의자"를 찾아내었다. 그 "의자"의 원래 주인이 "포장마차 주인"이었는데 내다버렸다는 사실도, 그것을 주워서 사용하는 새로운 주인이 "포항역 뒷길 오가며 청소하는 환경미화원 재준이 아버지"인 사실도 알았다. 새로운 주인이 "싸온 도시락"으로 점심 식사를 하고, 식사 후 "낮잠"을 자는 데 그 "의자"가 쓰이는 것도 알았다.

화자가 "의자"를 둘러싸고 있는 사실들을 알게 된 것은 사회적 존재로서 관심을 가졌기 때문이다. 관심을 갖지 않았다면 "의자"가 누구의 것이었고 무슨 용도로 쓰이는지 몰랐을 것이고, "환경미화원인 재준이 아버지"에 대해서도 무관심했을 것이다. 그런데 그 "의자"를 발견함으로써 환경미화원의 근무 상황이며 여건까지 알게 되었다.

그 결과 "재준이 아버지" 같은 "환경미화원"들의 근무 여건이 어떻게 개선되어야 하는지를 독자들에게 알려주고 있다. 점심 식사를 제대로 할 수 있고 휴식을 취할 수 있는 환경이 필요함을 제시해주고 있는 것이다. 그 모습에서 시인의 사회적 관심을, 시인으로서의 임무를 실행하는 것을 알 수 있다. 그런

데 화자는 그와 같은 행동을 소란스럽지 않게 하고 있다. 마치 「필사」에 등장하는 "어머니"가 "필사적"으로 살아가면서도 "조용"한 모습을 띤 것과 같은 것이다. 그와 같은 모습은 다음의 작품에서도 볼 수 있다.

강원산업 봉강공장 사내들 안전화는
기름때 절어 광택 없는
낡아도 빛나는 워커
고흐의 낡은 구두는 수십 억 나가는데
청춘을, 자식을, 남겨둔 부모 가슴을 다독이며
시뻘건 쇳물 타넘는 그들의 워커가
빛나는 이 시대

—「그들의 워커」 전문

화자는 "강원산업 봉강공장 사내들"이 신고 있는 "안전화"를 필사하고 있다. "안전화"는 공장이나 공사 현장 등에서 일하는 노동자들의 재해를 막기 위해 신는 신발인데, 작업을 할수록 낡을 수밖에 없다. 또한 "기름때 절어 광택 없"을 수밖에 없다. 그것이 한 노동자의 삶의 흔적이다.

그런데 화자는 그 "안전화"가 "낡아도 빛나는 워커"라고 노래하고 있다. 일반적으로 "고흐의 낡은 구두는 수십 억 나가는데" 비해 "안전화"는 제대로 된 가격이 매겨질 리 없다. 그렇지만 화자는 "안전화"를 "고흐"의 신발보다 더욱 값나가는 것으로 인식한다. 화자의 관심이 고흐보다 노동자에게 있기 때문이다. 시인은 "고흐"의 "구두"는 예술 작품으로 보지만 노동자의 "안전화"는 그 이상의 가치를 지닌 대상으로 보는 것이다.

화자에게 "안전화"는 "청춘을, 자식을, 남겨둔 부모 가슴을 다독이며/시뻘건 쇳물 타넘는" 존재이다. 청춘을 함께한 존재이고 자식과 함께한 존재이고 부모의 가슴과 함께한 존재이다. 그들과 함께한 삶이란 어렵고도 힘들어 "시

현대시의 가족애

뻘건 쇳물 타넘는" 것과 같다. 화자는 "안전화"가 살아 있는 현재를 "빛나는 이 시대"로 보고 있다. 사회를 구성하는 노동자들을 적극적으로 필사하면서 그들과의 연대를 추구하고 있는 것이다.

이처럼 시인은 환경미화원이며 안전화를 신은 노동자들은 물론이고 사회적 존재들을 필사하고 있다. 이발소를 운영하고 있는 쉰 문턱의 이 씨와 베트남에서 시집온 열아홉 새댁(「바다 이발소」), 외진 항구를 술잔과 노래로 달래는 어부들(「섬」), 죽도시장에 있는 칼국수와 수제비 식당(「수제비 골목」), 구룡포의 새벽시장(「돌문어」), 동광병원의 치매병동(「꽃잠」), 몇백 원짜리 햇것들을 묶어 골목 시장으로 팔러 가는 늙은 어머니들(「동해남부선」), 다문화가정의 두 돌배기 아이를 온통 귀여워하는 대동배 2리 사람들(「민석이」), 조선배를 만들던 도목수 강 씨(「강무태」), 낯익은 얼굴들이 모여드는 기북장(「봄날, 기북장에서」), 죽도성당 앞에 있던 페르시아 가게(「처용, 가게 문 닫다」) 등을 모방하고 있는 것이다. 시인은 "필사적"(「필사」)으로 살아가는 사람들에게 "조용"(「필사」)하게 다가가 함께하는 것이다.

3.

갈기 세운 파도
동네 골목 휩쓸다 스러지면
낮달 서둘러 내쫓은 샛바람
밤 깊어 목 더 칼칼하다
중늙은이 니미 시팔
초고추장에 과메기 찍으며
나이 오십 줄에 빤했던 인생
다시 빤히 보이는 앞날 두렵다고
해일 이는 밤바다처럼 위태롭다고

오도 이가리 잇는 긴장된 전홧줄로
서로 안부 전한다
멀미난 바다 손님 끊긴
횟집 창문에 부딪혀 떨고
등대 불빛 견디다 못해
어둡고 지친 하늘에 정처 없을 때
청진 동네 사람들 조각난 꿈 안고
해일 속에 잠든다

─「청진리」 전문

"밤 깊"은 자연의 시간과 "중늙은이"인 인간의 시간이 맞물려 있는 위의 작품은 생을 영위하는 일이 얼마나 힘든가를 여실하게 보여준다. 그것이 "나이 오십 줄에" 이르러 깨달았다는 사실이 주목된다. 「필사」에서 작품의 화자가 "간절한 어머니의 필사"를 "쉰을 넘"겨서 발견한 것과 같다. 곧 지천명에 이르러서 "어머니"의 삶을 이해한 것과 같이 "중늙은이"도 "오십 줄에" 이르러서 자신의 "인생"이 "뻔"하다는 것을 깨달은 것이다. 그리하여 "다시 뻔히 보이는 앞날 두렵다"고 여긴다.

그렇지만 작품에 등장하는 "중늙은이"는 전망이 없는 자신의 앞날에 무릎을 꿇지 않는다. 그 대신 "전홧줄로/서로 안부 전한다". "니미 시팔" 같은 욕을 뱉으면서 자신의 삶을 비난하지만 "조각난 꿈 안고" 잠든다. "중늙은이"를 비롯해 "서로 안부 전"하는 "청진 동네 사람들"이 잠자는 모습은 삶에 희망이 없다고 포기하는 것이 아니라 새로운 날이 오기를 바라면서 동시에 새로운 날을 맞이하려고 준비하는 것이다. 그들의 꿈이 이루어지기는 사실 힘들다. 그렇지만 꿈을 꾸고 있는 동안 그들은 위대한 우주적 존재이다.

툭 툭 떨어지는 빗방울

현대시의 가족애

떡잎 휘청휘청케 하고
하얀 발목에 흙탕물 뒤집어씌운다
세상 그리
호락호락치 않다는 걸 미리 일러주듯
나직나직 내려도 봄비가 무겁다

툭 투둑 빗방울
유모차에 쌓인 골판지로 내리며
두리번 기웃 종이상자 찾는
늙은 허리 적신다
세상 골목 오늘도 젖고 있다
봄비 가벼우나 누구에게는 무겁다

— 「봄비가 무겁다」 전문

화자가 "봄비가 무겁다"고 느낀 것은 자연의 이치를 세상의 이치로 전이시킨 것이기에 의미가 깊다. "툭 툭 떨어지는 빗방울"이 가벼워 보이지만 "떡잎 휘청휘청케 하고/하얀 발목에 흙탕물 뒤집어씌"우는 것이기에 무겁기만 하다. 우주의 섭리가 "세상 그리/호락호락치 않다는 걸 미리 일러주"고 있는 것이다.

화자가 "봄비가 무겁다"고 느낀 것은 자신을 포함한 세상 사람들의 생이 무겁다고 생각하기 때문이다. 실제로 "두리번 기웃 종이상자 찾는/늙은 허리"들이 살아가고 있는 "세상 골목"은 "오늘도 젖고 있다". 누구에게는 "봄비"가 "가벼"울 수 있지만 그렇지 못한 대다수의 사람들에게는 무거운 것이다. 결국 화자는 그 대다수 사람들과 함께 "봄비"를 맞는다. 사람들이 살아가는 일이 결코 수월하지 않다는 것을 "쉼을 넘"(「필사」)기면서 깨닫고 있는 것이다.

시인은 자신이 살아가는 이 세계를 필사하기 위해 사람들에게 다가간다. 그것이 시인으로의 사회에 대한 관심이고 참여이다. 따라서 "시인에게는 행동하는 인간들을 모방하기 위한 용기와 행동이 필요하다. 적극적으로 이 세계를 반영하려는 의지와 실천력이 요구되는 것이다. 시인에게 반영이란 우물이나 벽에 걸린 거울에 자신의 얼굴을 비추는 것 같은 수동적이고 소극적인 행위를 넘어선다. 삶을 영위하는 환경이란 우물이나 거울처럼 정지되어 있거나 단순한 것이 아니라 끊임없이 변하고 복잡하고 다양하다. 따라서 그와 같은 현실 세계에서 살아가는 자신뿐만 아니라 구성원들을 구체적으로 파악하기 위해서는 적극적으로 다가서야 하는 것이다."[3]

　최부식 시인은 그와 같은 면을 적극적이면서도 "조용"(「필사」)하게 실행하고 있다. "진리는 가까운 곳에 있고 길도 먼 곳에 있지 않다"(理出於易 道不在遠)라는 『채근담』의 말처럼 시인은 자신이 발 딛고 있는 이 세계를 진리로 삼고 끌어안고 있다. 시인에게 진리란 이 세계의 사람들과 함께 살아가는 것이다. 그리하여 시인으로의 지천명을 인식하면서 임무를 다하려고 사람들과 함께한다. 하늘과 땅이 고요해서 움직이지 않는 것 같지만 실제로는 잠시도 쉬지 않고 움직이는 것처럼 시인은 조용하면서도 정지하지 않는 것이다. 그러므로 시인의 필사는 넓은 세상에서도 좁은 세상에서도, 어두운 세상에서도 밝은 세상에서도, 단순한 세상에서도 복잡한 세상에서도 쓰임새가 크다.

3　위의 책, 26쪽.

비유의 시학
— 서상규 시집, 『철새의 일인칭』

1.

아리스토텔레스는 시인을 시를 만드는 사람(maker)으로 인식했다. 그와 같은 면은 "시인은 운율을 만들기보다 플롯을 만드는 사람이 되어야 한다."[1]고 주장한 데서 확인되는데, 아리스토텔레스는 이 말을 통해 시인은 작품의 플롯을 만드는 일을 운율을 만드는 일보다 중요하게 여겨야 한다고 생각했고, 실제로 『시학』에서 내세운 주제는 플롯을 어떻게 만들 것인가의 문제였는데, 시인을 작품을 만드는 사람으로, 다시 말해 시의 제작자로 본 것은 주목된다.

아리스토텔레스는 또한 "철학자들뿐만 아니라 다른 모든 사람들에게 배움이란 매우 즐거운 것"[2]이라고 보았다. 가령 누군가의 초상화를 보면서 이 사람이 아무개 씨이구나 하고 추론하는 데서 볼 수 있듯이 사람들은 눈으로 보면서 아는(배우는) 즐거움을 얻는 것이다. 그와 같은 면은 초상화의 대상을 알

---

1 "the poet('maker') should be a maker of his plots rather than his verses,". Gerald F. Else, *Aristotle's Poetics The Argument*, Harvard University Press, 1967, p.315.

2 "learning is highly pleasurable not only to philosophers but to the rest of mankind in the same way,". Ibid, p.125.

지 못한다고 할지라도 상관없다. 초상화를 보는 즐거움은 초상화의 대상에 의해서가 아니라 초상화의 솜씨나 끝손질 같은 기량에 의해서 들기 때문이다. 아리스토텔레스는 그 솜씨나 끝손질 만드는 일을 시인이 해야 된다고 보았다. 그리하여 가장 보기 싫은 동물이나 시체의 그림이라고 할지라도 뛰어난 솜씨로 그렸다면 즐거움을 줄 수 있다고 보았다. 이와 같은 차원에서 아리스토텔레스는 시인을 시를 만드는 사람으로, 다시 말해 시인을 어떤 천재나 깨달음을 얻은 존재가 아니라 성실하게 시를 쓰는 존재로 인식한 것이다.

이와 같은 면은 시 한 편 한 편을 장인처럼 쓴 서상규 시인의 작품에서도 볼 수 있다. 본격적으로 시를 쓰는 시인들 역시 마찬가지이겠지만, 서상규 시인의 경우에 특히 시를 만드는 면이 느껴진다. 시인은 가난한 살림을 영위하는 아버지와 어머니를 비롯해 사회의 낮은 곳에서 살아가는 일용공, 청소부, 실업자, 심지어 제대로 살아가지 못하는 노숙자 등을 시작품의 대상으로 삼고 있다. 따라서 시인의 시 세계는 우리 시문학사에서 이어져온 민중시 혹은 노동시의 범주로 넣을 수 있을 것이다. 그렇지만 시 형식이 기존의 민중시 혹은 노동시와는 차원이 다르기에 주목된다. 시의 형식은 행이나 연은 물론이고 어휘, 분위기, 어조, 운율, 비유, 상상력, 구두점, 문맥, 이미지 등 다양할 수 있는데, 서상규 시인의 시 세계에서는 특히 비유가 관심을 끈다. 비유의 폭이 넓고도 깊어 기존의 민중시 혹은 노동시에 비해 한층 더 환기력을 띤다. 시작품으로 담은 대상들의 인간 가치를 보다 역동적으로 보여주고 있는 것이다.

2.

인공호흡기를 쓴 출항으로
앙상한 뼈마디를 드러낸 목선이
마지막 생의 좌표에 떠 있다

링거에서 흐르는 해류로
푸른 심해를 물들인 모니터 속
심전도 그래프가 일구는 파도 위에서
목선이 숨길을 열어간다
젊은 한때를 항해하는 걸까
수평선으로 팽팽히 시위를 메겨
황금어장으로 화살촉을 날리듯
숨을 몰아쉬며 너울을 타넘는다
어족을 닮은 눈썰미로
금줄같이 오선지를 엮은 그물을
장조의 깊은 해저로 내린다
그물코마다 반짝이는 은빛 비늘로
음표를 새긴 선율을 당긴다
갈매기가 높은음자리 음표를 물고
청하늘에 음계를 그리며 날아오른다
순간 가쁘게 몰아닥친 숨결에
심장박동의 그래프가 솟구친다
이승잠에서 눈뜬 아버지!
혼령으로 풍어 깃발을 펄럭이며
가난이 충족한 만선을 풀어놓는다
삶의 자세로 고기 잡는 법을
자식들에게 유산으로 남기고
한 조각 비늘이 바다에 일으키는 파문으로
긴 서사 끝에 고요히 숨길을 거두신다
모니터 속에 잠긴 어둠으로
눈부신 닻별이 떠오른다

—「이승잠을 항해하다」 전문

병중(病中)에 정신없이 계속해서 잠을 자고 있는 아버지의 모습을 출항하는
목선으로 비유하고, 링거의 액을 해류로, 심전도를 나타내는 모니터를 푸른

비유의 시학

117

심해로, 모니터 속의 심전도 그래프를 바다의 파도 등으로 비유의 폭을 확장하고 있다. 인공호흡기를 쓴 채 앙상한 뼈마디를 드러내고 병실에 누워 있는 아버지를 거친 바다의 너울을 타넘으며 황금어장에 팽팽한 시위를 메겨 화살촉을 날리는 어부로 부각시키고 있는 것이다.

아버지의 비유는 음악적인 대상으로까지 확대된다. "어족을 닮은 눈썰미로/금줄같이 오선지를 엮은 그물을/장조의 깊은 해저로 내린" 뒤 "그물코마다 반짝이는 은빛 비늘로/음표를 새긴 선율을 당"기는 모습이 그러하다. 아버지를 출항하는 목선에 올라탄 어부로 비유한 차원에서 보면 일관성이 어긋난 비유의 면이지만, 다른 측면에서 보면 환기력을 주는 효과를 발휘한다. 음악의 동적(動的)인 면으로 죽음의 세계 앞에 놓인 아버지의 존재성을 부각시키고 있는 것이다.

아버지는 심장박동이 솟구쳐 이승잠에서 잠시 눈을 뜬다. 그렇지만 안타깝게도 곧 숨을 거둔다. 마치 촛불이 마지막 순간 한번 타오르는 것과 같이 아버지는 최후로 온 힘을 다해 그물을 끌어올리고 생을 마감한 것이다. "혼령으로 풍어 깃발을 펄럭이며/가난이 충족한 만선을 풀어놓"은 아버지. 결국 "삶의 자세로 고기 잡는 법을/자식들에게 유산으로 남기고/한 조각 비늘이 바다에 일으키는 파문으로/긴 서사 끝에 고요히 숨길을 거두신" 것이다.

시인은 그 슬픈 상황에 주저앉아 눈물을 흘리지만은 않고 아버지를 출항하는 어부로 그렸다. 비유를 통해 생애의 순간까지 자신의 삶에 최선을 다한 아버지를 되살려낸 것이다. 시의 비유는 이처럼 단순한 기술이나 형식이 아니라 시인의 지난한 세계인식이다. 대상을 사실적으로 기술하지 않고 창조적으로 살려내는 것이다. 대상을 있는 대로 그리는 것은 정직한 시작(詩作)의 태도가 아니라 안일하고도 고정된 자세이다. 따라서 원관념의 대상을 위해서는 보조관념에 해당하는 대상들을 적극적으로 살려낼 필요가 있다. 병실에 누워 있는 아버지를 목선을 타고 출항하는 어부로 그린 것이 좋은 예이다. 해류, 심해, 파도, 목선, 수평선, 황금어장, 어족, 해저, 풍어, 만선, 고기, 비늘, 바다 등의 보조관념들 또한 아버지를 생생하게 구체화시키며 생애의 의미를 심화시키고 있다.

이처럼 비유는 세계인식을 확대하거나 심화시키는 역할을 한다. 사람은 자신의 마음이나 정신을 사물이나 상황을 담은 언어를 통해 표출하므로 그 자체가 비유를 만드는 것이지만, 시인이 시를 만드는 일은 차원이 다르다. 따라서 시의 대상은 실재적인 것이 될 수 있지만 실재적인 것이 아니라 만들어진 대상, 즉 창의적인 대상이다. 따라서 비유는 실재를 그대로 옮겨오는 수동적인 것이 아니라 적극적인 세계인식이다. 실재의 대상을 복사하는 차원을 극복하고 부단하게 작품 자체의 성장을 마련하는 것이다.

서상규 시인의 작품들은 그와 같은 모습을 잘 보여주고 있다. 치매에 걸려 집안을 어지럽히는 아버지를 어린왕자로(「어린왕자의 별」), 봄 햇살을 어머니가 바리바리 싸서 보낸 소포로(「햇살 소포를 받다」), 고추잠자리가 드높은 가을 하늘을 나는 모습을 어머니가 바느질하는 것으로(「고추잠자리의 바느질」), 어머니가 당신의 수의를 짓는 모습을 맑은 바람결로 대금을 연주하는 것으로 또는 별자리를 박음질하는 것으로(「난생을 꿈꾸는 바느질」) 비유한 면 등이 그 예이다.

3.

손때에 전 박달나무 윷처럼
뻑뻑한 눈살로 초점을 모으고
전철 노선도의 윷판을 올려다본다

미아삼거리에서

말몰이의 방향을 어디로 잡아야 하는지,
이미 패를 정하고 말을 옮기는
윷놀이의 틈바구니에서
윷가락을 잡은 손아귀에 힘이 풀린다

역삼역 사거리로
말판에 부적의 길을 그려놓고
말의 근육을 부풀리는 환상
푸른 예감으로 이마에 정맥을 돋우며
고삐를 힘차게 다잡는다

철로의 침목이 발밑에서 풀잎처럼 쓸리며
말갈기가 나부낀다
초원이 드넓게 펼쳐진 말판에서
윷짝을 띄우는 힘찬 질주

지난밤 길몽을 이야기하는 아내 말과
두 딸아이의 말, 재롱에 취한다
한 가족이 소풍 길처럼 단란한
방목의 꿈결에 사로잡힌 행상
도에서 모로 말발굽이 가르는
바람결에 곧은길이 열린다

야성의 윷판에서 방심한 사이,
단속원의 올무에 걸려든다
그래도 생을 긍정하듯
붉은 낯빛에 구겨지는 웃음발을 끌며
고개를 끄덕끄덕 고삐 잡힌 걸음을 뗀다

—「윷놀이」 전문

현대시의 가족애

전철 노선을 "윷판"으로, 그 전철 속에서 물건을 파는 상인의 상행위를 "윷놀이"로 비유한 데서 볼 수 있듯이 비유의 대상을 사회적 존재들로 확대하고 있다. 윷이나 장기나 바둑 같은 놀이가 사람들에게 인기를 끄는 이유는 다양하겠지만, 인생의 축소판이기 때문일 것이다. 인간은 어쩔 수 없이 사회적 존재이므로 다른 사람과 부딪힐 수밖에 없다. 그 상황에서 경제적 이익이며 사회적 이해관계에 따라 갈등이 생기고 심지어 생존 문제까지 대두된다. 따라서 삶의 길에서 나름대로 지혜를 발휘하는 방법을 터득하기 위해 윷판 등을 벌이는 것이다. 윷판에 말을 놓는 것은 인생의 길에서 수많은 선택을 하는 행위를 비유한다. 때로는 상대방의 대응에 어떻게 응수해야 할지 고민하고, 때로는 기세로 밀고 나가고, 때로는 실수나 오판으로 후회하기도 하고, 때로는 포기하는 용기를 갖기도 한다. 결국 모든 병법을 동원해 인생의 승부수를 거는 것이다.

위의 작품에서 윷놀이하는 화자는, 다시 말해 지하철에서 물건을 파는 화자는 신중한 모습을 보인다. 자신의 상거래 행위가 불법 행위이기에 단속반에 걸리면 범법자가 되기 때문이기도 하고, 그렇게 되면 경제 활동을 하기 어려워 가장으로서 곤란하기 때문이기도 하다. 그리하여 지하철역의 어느 방향으로 말몰이를 해야 하는지 망설이다가 마침내 "역삼역 사거리로/말판에 부적의 길을 그려놓고/말의 근육을 부풀리는 환상/푸른 예감으로 이마에 정맥을 돋우며/고삐를 힘차게 다잡는다". 마치 말이 갈기를 휘날리며 대지를 질주하듯이 전철 칸을 달려가며 물건들을 파는 것이다. 그 과정에서 "지난밤 길몽을 이야기하는 아내 말과/두 딸아이의 말, 재롱에 취"하기도 한다.

그렇지만 가족과 단란한 행복을 가지려는 화자의 기대는 현실 세계에서 이루어지지 않는다. 얼마 달리지 못하고 "야성의 윷판에서 방심한 사이,/단속원의 올무에 걸려"들고 만 것이다. 그 순간 눈앞이 캄캄하다. 범죄자의 신분이

될 뿐만 아니라 가장의 역할을 포기할 수밖에 없기 때문이다. 그리하여 화자
는 간절하게 봐달라고 매달리거나, 혼신을 다해 도망가거나, 모든 것을 포기
한 채 퍼질러 앉아 우는 등의 병법을 떠올리다가, "그래도 생을 긍정하듯/붉
은 낯빛에 구겨지는 웃음발을 끌며/고개를 끄덕끄덕 고삐 잡힌 걸음을" 떼며
단속반을 따라간다. 화자는 이번 윷놀이 판에서는 졌지만 절대로 포기하지 않
고 다음 기회를 엿보는 것이다. 이와 같은 모습은 인생의 길이 참으로 험난하
지만 결코 포기할 수 없다는 시인의 세계인식이기도 하다. 생존의 욕구는 법
이나 제도로 가둘 수 없는 것이다.

　　때 전 호주머니 속 동전 몇 닢이
　　방울경쇠로 짤랑거린다
　　새벽별이 핏발 선
　　눈망울을 굴리며 길을 밟는다
　　동틀 무렵 어둠의 갈피가 푸르러지며
　　코뚜레를 꿴 달빛이 고삐를 바짝 조인다

　　날빛에 목이 졸리기 직전의
　　창백한 수은등 아래
　　그림자에 묶인 소 떼가
　　흰 콧김을 내뿜으며 서성거리고 있다
　　온기 몇 점으로 온정을 나누는 드럼통 속
　　불길에서 파랗게 돋은 정맥을 끄집어낸다
　　산맥의 혈이 뻗어 내린
　　힘줄로 밭을 갈던 한 시절
　　꿈길을 되짚어 하루 노역을 점친다

　　거간꾼들이 나타날 때마다
　　저마다 앙상한 골격을 부풀리고

순한 이빨을 드러낸다
누구도 찌른 적이 없는 야성의 뿔을 들이밀며
복종의 표시로 한껏 머리를 숙이지만
풀빛 지폐 몇 장으로 벌이는
흥정은 튼실한 소에게로 향할 뿐이다

하루치의 건초에 행운을 되새기는
눈길이 발굽에 차인다
가스러진 터럭 사이를 파고드는 바람에
펄럭이는 살가죽을 여민 몸속에서
운명을 삿대질하는
알싸한 공복을 다독거린다

연장 가방에 단단히 물린 지퍼처럼
어금니를 질근질근 깨문다
손등을 짓찧는 망치질로 하루의 기둥을 세우고
시큰거리는 근육으로 시간을 톱질할 수 있다면
굳은살이 아픔 없이 뜯겨나가는 나날이다

아침 출근에 바쁜 사람들 틈에서
하루의 시간을 접으며
햇살에 축문 적은 소지를 사른다
생을 긍정하듯 고개를 끄덕끄덕
발뒤축을 좇는 그림자의 고삐를 끌며
햇무리에 방울소리를 감는다

—「인력시장에서」 전문

　　추운 겨울날 새벽 인력시장에 모여드는 일용직 노동자들을 우시장에 몰려
드는 소들로 비유하고 있다. 호주머니에서 동전 몇 닢이 짤랑거리는 일용직
노동자들은 마치 코뚜레를 꿰인 소가 바짝 조여진 고삐에 끌려가듯 핏발이 선

눈망울들이다.

"날빛에 목이 졸리기 직전의/창백한 수은등 아래/그림자에 묶인 소 떼가/흰 콧김을 내뿜으며 서성거리고 있"는 것처럼 위축된 그 노동자들은 불안함과 추위를 녹이기 위해 불길이 있는 드럼통 주위로 몰려든다. 그리고 불길에 비치는 팔의 정맥을 끄집어낸다. 다른 사람이 보기에는 일용직 노동자에 불과할지라도 산맥의 혈이 내린 정맥이기에 하루의 노역을 거뜬히 해낼 수 있다고 내보인다. "거간꾼들이 나타날 때마다/저마다 앙상한 골격을 부풀리고/순한 이빨을 드러"내도, "누구도 찌른 적이 없는 야성의 뿔을 들이밀며/복종의 표시로 한껏 머리를 숙"이는 것이다.

그렇지만 그와 같은 행동에도 불구하고 일할 기회는 쉽게 주어지지 않는다. 그들 중에 보다 튼실하고 보다 순종하는 이들만 하루를 선택받고 나머지는 걸음을 되돌릴 수밖에 없다. 일자리를 얻지 못한 이들은 가슴으로 파고드는 겨울바람을 맞고 공복을 다독거리며 "연장 가방에 단단히 물린 지퍼처럼/어금니를 질근질근 깨"물고 돌아서서 걷는다. "아침 출근에 바쁜 사람들 틈에서/하루의 시간을 접으며" 살아오는 동안 박인 굳은살이 겨울바람에 뜯겨나가는 것을, 마치 망치로 손등을 찧은 순간 같은 아픔을 느끼는 것이다.

그렇지만 그들은 삶을 포기하지 않는다. 아직도 자신들의 근육과 힘줄과 골격과 뿔과 이빨이 연장을 들고 일할 만큼 건재하다고 생각한다. 그리하여 "햇살에 축문 적은 소지를 사른다". 그리고 "생을 긍정하듯 고개를 끄덕끄덕/발뒤축을 좇는 그림자의 고삐를 끌며/햇무리에 방울소리를 감는다". 언젠가는 일할 자리를 얻을 수 있을 것이라고, 조건이 아무리 불리하다고 할지라도 희망을 포기하지 않겠다고 다짐하는 것이다.

인력시장에 모였다가 흩어지는 일용직 노동자들을 우시장의 소들로 비유한 위의 작품은 생생한 이미지를 주고 있다. 시를 만드는 시인의 자각에 의해 비

현대시의 가족애

유가 살아 있는 것이다. 그리하여 원관념과 보조관념이 제자리에 머물러 미라가 되지 않고 계속해서 움직인다. 세상의 모든 시간이나 공간과 마찬가지로 언어 역시 지나가버리고 만다. 아무리 본질을 파악해서 기록했다고 하더라도 언젠가 미라가 되고 마는 것이다. 비유는 그 운명을 극복해나가려고 한다. 사물이나 사실을 복사하는 데 머무르지 않고 대상을 열정적으로 살려내는 것이다. 이와 같은 모습에서 볼 수 있듯이 비유의 특성은 동적이다. 결과가 아니라 과정이고, 개념이 아니라 의식이다. 동일화를 추구하지만 관습적인 절충을 극복하고 지향성을 띠는 것이다.

4.

검은 상복처럼 입성에 때 낀
태자가 왕조의 노을빛에
긴 그리메를 늘인 채 걷고 있다
성골의 후예임을 드러내는
불거진 광대뼈와 첨성대 위에 뜬
북극성처럼 형형한 눈빛
은행나무가 단풍든 금관을 씌워주며
알알이 익은 눈물방울을 떨군다
천년 사직을 일으키소서
백성들을 굽어 살피소서
땅바닥에 그림자를 엎드려 통곡하는
가로수들이 한 발 한 걸음마다
곱게 물든 낙엽을 깔아준다
군왕은 눈물을 보이지 않는 법도에
가슴 속에서 성덕대왕신종이 울립니다
만백성을 지키지 못한 죄인입니다
어찌 하늘을 우러를 수 있겠습니까

고개를 깊이 숙인 걸음에 옥쇄가 찍힌다
왕조를 하직할 게 아니라
왕권을 부흥시키겠다는 결의가
발자국에 돋을무늬로 되살아난다
머리 푼 바람이 태자의 큰 뜻을 읽고
서라벌로 파발마를 달린다
햇무리를 두른 환두대도의 칼날을
어둠이 칼집 속에 고이 품는다
밤하늘에서 폭포가 용틀임하듯 쏟아지는
황금 달빛의 물보라가
선왕들의 별자리를 새겨놓는다
혈맥이 뜨겁게 파동 치는 지문으로
역대 왕의 이름을 짚으며
노숙자 사내가 금강산 골짜기 같은
서울역 지하도의 유배지에 든다

— 「마의태자」 전문

　서울역 지하도에서 생활하는 노숙자를 금강산 골짜기에서 생활하는 마의태자(麻衣太子)로 비유하고 있다. 마의태자는 신라의 마지막 왕인 경순왕의 태자이다. 신라는 제56대 경순왕에 이르러 고려의 왕건과 후백제의 견훤에 눌려 나라를 제대로 유지시킬 수 없었다. 그리하여 경순왕은 재임 9년째인 935년, 군신회의를 열고 고려에 항복하기로 결정했다. 이에 마의태자는 나라의 존망이 위태로운 상황에서 민심을 모아 싸우는 것이 마땅할 텐데, 그렇게 하지 않고 천년사직을 버리는 일이기에 동의할 수 없다고 반대했다. 그렇지만 경순왕은 죄 없는 백성을 전쟁터에서 죽일 수 없다며 끝내 항복했다. 그리하여 마의태자는 개골산, 즉 겨울 금강산으로 들어가 베옷을 입고 풀뿌리와 나무껍질을 먹으며 여생을 마쳤다.

　위의 작품은 "검은 상복처럼 입성에 때 낀/태자가 왕조의 노을빛에/긴 그리메를 늘인 채 걷고 있"는 그 마의태자의 모습을 그리고 있다. 마의태자는 "불거진 광대뼈와 첨성대 위에 뜬/북극성처럼 형형한 눈빛"을 가졌지만 나라를 잃은 슬픔을 감출 수 없다. 걸어가는 길가에서 백성들이 줄을 이은 채 "천년 사직을 일으키소서/백성들을 굽어 살피소서"와 같이 통곡하고 있기에 더욱 그러하다.

그리하여 마의태자는 "왕조를 하직할 게 아니라/왕권을 부흥시키겠다는 결의"를 갖는다. 군왕은 눈물을 보일 것이 아니라 법도를 지켜야 하고, 백성을 지키지 못한 죄인이 되어서는 안 된다고 다짐한다. 고개를 숙이고 옥쇄를 찍는 대신 하늘을 우러러보며 항전을 결심하는 것이다. 마의태자의 그 마음을 헤아려주는지 바람은 태자가 떠나온 서라벌로 파발마를 띄우고, 하늘에 있는 선왕들의 별자리는 마치 폭포가 용틀임하듯 빛을 낸다.

서울역에서 비참하게 목숨 붙이고 살아가는 마의태자의 원관념인 노숙자, 시인은 그 노숙자를 사회의 낙오자가 아니라 태자와 같은 신분을 지닌 존재로 인식하고 있다. 그만큼 시인은 노숙자를 삶의 실패자가 아니라고 본다. 삶의 경쟁에서 승리하지 못했다고 할지라도 주체적인 삶을 지향하는 의식은 마의태자 못지않다고 보는 것이다. 결국 시인은 노숙자로 대변되는 민중들을 긍정하고 그들의 생명력을 비유로써 노래하고 있는 것이다.

서상규 시인의 작품들에서 지배하는 보조관념은 원관념으로 삼고 있는 아버지와 어머니를 비롯해 일용직 노동자, 실직자, 청소부, 노숙자 등을 힘 있는 존재로 만들고 있다. 추상적이거나 관념적인 것이 아니라 구체적으로 그들의 존재성을 살려내고 있는 것이다. 이와 같은 면으로 인해 서상규 시인의 작품은 한국의 노동시 혹은 민중시 중에서 가장 비유적이라는 특성을 갖는다. 비유를 통해 노동자들의 주체성을 심화시키고 있는 것이다. 결국 아리스토텔레스가 제시한 시인의 임무를 충실히 수행하고 있는 것이다.

아리스토텔레스는『시학』에서 시인을 모방하는 존재로 보았는데, 모방하는 대상이란 다름 아니라 인간이다. 인간의 부류는 필연적으로 고상하거나 그렇지 않다. 따라서 시인은 평균치보다 나은 사람이나 또는 평균치보다 못한 사람이나 또는 평균치가 같은 사람을 모방하게 되는데, 어떤 대상을 선택하는가에 따라 작품의 성격도 달라진다. 가령 평균치보다 못한 사람을 모방하면 희극이 되고, 평균치보다 나은 사람을 모방하면 비극이 되는 것이다. 물론 여기에서 고상하거나 그렇지 않은 것은 사회적 지위를 기준으로 분류한 것도, 윤리적 혹은 도덕적 기준으로 분류한 것도 아니다. 그보다는 본질적이고 총체적으로 인간을 인식한 것이다. 가령 맹자의 성선설에서 보여준 인간의 본성이나 총체성을 의미한다고 볼 수 있는 것이다.

따라서 인간을 제대로 모방하기 위해서는 시인 역시 움직여야만 한다. 시인이 적극적인 자세로 대상에 다가가야 비로소 모방의 본질을 획득할 수 있는 것이다. 곧 시의 미학과 사회 인식과 역사 인식을 갖는 것이다. 그러므로 비유의 폭이 넓고 깊을수록 시인의 미의식이며 사회 인식이며 역사 인식은 심화된다. 시를 성실하게 만드는 시인이 되어 즐거움을 갖는 것이다. 적극적으로 비유를 추구하고 있는 서상규 시인이 그 좋은 모습을 보이고 있다. 시인은 가난하고 힘없지만 최선을 다해 살아가려고 하는 사람들을 비유를 통해 모방하고 있다. 독자들은 시인이 모방한 사람들을 직접 만나지 않았다고 할지라도 시인의 끝손질에 의해 그들의 희망과 의지에 공감한다. 그리고 연대감을 갖고 그들과 함께 인간다운 세계를 지향한다.

현대시의 가족애

기억의 시학

― 김재혁 시집, 『아버지의 도장』

1.

김재혁 시인은 자신이 간직하고 있는 기억을 토대로 시의 이미지를 만들고 시의 비유를 형성하고 시의 주제를 설정한다. 기억을 바탕으로 시의 자장을 형성하고 시의 세계를 추구하고 시의 가치를 지향한다. 기억은 시인의 세계 인식을 이끌어주는 힘이다. 시인은 기억의 힘을 빌려 이 세계의 본질을 발견하고 상황을 파악하고 가치들을 판단한다. 기억의 힘으로 자아의 결핍을 인지하고 시간의 의미를 자각하고 공간의 활용을 궁리한다.

시인은 자신의 기억을 거울로 삼고 이 세계의 본질과 그 속에 들어 있는 자신을 성찰한다. 기억을 통해 다양한 대상들 중에서 시적 대상을 선택하고, 그것의 의미를 고민한다. 창작 의도를 가공하고 보편적 가치로 전이시키고 구체적 실체로 정립시킨다. 과거를 재현하는 동시에 변용하고 저장하는 동시에 인출하는 것이다.

시인이 기억하는 행동이란 삶의 결과보다도 과정을 이해하고 탐색하는 것이다. 간과된 삶의 실체를 현재의 터전으로 옮겨 진지하게 살피고 분석하고 해석하는 것이다. 불변하는 진리가 이 세상에 존재하지 않는다는 사실을 확인하면서 간직해야 할 가치를 추구하는 것이다.

출렁이는 그곳의 물결을 생각하면 그곳엔 늘 뭔가가 켜켜이 쌓여 있다는 느낌이다. 안에서 밀어내는 그 무엇이 물결의 주름을 만들어내는 것 같다. 물론 맑은 날 산꼭대기에서 내려다보면 물살을 가르는 집채만 한 잉어의 시커먼 등짝이 보이기도 하지만 그렇다고 그 잉어 한 마리가 저수지의 물결을 다 만들지는 못한다. 스쳐 지나가는 바람은 표면에 파문을 만들 뿐 전체적인 출렁임을 만들어내는 것은 뭔가 다른 것이다. 어떤 사람은 저수지 밑바닥에 커다란 샘구멍이 세 개가 있어 거기서 물이 콸콸 쏟아져 나와 물결이 출렁이는 거라고 했다. 그러나 그곳에 출렁임을 만드는 것은 저수지 밑바닥으로 흐르는 시간인 듯하다. 밑에 있던 시간의 더께가 녹으며 우리의 기억의 표면 위로 떠오르듯이. 내가 이렇게 저수지를 말하는 것은 내 안에 켜켜이 쌓여 있는 기억들 때문이다. 서로 밀치며 내 마음의 표면으로 떠오르려는 아픈 기억들이 나를 바람 한 점 없이 맑은 날에도 출렁이게 한다.

―「저수지」 전문

화자가 "저수지"가 "바람 한 점 없이 맑은 날에도 출렁이"는 이유가 그 어떤 외부적인 조건 때문이 아니라고 말한다. 다시 말해 "물살을 가르는 집채만 한 잉어의 시커먼 등짝"이나 "저수지 밑바닥에 커다란 샘구멍이 세 개가 있어 거기서 물이 콸콸 쏟아져 나와 물결이 출렁이"기 때문이 아니라, "내 안에 켜켜이 쌓여 있는 기억들 때문이"라는 것이다. "기억"은 공간적인 특성을 갖는 것이지만 그 본질적 특성은 시간성이다. 그러므로 시인은 "그곳에 출렁임을 만드는 것은 저수지 밑바닥으로 흐르는 시간인 듯하다"고, "밑에 있던 시간의 더께가 녹으며" "기억의 표면 위로 떠오"른다고 말하고 있다.

화자는 "기억"을 토대로 삼고 이 세계를 인식하고 있다. 화자가 "출렁이는 그곳의 물결을 생각하면 그곳엔 늘 뭔가가 켜켜이 쌓여 있다"고 느끼는 것이 그 모습이다. 화자가 "기억"을 통해 현실을 인식하고 있는 것은 자아 인식의

현대시의 가족애

확대라고 볼 수 있다. 분화된 인식을 통합시키고 주관적인 인식을 객관화시키고 감정적인 인식을 실체화시킨 것이다. 또한 단절된 인식을 연결하고 파편화된 인식을 결합한 것이다. 화자는 출렁이는 그 물결 속에서 "내 마음의 표면으로 떠오르려는 아픈 기억들이" 자신을 움직이고 있음을 느낀다. 바람 한 점 없이 맑은 날에도 출렁이는 것을 감지하고 있다. 화자가 "저수지"란 타자에 동화되고 있는 모습이다. 자신과 관계없다고 여기거나 회피하려던 대상과 결합하고 있는 것으로, 유년의 시계(視界)에서 성인의 시계로 성숙된 것이다. 그렇다면 화자는 왜 자신의 "아픈 기억"을 떠올리는 것일까?

기억 속보다 가볍다
학교 다니던 시절
생활통지표 한 귀퉁이를 위해
존재하던 너
서랍을 정리하다 다시 발견한
아버지의 목도장
지금도 어린 시절의 기억이 되살아나
조금은 무겁기도 하다
박달나무 끝에 서려 있는
아버지의 엄한 얼굴
단단한 석 자의 한자로 새겨진
나와의 붉은빛 인연이다
가운데 글자는 새파란 서리 상(霜) 자,
언젠가 아버지의 감시가 소홀해졌을 때
내 손안에 들어와
서리 같은 서늘함을 싸늘히 맛보며
콩콩대는 가슴으로 몰래 찍어 가던 성적표
그때의 죄책감이 조금은 되살아나
내 이마에 아버지가 너를 쿡 찍으실 것만 같다

아, 마음에 새겨지는 붉은 인주 같은 추억들,
내 인생의 성적표에 찍혀지는
아버지의 목도장
인생의 글자 사이의 틈이 메워지지 않게
늘 조심하라며

　　　　　　　　　　　　　—「아버지의 도장」 전문

　화자가 "기억"하고 있는 "박달나무 끝에 서려 있는/아버지의 엄한 얼굴"은 "나와의 붉은빛 인연"을 이루는 존재이기 때문에 거부할 수도 회피할 수도 없다. "단단한 석 자의 한자로 새겨진" 이름의 "아버지"는 이 세계를 살아가는 길의 진면목을 알려주는 스승이다. 이 세상의 길이 얼마나 험난하고 먼 것인가를, 그리고 그 길을 걸어가는 일이 얼마나 고통스럽고 힘든가를 가감 없이 알려주는 인생의 선배이다. 따라서 삶의 이치를 제대로 알려주기 위한 "아버지"의 태도는 진지하기만 하다. 자식에게 당신의 "엄한 얼굴"을 보이는 것은 그 때문이다. "아버지"는 당신이 획득한 삶의 지혜며 도리를 자식에게 제대로 알려주려고 한다. 또한 당신이 올바르다며 지향하는 삶의 가치도 전해주려고 한다. 그렇기 때문에 "아버지"는 자식에게 엄한 모습을 보일 뿐 아니라 자신에게도 엄한 것이다.

　그렇지만 "나"는 "아버지"의 그 깊은 뜻을 깨닫지 못하고 "언젠가 아버지의 감시가 소홀해졌을 때/내 손안에 들어와/서리 같은 서늘함을 싸늘히 맛보며/콩콩대는 가슴으로 몰래 찍어 가던 성적표"를 지금에서야 "기억"하고 있다. 또한 "당장 일어나 마당의 풀을 뽑고 돌멩이를 주우라고 외치던 아버지의 날카로운 음성"(「채송화」)을 지금에서야 듣고 있다. "나"는 당신의 엄한 표정 속에 들어 있는 진실을 가까스로 깨닫고 있는 것이다. 하지만 "아버지"의 그 엄함이 "기억 속보다 가볍"기 때문에 가슴 아프다. "아버지"는 "아픈 기억"의 대상인 것이다. 화자는 "그때의 죄책감이 조금은 되살아나/내 이마에 아버지가 너를 쿡 찍으실 것만 같"다고 느낀다. "붉은 인주 같은 추억들"을 되살려 "내 인생의 성적표에 찍혀지는/아버지의 목도장"을 품고 있는 것이다.

화자는 "기억"을 통해 "아버지"를 현재적 존재로 소생시키고 있다. 한정된 인물이 아니라 광의적인 대상으로 확대시키고 있는 것이다. 단일한 이미지의 "아버지"를 다양한 상징체로 만들고, "서랍" 속의 "아버지"를 햇살이 쬐도록 하고, "한 귀퉁이"에 존재하는 "아버지"를 광장으로 이끌고, 표피적인 "아버지"를 심화시키고 있는 것이다. 시인은 "기억"을 되살려 "아버지"를 "조금은 무겁"게 만들었다. "인생의 글자 사이의 틈이 메워지지 않게/늘 조심하라"는 당신의 말씀을 비로소 마음속으로 새기고 있는 것이다.

2.

나는 그때 그 안개의 냄새를 기억한다
후텁지근한 생활의 목욕탕에서
도망치듯 뛰쳐나와 새벽의 바람을 맞으며
또 다른 생활의 방으로 향하던 그때
학교 담벼락을 따로 새로 깐
붉고 푸른 보도블록에 눈처럼 쌓이던 안개,
그 안개의 향취에 오이처럼 상큼해지던
보도블록의 따스한 숨결을 나는 기억한다
터벅터벅 시간 속을 걸어가던
내 발길에 와서 강아지처럼 매달리던
안개의 귀여운 표정을 나는 기억한다
그리고 안개의 포근한 입김 속에
발목을 담근 채 물끄러미 내려다보던
가을 나무의 그 쓸쓸한 얼굴을 나는 기억한다

길가 수양버들 나뭇가지 사이로
매끄럽게 빠져나가던 안개의 날씬한 허리와
커다란 배라도 몰고 올 듯한 안개바다의
그 출렁임을 나는 기억한다
안개의 싱그러운 속살을
한 입 베어 먹은 나의 심장이
조금 부풀어 오르던 것도 나는 기억한다
그리고 그날 제 살을 밟으며
새벽길을 걸어간 나의 모습을
안개는 기억할 것이다

— 「안개」 전문

　화자는 "후텁지근한 생활의 목욕탕에서/도망치듯 뛰쳐나와 새벽의 바람을 맞으며/또 다른 생활의 방으로 향하던 그때"에 보았던 "안개"를 섬세하고도 예리하게 "기억"하고 있다. 그 순간에 포착된 대상은 "안개" 자체만이 아니라 ① "안개의 향취" ② "안개의 귀여운 표정" ③ "안개의 포근한 입김" ④ "안개의 날씬한 허리" ⑤ "안개 바다의 출렁임" ⑥ "안개의 싱그러운 속살"까지이다. 또한 ① "보도블록의 따스한 숨결" ② "가을 나무의 그 쓸쓸한 얼굴" ③ "나의 심장" ④ "새벽길을 걸어간 나의 모습"까지 "안개"와 연결시키고 있다. 시인은 "기억"을 통해 "안개"와 연결된 상황과 냄새, 색채, 시간, 이미지, 정서 등을 발굴하고 있는 것이다. 의미를 갖기 이전의 "안개"를 의미화하고 있고, 혼재된 "안개"를 정렬하고 있고, 타자의 위치에 있는 "안개"를 동화된 존재로 수용하고 있는데, 본래의 감각이나 지각이나 정서가 아니라 시인의 양식으로 전환하고 있는 것이다.

　이런 차원에서 보면 화자의 "기억"이란 수동적이거나 소극적인 행동이 아니라 능동적이고 적극적인 행동이다. 자발성을 띤 행동이고, 구체성을 가진

현대시의 가족애

행동이고, 입체적인 행동이다. 비결정체의 상황을 결정체로, 소유의 카테고리를 활용의 카테고리로, 비연속적인 상황을 연속적인 상황으로, 분산된 이미지를 논리적인 이미지로, 감정적인 분위기를 지적인 분위기로, 사건 중심을 플롯 중심으로, 과거의 재현을 현재의 창조로, 소재의 대상을 제재의 대상으로 변화시킨 것이다. 결국 화자는 "안개"를 인간적인 대상으로 인식한 것이다.

기억난다
엄지와 검지에 스미던
장난기와 살의의 느낌이,

내 어린 시절의 그리운
풍뎅이는 돌고 돌아가면서
프로펠러처럼 땅바닥 위에
제 생의 마지막 원을 그리며
내 기억의 망막에 또 다른
중심 없는 허무를 그려 놓았지

엎어진 몸 혼신의 힘을 다해도
똑바로 일어설 수 없었지
어쨌든 머리는 제대로 땅을 향하고 있었으니까

누가 비틀어 놓았는가,

비 맞은 생 하나가 지하도 아래서 저물고 있다
머리는 땅을 향한 채
아무리 뱅뱅 돌아도
이곳에서 이륙할 수는 없는가

땅속으로 스미지 않는

20세기 마지막 빗물이

날개 잃은 생을 흥건히 적시고 있다

　　　　　　　　　　　　　　　　　—「어느 생」 전문

　화자는 "비 맞은 생 하나가 지하도 아래에서 저물고 있"을 뿐 "똑바로 일어설 수 없"는 모습을 어렸을 때 본 "풍뎅이"가 "프로펠러처럼 땅바닥 위에" 돌고 돌아도 끝내 뒤집지 못하고 죽고 만 "기억"을 통해 인식하고 있다. 화자는 "머리는 땅을 향한 채/아무리 뱅뱅 돌아도/이곳에서 이륙할 수는 없는" 운명 앞에서 그 어떤 구제의 역할을 하지 못하는 자신을 부끄럽게 바라보고 있다. "풍뎅이"의 마지막 생 앞에서 "장난기와 살의의 느낌을" 가졌던 "기억"을 떠올리며 현재의 자신을 직시하고 있는 것이다.

　이처럼 화자는 간과된 상황을 "기억"으로써 재발견하고 있다. 비약적인 감정을 섬세하게 직조하고, 사장된 시간을 소생시키고, 특별한 일화를 보편적인 의미로 해석하고 있다. 화자는 이 세계의 한 대상인 "어느 생"과 동화된다. 정적인 자신을 동적인 존재로 변화시키고, 신화적인 자아를 현실적인 자아로 이동시킨 것이다. 시인의 자아 인식이란 자신이 시간적인 존재임을 인식하는 것이기도 하지만 공간적인 존재임을, 즉 사회적인 존재임을 자각하는 것이다. 따라서 "기억"은 개인적인 인식이지만 지극히 사회적인 성격을 띤다. 휴머니즘을 추구하는 힘이 되는 것이다.

　기억이 시의 토대가 되고 가치를 지니는 것은 사람들이 이 자본주의 체제로부터 소외된 채 살아가고 있기 때문이다. 자본주의 체재는 한 개인이 성찰할 수 있는 여유를 주지 않는다. 개인은 단지 자본주의가 요구하는 이익 증대를 위한 수단적인 존재일 뿐이다. 따라서 개인에게는 상실된 자기를 회복할 수 있는 자아와의 진지한 소통이 필요하다. 기억은 생산성의 제고에 기여하지 못하는 낭비가 아니라 지나친 생산성의 요구에 억압당하고 있는 인간을 구해

현대시의 가족애

내는 역할을 한다. 파편화된 존재를 인간다운 존재로 복원시키는 데 기여하는 것이다. 시인의 기억이란 과거에 함몰되는 것이 아니라 현재형의 존재로 되살리는 것이다.

장소애의 시학
— 최동호의 시 세계

1.

최동호 시인의 작품들에서 '수원'은 시 세계의 토대이자 자장이고 이상향이다. 시인에게 수원은 심리적인 안정감과 정체성을 제공해주는 고향으로서 집과 같은 곳이다. 시인은 자신이 태어나고 성장해온 그곳의 인연들과 함께한 시간들에 애착을 갖고 있다. 그러므로 시인에게 수원은 경기도 남부에 위치한 교통의 중심지이거나 조선 왕조의 역사가 깃들어 있는 문화유적지라는 차원을 넘는다. 그보다는 시인의 존재 의미와 가치가 확립되어 있는 장소이다.

인간은 많은 경험을 통하여 자신을 둘러싼 공간(space)을 친밀한 장소(place)로 바꾼다. "경험적으로 공간의 의미는 종종 장소와 융합된다. "공간"은 "장소"보다 추상적이다. 무차별적인 공간에서 출발하여 우리가 공간을 더 잘 알게 되고 공간에 가치를 부여하게 됨에 따라 공간은 장소가"[1] 되는 것이다. 공간에 인간의 의미와 가치를 부여해 장소로 만드는 인식이 장소애(topophilia)이다. 장소애는 자아의 능동적인 작용으로 공간에 새로운 의미를 창출한다. 원형적인 공간에 자신의 고유한 정서를 육화시켜 일체감과 소속감을 형성하는 것이다.

---

1   이-푸 투안(Yi-Fu Tuan), 『공간과 장소』, 대윤, 2011, 19쪽.

최동호 시인이 자신의 고향인 수원을 친밀한 장소로 만들고 있는 것이 그 예이다. 시인에게 수원은 평범한 곳이 아니라 특별한 장소이다. 거주했던 집이며 다녔던 학교며 친구들과 뛰어다녔던 길이며 물놀이를 했던 개울이며 만났던 이웃 사람들이 모두 그 대상이다. 그리하여 시인은 자신이 함께한 시간들과 장소의 고유성을 결합시킨다. 고향의 "도시나 토지는 어머니로 간주되며, 그것은 자양분을 제공한다. 즉 장소는 정감어린 기록의 저장고이며 현재에 영감을 주는 찬란한 업적이다. 또한 장소는 영속적이며, 그리하여 자신의 연약함을 알고 어디에서나 우연과 변화를 느끼는 사람들을 안심시킨다."[2] 시인은 수원을 그와 같은 장소로 인식하고 적극적으로 품는다. 수원은 시인이 뿌리내린 최초의 장소이면서 궁극적으로 돌아가고자 하는 장소이다. 정서적인 공간일 뿐만 아니라 지향하는 이상세계인 것이다. 그리하여 시인은 고향에 대해 남다른 애착을 나타내고 있다. 수원을 이 세계의 중심에 놓고 부단하게 노래하고 있는 것이다.

2

썰렁한 그림자 등에 지고
어스름 가을 저녁 생선 굽는 냄새 뽀얗게 새어나오는
동경의 골목길 낡은 집들을 사이 길을 지나면서
삐걱거리는 문 안의

정겨운 말소리들 고향집처럼 그리워 불빛 들여다보면
낡아가는 문틀에
뼈 바른 생선의 눈알같이 빠꼼이 박힌
녹슨 못 자국

---

2   이-푸 투안, 위의 책, 247쪽.

흐린 못물 자국 같은 생의 멍울이 간간하다
　　　　　　　—「생선 굽는 가을–달마는 왜 동쪽으로 왔는가」 전문

　작품의 화자는 "어스름 가을 저녁 생선 굽는 냄새 뽀얗게 새어나오는/동경의 골목길 낡은 집들을 사이 길을 지나면서/삐걱거리는 문 안의//정겨운 말소리들"을 지나치지 못한다. 이국에서 우연히 만난 장면이지만 "고향집"의 냄새를 맡았기 때문이다. 다시 말해 "담장 아래 토닥거리는 키 낮은 햇빛과/느리고 뒤끝이 흐린 수원 사람들의 말소리가 들려"(「수원 남문 언덕」)왔기 때문이다. 그리하여 화자는 말소리가 새어나오는 문 안을 조용히 들여다본다. 그 결과 "낡아가는 문틀에/뼈 바른 생선의 눈알같이 빠꼼이 박힌/녹슨 못 자국"을 보게 된다. 그 순간 화자는 "흐린 못물 자국 같은 생의 멍울이 간간하"게 느껴지는 것을 느낀다. "멍울" 같은 마음이 다소 짜게 느껴지는 것은 고향에 대한 생각이 솟아올랐기 때문이다. 그만큼 화자는 고향을 그리워하고 있는데, 자신의 처지를 "썰렁한 그림자 등에 지고" 있는 것으로 그린 데서도 볼 수 있다. 이와 같은 면에서 화자에게 고향은 "정겨운 말소리들"과 "낡아가는 문틀" 같은 것이고, 타향은 "썰렁한 그림자"와 "멍울" 같은 것이다. 고향이 안온하고 따스하고 안심되는 곳이라면 타향은 춥고 불안한 곳이다. 그리하여 화자는 고향 의식으로 타향의 춥고 고통스러움을 감내하고 있다.

　작품의 화자는 그 뿌리 의식으로 이 세계를 나아가고 있다. "생의 멍울"을 느끼면서도 걸음을 멈추지 않고 "동경의 골목길"을 지나가는 것이 그 모습이다. 자신이 어떠한 대지를 밟았는지 의식하며 걸어가는 것이다. 따라서 화자의 고향 의식은 단순히 과거의 경험을 기억하는 것이 아니라 그 이상의 가치를 추구하는 것이다. 즉 "오손도손 살던 사람들의 정겨운 이야기"가 "내 영혼의 푸른 책에서 영원히 살아 숨 쉬게 하"(「수원 남문 언덕」)려는 것이다.

경기도립병원을 지나 수원 지원 옆길에서 정말 우연히 정희 고모를 만났다. 고향을 떠나 어딘가에 숨어 산다는 소문이 들리던 고모가 골목길 돌담에 핀 작은 꽃잎 같은 목소리로 나를 불렀다. 고모부가 갑자기 임시 서기로 취직이 되어 이리 와 잠시 살고 있다는 것이다.

　외갓집에서 중학교에 다니던 나는 그 날 저녁 단칸 셋방 고모 집에서 말없이 커다란 눈만 껌벅거리던 덩치 큰 고모부와 함께 푸짐한 저녁을 얻어먹고 아무에게도 이야기하지 말라는 고모와의 약속을 굳게 지키려고 마음먹었다.

　정희 고모는 어느 날 다시 홀연히 사라졌다. 어린 시절 가장 예쁘고 똑똑해 온 집안의 사랑을 독차지했다던 정희 고모가 왜 할머니 가슴에 못 박고 그렇게 살아야 했는지 그 이유를 나는 알지 못했다.

　가출 소년처럼 나도 어느 겨울날 신새벽 외갓집을 떠났다. 그 후 오랫동안 막다른 골목길을 만날 때마다 그날 정희 고모의 그 은밀한 목소리가 들려왔다. 고모부와 헤어져 혼자 산다는 이야기도 들려오고 또다시 남자를 만났다는 이야기도 들려왔지만 저녁상 부산하게 차려오며 어린애가 부모 떠나 얼마나 외롭겠느냐고 호들갑을 떨며 나를 반기던 정희 고모의 그 들꽃 같은 동정의 눈빛을 아직도 나는 잊을 수가 없다.

—「정희 고모」 전문

　작품의 화자는 "그 후 오랫동안 막다른 골목길을 만날 때마다 그날 정희 고모의 그 은밀한 목소리가 들려왔"을 뿐만 아니라 "아직도" "잊을 수가 없다."고 밝히고 있는 데서 확인되듯이 "정희 고모"를 오랫동안 가슴속에 품고 있다. 화자가 "외갓집에서 중학교에 다니던" 어느 날 단 한 번밖에 만난 적이 없는 "정희 고모"를 잊지 못하는 이유는 "어린애가 부모 떠나 얼마나 외롭겠느냐"고 하며 "저녁상을 부산하게 차려오"던 모습 때문이다. 다시 말해서 "들꽃 같은 동정의 눈빛"으로, 그리고 "골목길 돌담에 핀 작은 꽃잎 같은 목소리로" 인정을 베풀어주었기 때문이다. "정희 고모"의 그 인정에는 어떤 세속적인 이해관계나 조건이 들어 있지 않은 것으로 같은 조상의 피를 물려받은 손위 친척이 아랫사람에게 베풀어준 사랑이었다. 마치 "신풍학교 운동장까지 마중

나와/작은 가슴 쓸어주며" "따스한 목소리"로 "다독거리던 어머니"(「수원 남문 언덕」)의 보살핌과 같은 것이었다.

화자가 "정희 고모"를 잊지 못하는 또 다른 이유는 "어린 시절 가장 예쁘고 똑똑해 온 집안의 사랑을 독차지했던 정희 고모가 왜 할머니 가슴에 못 박고 그렇게 살아야 했는지 그 이유를" 알지 못했기 때문이다. 그것은 소문으로도 지식으로도 알 수 없는 것이었다. 화자가 이 세상을 떠날 때까지도 풀 수 없는 수수께끼일 것이다. 다만 화자 역시 "가출 소년처럼" "어느 겨울날 신 새벽 외갓집을 떠"나 이 세상의 풍파를 헤쳐가야 했는데, 그러한 과정에서 "정희 고모"를 조금이나마 이해할 수 있었다. 한 인간 존재로서 살아가는 일이란 행복을 추구하는 것인데, "정희 고모"가 주체적으로 시도했다는 사실과, 그렇지만 인생이 뜻대로 되지 않는다는 사실을 알게 된 것이다. 그러므로 "정희 고모"는 화자에게 인생이라는 것이 어떤 것인지를 보여준 거울 같은 존재이다.

화자가 "어느 겨울날 신새벽 외갓집을 떠"나 살아온 세상은 만만한 곳이 아니었다. 다시 말해 "정희 고모"가 베풀어준 사랑을 받을 수 있는 곳이 아니었다. 오히려 서로 자신의 먹잇감을 차지하기 위해 전쟁터와 다름없이 다투는 무장소(placeless)였다. "무장소성은 의미 있는 장소를 가지지 못한 환경과 장소가 가진 의미를 인정하지 않는 잠재적인 태도, 양자를 함께 기술하는 말이다. 그것은 뿌리를 잘라내고, 상징을 침식하고, 다양성을 획일성으로, 경험적 질서를 개념적 질서로 바꾸어버리면서, 가장 심각한 수준에 도달한다. 가장 극단적인 수준은 '집'이라는 거주 장소로부터의 소외가 만연해져 아마도 회복 불가능하게 되는 단계이다."[3]

자본주의가 심화된 이 세계에서 한 개인이 행복을 이루기는 쉽지 않다. 자

---

3   에드워드 렐프(Edward Relph), 『장소와 장소 상실』, 김덕현·김현주·심승희 역, 논형, 2014, 290~291쪽.

본주의 체제는 근본적으로 인간의 탐욕을 이용해 자기 이익을 철저히 추구하기 때문이다. 그리하여 사람들은 이기적인 존재일 수밖에 없다. 이와 같은 차원에서 화자의 "정희 고모"에 대한 기억은 단순한 고향 의식이 아니라 심오한 의미를 지닌다. "정희 고모"의 인정을 다른 사람에게 베풀어주는 것은 물론 인간적인 유대감을 갖는 사회를 지향할 필요성을 제시해주고 있는 것이다.

3.

> 어린아이들 모두 다 고향에 남겨 두고 아버지는
> 타관 멀리 일하러 가서 종내 소식 없어도
> 여원 옷고름에 누워 풀잎처럼 별을 꿈꾸는 아이들
>
> 어머니도 없이 사는 텅 빈 집 낮은 천장에서는
> 박쥐가 울어 이불 덮고도 오그라들던 밤에도
> 여원 옷고름에 누워 풀잎처럼 별을 꿈꾸는 아이들
>
> 평생 아버지 그리던 정조대왕 이야기에 눈물 젖어
> 스르르 감긴 눈꺼풀 쓰다듬던 할머니 손등
> 여원 옷고름에 누워 풀잎처럼 별을 꿈꾸는 아이들
>
> ―「팔달산 아이들」 전문

"어린아이들 모두 다 고향에 남겨 두고 아버지는/타관 멀리 일하러 가서 종내 소식 없어도" "팔달산 아이들"은 "별을 꿈"꾼다. "어머니도 없이 사는 텅 빈 집 낮은 천장에서는/박쥐가 울어 이불 덮고도 오그라들던 밤에도" 마찬가지이다. "팔달산 아이들"이 그렇게 할 수 있는 것은 "스르르 감긴 눈꺼풀"을 따스한 손으로 쓰다듬어주는 "할머니"의 헌신적인 보살핌 덕분이다. 부모가 제 역할을 하지 못하고 있는 상황지만 "할머니"에 의해 가족관계가 이어지고

있는 것이다. 실제로 "아버지"가 "타관 멀리 일하러" 가야 하는 데서 볼 수 있
듯이 산업사회가 도래한 이후에는 가족관계를 영위하기가 쉽지 않다. 유교주
의 윤리가 확립된 대가족 제도와는 다르게 핵가족 제도에서는 가족 간의 소속
감이나 친밀감이 약해질 수밖에 없는 것이다.

위의 작품에서 "할머니"가 "아이들"을 보살펴주는 방법으로 "정조대왕 이
야기"를 들려준 것은 주목된다. 주지하다시피 정조(1752~1800)는 조선의 제22
대 왕이다. 영조의 둘째 아들인 사도세자와 혜빈 홍씨 사이에서 둘째 아들로
태어나 네 살 때 경전을 외울 정도로 총명해 영조의 사랑을 받아 세손에 책봉
되었다. 그렇지만 그의 나이 열 살 때 아버지 사도세자가 뒤주 속에 갇혀 목숨
을 잃는 광경을 지켜보아야 했다. 사도세자는 1749년(영조 25)부터 대리청정을
했는데, 노론을 처족으로 맞이했지만 소론과 우호적이어서 노론과 가까운 영
조와 불화를 가져와 결국 화를 입은 것이다.

왕위에 오른 정조는 어머니 혜빈을 혜경궁으로 높였고, 영조의 맏아들이었
지만 아홉 살에 세상을 뜬 효장세자를 진종대왕으로 격을 올렸다. 생부의 존
호도 사도세자에서 장헌세자로 높였고, 양주에 있던 묘를 당시 최고의 명당이
라고 일컬어지던 수원으로 옮겼다. 그리고 인근에 화성(華城)을 새롭게 쌓았
다. 1794년에 착공해 1796년에 완성했는데 축조에 동원된 인부들에게는 급여
를 지급했고, 공사에 사용된 자재 등을 모두 기록으로 남겼다. 화성에 행궁과
군영을 설치해 정치적인 기능뿐만 아니라 군사적인 기능도 가졌는데, 지극한
효심으로 아버지를 기리면서 왕권을 강화한 것이다.

"팔달산 아이들"은 "할머니"가 들려준 "정조대왕"의 이야기를 듣고 "아버
지"와 "어머니"를 새롭게 이해했다. "정조대왕"이 아버지 사도세자를 지극히
그리워하며 묘를 수원에 옮긴 이야기를 들으면서 자신의 부모를 미워하거나
원망하지 않고 이해한 것이다. 부모가 가족을 내팽개친 것이 아니라 식구들의

현대시의 가족애

생계를 마련하기 위해 멀리 일하러 간 사실을 알고 오히려 부모를 걱정한 것이다. 따라서 "팔달산 아이들"에게 "정조대왕"은 할머니로부터 전해 들은 옛날이야기나 전설의 대상이 아니라 지극히 함께하는 존재였다. "팔달산 아이들"의 삶에 영향을 끼친 역사적인 존재였던 것이다. 이렇듯 "정조대왕"과 관계된 "팔달산"은 고향의 장소이면서 역사적인 장소이다. 이와 같은 면은 다음의 작품에서도 볼 수 있다.

> 첫 사랑 임의 입맞춤 누가 몰래 지울까
> 말없는 화령전 기둥 뒤에 새겨두고
> 나비 날아간 붉은 꽃밭 사이길 뛰어와
> 누가 볼세라 잠들지 못해 뒤척이던 달밤
>
> 첫 사랑 임의 입맞춤 누가 몰래 지웠을까
> 화령전 붉은 기둥은 여전히 말이 없는데
> 꿈결에도 빛나던 작약꽃밭 사라진 옛 마당
> 누가 그리워 나 지금 여기 홀로 서 있나
>
> —「화령전」 전문

"화령전"은 수원의 화성 안에 지은 전각으로 그 안에 정조의 영정이 모셔져 있다. 정조는 종기를 앓다가 1800년(46세)에 승하했는데, 순조는 왕위에 오르자마자 행궁 옆에 "화령전"을 새롭게 건축했다. 그리고 아버지 정조의 지극한 효성을 본받아 해마다 이곳에 찾아와 제사를 지냈다. 뿐만 아니라 순조는 아버지의 정책을 모범으로 삼아 암행어사를 파견하고 친위부대를 육성하는 등 왕권을 강화했다. 비록 외척을 중심으로 하는 세도 정치의 질서를 개편하지는 못했지만 아버지를 섬기는 마음으로 정책을 펼친 것이다.

작품의 화자에게 "화령전"은 "첫 사랑 임의 입맞춤"을 떠올리게 하는 장소이다. 그만큼 강렬한 사랑을 나눈 곳인데, 화자가 사랑을 나눈 상대는 다름 아니라 "붉은 꽃밭", 즉 "작약꽃밭"이다. 화자는 그 아름다움을 결코 잊을 수 없어 "꿈결에도 빛나"는 꽃들을 바라보았다. 이와 같은 면은 화자가 "중학생 시절" "방과 후 어느 날 무심코 낡은 목조대문을 밀치자/빙긋하게 열린 화령전 마당 작약꽃밭은/내 영혼에 아름다움을 점화시킨 최초의 불꽃들"(「수원 남문 언덕」)이라고 노래한 데서도 확인된다.

화자는 그 아름다움을 "말없는 화령전 기둥 뒤에 새겨두고" 고향을 떠났다. 화자는 떠나면서 그 아름다움이 "작약꽃밭"이라는 한 자연물에서 비롯된 것만이 아니라는 것을, 다시 말해 "소리 내어 꽃을 부른 그 목소리"가 있었기 때문이라는 것을 알았다. 그리하여 "그 목소리를 찾기 위해/먼 바다의 파도를 헤치며 나"(「수원 남문 언덕」)아간 것이다. 그 목소리는 다름 아니라 "화령전"의 아름다움을 가슴속에 품은 화자의 것이었다. 그리하여 화자는 그 아름다움만큼 자신의 삶을 아름답게 살아가자고 다짐했다. 이와 같은 면에서 "화령전"의 정조대왕은 화자에게 아름답게 살아가도록 이끈 푯대였다.

왕위에 오른 정조는 규장각 제도와 과거 제도를 일신하여 인재 발굴에 적극성을 띠어 정약용, 채제공, 이덕무, 유득공, 박제가 등 권력으로부터 소외된 인사들을 등용시켰다. 또한 여러 경전에 통달할 정도로 학문에 조예가 깊었고, 다양한 서적들을 간행했다. 뿐만 아니라 활쏘기 등의 무예와 서예, 그림에도 능했다. 군영을 개혁해 인사권과 통제권을 회복하면서 왕권을 강화했고 법제 역시 개혁했는데, 백성들의 목소리를 직접 들으려고 한 것이었다. 그러면서도 아버지 사도세자의 죽음과 연계된 노론계를 보복하거나 배척하지 않고 오히려 측근에 둘 정도로 탕평책 인사를 펼쳤다.

작품의 화자는 정조의 그와 같은 삶을 아름답다고 생각하고 가슴에 품고 세상에 나아갔는데, 고향으로 돌아와서도 마찬가지이다. "누가 그리워 나 지금 여기 홀로 서 있나"라고 노래한 것이 그 모습이다. 화자는 자신의 인생에서 "영혼의 아름다움을 점화시킨" "화령전"의 그 "꽃밭"을 여전히 잊지 못하고 있는 것이다. 따라서 화자는 "화령전"이 있는 수원을 자신의 고향이자 역사적인 장소로 인식한다. 장소의 혼(genuius loci)을 존중하는 것이다. "장소의 혼을 존중하는 것은 옛 모형을 단순히 그대로 복사한다는 것을 의미하지는 않는다. 그것은 장소의 정체성을 결정하는 것을 의미하며 새로운 방법으로 해석하는 것을 의미한다. (중략) 창조적인 참여는 항상 새로운 역사적인 상황들 아래에서 근원적인 의미들을 구체화하는 것을 의미한다. 그러나 참여는 오직 대단한 노력에 의해서만 얻을 수 있다. (중략) 이러한 맥락에서 사물과의 교감은 우리가 보는 것을 배우는 것이라고 할 수 있다."[4] 작품의 화자는 "화령전"을 장소의 혼 또는 장소의 정신이 구체화된 곳으로 인식한다. 삶의 아름다움은 역사적인 장소에서 창조된다는 것도 인식한다. 그리하여 화자에게 고향은 존재의식의 장소가 되는 것이다.

4.

빗소리는 듣는 것이 아니라 보는 것이었다
어린 시절
어둠 속에서 빗소리를 듣고 있었는데

팔달로 양철 지붕 대청마루에 선잠 들었다가
어둠이 내 몸 위로 담요처럼 깔려
차가운 어둠이 아니라 빗소리를 그냥 보고만 있었다

---

4 크리스티안 노베르그 슐츠, 『장소의 혼』, 민경호 · 배웅규 · 임희지 · 최강림 역, 태림문화사, 2001, 211~214쪽.

들는 것이 아니라 빗소리가 처음 보인 날
귀는 눈이 되어 침묵하고
처음 보이는 빗소리는 젖지 않는 마음속으로 흘러들어

알 수 없는 허공으로 몸을 떠오르게 하는 것 같아
한 장 담요 밑에 누워 숨죽이고
빗소리가 이승을 열고 저승으로 가는 길을 보고 있었다
　　　　　　　　　　　　　　　　　—「양철 지붕에 대한 추억」 전문

　"팔달로"는 수원시 장안문(북문)에서 팔달문(남문)을 지나는 시가지이다. 정조가 화성을 완성한 후 팔달산 주변 지역을 남부와 북부로 나누었는데 팔달로는 남부 지역에 속한다. 작품의 화자는 그 "팔달로 양철 지붕 대청마루에 선잠 들었다가" 깨어나 "빗소리"를 보았다. 이전까지는 "빗소리"를 듣기만 했었는데, 그날은 본 것이다.
　화자가 "빗소리"를 본 것은 의미가 크다. "빗소리"의 실체에 좀 더 다가간 것, 즉 자기 존재를 자각한 것이다. 그와 같은 면은 "빗소리가 이승을 열고 저승으로 가는 길을 보"았다는 데서 더욱 확인된다. 빗소리는 들을 수 있는 대상이지 볼 수 있는 대상이 아니다. 그렇지만 화자는 보았다. 곧 자신의 존재를 인식한 것이다. "빗소리"라는 무생물에서도 생의 유한함을 발견해 이전에는 자신이 유한한 존재라는 사실을 추상적이고 관념적으로 인지하고 있었는데 비로소 구체적으로 깨달은 것이다.
　화자는 우주의 모든 존재는 "저승으로 가는 길"을 거부할 수 없다는 사실을 깨닫고, 주어진 생의 조건 속에서 자신이 어떻게 존재해야 하는지를 인식했다. 자신에게 주어진 운명의 길을 벗어날 수 없기에, 존재할 의무와 권리를 역설적으로 자각한 것이다. 역설은 자신의 그림자를 끝까지 감싸 안을 때 생긴다. 어떤 탈출구도 발견할 수 없다고 느끼는 지점에서 자신을 능가하는 세계를 보는 것이다. 화자가 "봄 싹은 누구도 자를 수 없다"는 진리를 "수원 남문 시장 길거리 파란 미나리 뿌리들"에서, 그리고 "처녀애들 앳된 얼굴처럼 하얀 냉이 뿌리들"(「남문 시장의 봄」)에서 발견한 것이 그 모습니다.

화자는 저승으로 가는 길과 새로운 싹을 내는 길을 "수원"에서 보고 있다. 태어나고 사라지는 운명을 피할 수 없다고 자신의 고향에서 인지하고 있는 것이다. "장소에 애착을 갖게 되고 그 장소와 깊은 유대를 가진다는 것은 인간의 중요한 욕구이다. (중략) 뿌리에의 욕망은 질서 자유 책임 평등 안전에의 욕망과 동등하거나 그 이상이다. '영혼의 다른 욕망들'을 충족시키기 위해 필요한 전제 조건일 것이다. (중략) 한 장소에 뿌리를 내린다는 것은 세상을 내다보는 안전지대를 가지는 것이며, 사물의 질서 속에서 자신의 입장을 확고하게 파악하는 것이며, 그리고 특정한 어딘가에 의미 있는 정신적으로 심리적 애착을 가지는 것이다."[5]

최동호 시인은 고향에서 자신이 추구해야 될 삶의 의미와 가치를 배웠다. 이웃 사람들로부터는 정겨운 말소리를, 할머니와 어머니로부터는 헌신적인 사랑을, 고모로부터는 인정과 삶의 주체성을, 정조대왕과 화성행궁으로부터는 역사의식을, 빗소리를 비롯한 자연물로부터는 우주의 이치를, 그리고 자신으로부터는 존재의 의의를 배운 것이다. 그러므로 시인에게 수원은 지도상에 존재하는 한 공간이 아니라 자신의 체험과 정서와 의식이 깃들어 있는 장소이다. 시인은 자신의 고향을 이 세계의 중심에 놓고 기쁘고도 자랑스럽게 노래 부른다.

---

5 에드워드 렐프, 『장소와 장소 상실』, 김덕현·김현주·심승희 역, 논형, 2014, 94~95쪽.

제3부

현대시에 나타난 가족관계

1.

　통계청이 발표한 '한국의 사회 동향'에 따르면 한 부모 가구 및 1인 가구가 증가했다. 우리나라의 가구원 수는 지속적으로 축소되어 1985년에 평균 4.1명이던 것이 2010년에는 2.8명으로 감소했다. 3세대 이상 확대가족의 비율이 줄고 그 대신 2세대 가구나 1인 가구의 비중이 높아진 것이다. 그중에서도 1인 가구의 비율이 1990년에 9.0%이던 것이 2010년에 23.8%로 늘어난 사실이, 즉 3배 이상 증가한 면이 관심을 끈다. 미혼율이 높아지고 독거 노인이 늘어나고 이혼율이 증가한 데 기인하는 것으로 보인다. 그런데 1인 가구의 증가 추세는 현재의 수준에서 멈추지 않아 2015년부터는 2인 가구보다 많아지고 2035년에 이르러서는 전체 가구 중 34.3%나 될 것으로 예상된다.[1]

　또한 이혼으로 인한 한 부모 가구의 비율이 늘어나고, 배우자가 있는 경우에도 직장이나 자녀 교육 등으로 떨어져 지내는 주말 부부나 기러기 가족이 증가하고 있다. 가족의 분거가 증가하고 있는데, 이 역시 가구원 수의 감소에

1　한경혜, 「가족과 가구 영역의 주요 동향」, 『한국의 사회 동향 2014』, 62~72쪽. (http://kosis.kr/ups/ups_02List01.jsp?kor_id=13&pubcode=JK&type=).

영향을 미치고 가족관계의 유지에 방해가 되고 있다.

> 늦은 밤 회귀하는 그의 발걸음 소리가 들린다
> 복도 양쪽으로 나뉜 열 개의 방은
> 열 개의 귀
> 다가갈 수 없는 그를 조립하고 해체하는 도미노 조각들이다
>
> 누구도 그와, 그를 상상하는 그와
> 그를 상상하는 그를 상상하는 그와 눈인사조차 나눈 적 없다
> 기댄 채 음소거로 우는
> 벽을 사이에 둔 유령이랄까
>
> 비밀번호를 누르는 소리가 들린다
> 낯선 음으로는 결코 웃음 짓지 않는 세계
> 그가 자신의 궤도 속으로 사라진다
>
> 퍼석거리는 하루의 햇살을 영혼인 듯 벗어놓고
> 구겨진 몸을 씻는 속도
> 그 느린 구동 속도에 대해
> 깜빡깜빡 욕실 등이 투덜거린다
>
> 그가 젖은 머리로 침대에 걸터앉아
> 닦아도 마르지 않는 몸을 인사하듯 닦는 동안
> 누군가 내 방 안을
> 어제처럼 걸어 다니는 소리가 들려온다
>
> ─ 김유섭, 「유령들의 집」 전문

"그"는 외따로 살아가는 것이 아니라 "복도 양쪽으로 나뉜 열 개의 방"을 이웃으로 두고 있다. 그렇지만 "열 개의 귀"만 존재할 뿐 서로 소통하지 않는다.

현대시의 가족애

"누구도 그와, 그를 상상하는 그와/그를 상상하는 그를 상상하는 그와 눈인사조차 나눈 적 없다". 그리하여 "그"는 "비밀번호를 누르"면서 자신의 집만을 들어가고 나간다. "낯선 음으로는 결코 웃음 짓지 않는 세계"에, 즉 "그" "자신의 궤도 속으로 사라"지는 생활에 익숙해져 있는 것이다. 이와 같은 "그"의 모습은 오늘날 도시에서 살아가는 사람들의 자화상이다. 도시인들은 수많은 이웃을 둔 아파트에서 살아가지만 서로 간에 인사를 나누지 않을 정도로 소통하지 않는다. 오히려 자신에게 해를 끼치지는 않을까 하고 조심하고 경계하며 거리를 유지한다.

"그"는 다른 사람과 소통하지 않으며 살아가기 때문에 가족 간의 관계 역시 소원해질 수밖에 없다. 혼자서 취사나 취침 등을 책임지며 생계를 이어가는 경우 가족과 소통할 필요를 느끼지 않는다. 친척이나 이웃과도 마찬가지이다. 집안에서의 생활은 "어제처럼 걸어 다니는 소리"를 낼 뿐이다. 가족으로서 대화하거나 행동하는 모습을 보이지 않는다. 2인 이상 동거하고 있는 경우에도 상황은 크게 다르지 않다. 의식주를 함께 해결해가는 혈연관계가 아니라 동거인에 불과한 것이다. 이처럼 도시인들의 가족관계는 사회 상황으로부터 큰 영향을 받고 있다.

> 아내가 두 시간 잔업을 위해
> 꾸역꾸역 마른 빵 씹을 이 시간
> 혼자서 먹는 저녁밥 목이 메인다
> 내가 주간이면 아내는 야간이고
> 아내가 주간이면 나는 야간이다
> 한 주일씩 엇갈리는 교대근무
> 한 이불 덮으면서 주말부부다
> 지글지글 구운 고등어살 발라
> 밥숟갈에 얹어주던 때는 언제였던가

숲속의 뻐꾸기 그만 좀 울어라
발작한 천식기침 멈출 줄 모르고
찬밥 물에 말아 혼자 먹는 저녁밥
담 넘어오는 저 된장찌개 냄새

— 이한걸, 「저녁밥」 전문

　현대 자본주의 사회가 본격화되면서 노동자들은 "한 이불 덮으면서"도 "주말부부"로 살아가야만 한다. 자본주의의 전술을 습득한 사용자가 자신의 이익을 창출하기 위해 노동자에게 생산량의 증대를 요구하기 때문이다. 그러므로 노동자는 "내가 주간이면 아내는 야간이고/아내가 주간이면 나는 야간"인 삶을 살아야 한다.

　"한 주일씩 엇갈리는 교대근무"를 하는 노동자 부부는 한 집에 함께 살아가면서도 가족관계를 유지하기가 힘들다. 또한 "아내가 두 시간 잔업을" 하는 데서 볼 수 있듯이 노동자들은 장시간의 노동에 시달리고 있다. 개인의 삶의 질을 높일 수 없고, "지글지글 구운 고등어살 발라/밥숟갈에 얹어주"는 모습과 같은 가정생활을 영위할 수 없는 것이다.

　우리나라 노동자들의 연간 근로 시간은 2011년에 2,090시간으로 장시간 노동 국가에 들고 있다. 1990년의 2,677시간에 비해서는 많이 줄어들었지만 선진국에 비해서는 과도한 것이다. 2004년부터 공공부문과 1,000인 이상의 대기업을 중심으로 단계적으로 도입된 주 40시간 근무제가 노동 시간을 줄이는 데 기여했지만, 아직 사회의 전반에 정착되지 않고 있다. 더욱이 우리나라 노동자들의 노동 시간은 길지만 시간당 생산성은 오이시디(OECD) 34개국 중에서 28위로 효과를 발휘하지 못하는 실정이다.[2] 따라서 그동안 고도 성장기에

2　김영옥, 「장시간 노동의 실태와 위험」, 『한국의 사회 동향 2014』, 169~175쪽. (http://kosis.kr/ups/ups_02List01.jsp?kor_id=13&pubcode=JK&type=).

　　　　　　　　　　　　　　　　　　　　　현대시의 가족애

관행적으로 추구해온 장시간 노동을 극복할 필요가 있다. 노동자의 삶을 향상시키기 위해서, 또 장시간의 노동이 오히려 기업의 생산성을 저하시키고 비용의 부담을 높인다는 사실을 인식하고 개선할 필요가 있는 것이다.

2.

'한국의 사회 동향'에서 주목되는 또 다른 현상은 노인 가구가 지속적으로 증가되고 있는 것이다. 1990년에는 65세 이상 노인 중 75.3%가 자녀와 함께 살았지만, 2010년에는 30.8%로만 함께 살고 있다. 절반 이상 감소되었는데, 앞으로 더욱 늘어날 것으로 예상된다. 이와 같은 상황에서 가족들이 공동체의 관계를 이루기란 쉽지 않다.[3]

전통적으로 우리나라 사람들은 자신의 입장보다 가족을 먼저 생각했다. 부모의 경우 자신보다 자식이 잘되기를 바라고 걱정하고 안쓰럽게 여겼다. 자식이 큰일을 해내었을 때 자신의 노고를 생각하지 않고 오히려 잘해주지 못했는데도 용하게 해내었다고 미안해하고 고마워했다. 또한 가문을 위해 큰일을 했다고 대견해하고 자랑스러워했다. 그리하여 우리나라 사람들은 가족이란 말을 들었을 때 무엇이 생각나느냐는 질문에 '같은 피로 맺어진 사람들의 모임'이라고 응답한 경우가 다른 나라보다 높았고(한국 48.8%, 미국 9.4%, 일본 34.3%), 성인이 된 자녀가 진 부채에 대하여 부모가 모두 갚아주어야 한다는 응답도 한국의 부모가 높았으며(한국 50.8%, 미국 23.7%, 일본 30.3%), 부부가 이혼을 하고 싶어도 자녀의 장래를 생각해서 그냥 같이 사는 것이 좋다는 의견도 높았다(한국 91.6%, 미국 30.4%, 영국 21.8%). 자식을 키우는 의미도 자신의 소망을 추구해줄 후계자를 갖고 싶다거나(32.1%), 가문의 대를 잇게 하기 위해서(62.8%)라

---

3 한경혜, 앞의 글.

고 대답했다. 자식들의 의식도 마찬가지였다. 자신이 잘못하거나 사업에 실패했을 때는 무엇보다 부모 뵐 낯이 없음을 걱정했고, 일을 잘했을 때도 부모의 고마움에 조금이나마 보답해드릴 수 있음을 기뻐했다. 심지어 부모의 원수는 기꺼이 복수해야만 자식으로서의 도리를 다한다고 생각했다.[4] 그렇지만 현대 자본주의 사회에서 이와 같은 의식으로 영위되어온 가족관계는 급격히 와해되고 있다.

'참사랑 요양병원'
세상의 것들이 다 음식이 되는
어머니 입 안은 요란하다

수선스러운 입놀림 속에서 환하게 피는 한 송이 카네이션, 아들이 헌화(獻花)한 어버이날 꽃이 한 접시 요리가 된다 세상의 논리를 어머니 논리로 요리를 하는 입놀림

아들 눈에는 어머니, 입만 커다란 동굴이다

꽃을 입에 물고 앉은 어머니 몸은 달아 붉은 화씨 212°, 미끈거리는 기억이 몸을 휘저으며 생(生)의 무늬를 감춘다 지난 날 많은 일들로 가슴을 쟁였던 여자, 어머니 이름 안에 갇힌 여자 고운 얼굴이 웃는다 쩌억 갈라진 시간 수렁 안에서 이제는 세상마저 삼키려는 여자

어머니는 이제 세상을 기억하지 않는 미지수X
입만 살아 있는 환형동물로 산다
                              — 정진경, 「세상의 것들은 다 음식이 된다」 전문

---

4   최상진, 『한국인 심리학』, 중앙대학교출판부, 2000, 270~291쪽.

현대 자본주의 사회의 구성원으로 살아가는 자식은 "어머니"를 "참사랑 요양병원"에 모실 수밖에 없다. 그리하여 어버이날을 맞이해도 양로원에 있는 "어머니"를 찾아가 "한 송이 카네이션"을 달아드릴 뿐이다. 더 이상 함께하기가 힘들다. 실제로 초고령으로 생존하는 노인들이 많아지면서 사회 문제로 대두되고 있다. 노인들은 경제적인 어려움은 물론이고 만성적인 질환으로 인해 일상생활을 하기가 어렵다. "세상을 기억하지 않는 미지수X/입만 살아 있는 환형동물로" 살아가는 것이다. 산업사회가 본격화되기 이전에는 가족이, 특히 장남과 며느리가 노부모를 돌보는 것을 당연한 도리로 여기고 모셨다. 그러나 현대 자본주의 사회에서는 아들과 며느리 모두 경제 활동을 해야만 되기 때문에 어렵게 되었다. 노부모를 모실 수 있는 근무 조건이나 임금 조건을 마련하기란 매우 힘든 것이다.

　자식을 대신해 배우자가 상대를 돌보는 경우가 많아졌는데, 그 역시 노인이기에 역할을 제대로 수행하기가 어렵다. 더욱이 황혼 이혼의 증가로 인해 배우자가 함께하는 것도 보장할 수 없다. 우리나라의 이혼 건수는 2003년 정점에 도달한 이후 점차 낮아지고 있다. 2013년에 이혼한 건수는 총 11만 5,300건으로 2009년에 비해 7% 감소했다. 2008년부터 도입된 이혼 숙련 기간 의무화와 이혼 전 상담 제도가 나름대로 효과를 발휘하는 것으로 보인다. 그런데 이혼의 연령이 지속적으로 높아지고 있기에 주목된다. 결혼 생활을 15년 이상 한 부부의 이혼이 증가하고 있는 것이다. 이혼한 부부 중 20년 이상 결혼생활을 한 부부의 비율이 1990년에 5.2%였는 데 비해 2013년에는 28.1%나 증대되었다.[5] 이와 같은 현상은 평균수명이 늘어남에 따라 일어나는 것일 수도 있으나, 자녀들이 독립하고 난 뒤 부부의 결속력이 약화되었기 때문으로 볼 수 있

5　한경혜, 앞의 글.

다. 따라서 노인 배우자가 상대를 돌보는 일은 점점 어려워질 수밖에 없다.

더욱이 부모와 자식의 별거가 일반화되어 있기 때문에 정서적으로도 함께 하기가 쉽지 않다. 그리하여 노부모가 경제적 형편이 어렵거나 만성질환을 앓고 있는 경우 자식으로부터 버림받기가 일쑤이다. 그만큼 현대 자본주의 사회에서의 가족관계는 경제적 조건에 얽매여 있는 것이다.

경남아파트 1204호에 사람들이 모인다
귀신은 좀만 기다리라 하고 바둑판 집을 세다가 싸움이 난다
아무것도 아닌 일일수록 불은 부리나케 살아난다
저 형님 또 저래 늙어도 목청은 크제
불난 사람 푹 삶겨 젯상에 오르고 느적느적 훈수가 놓인다
김이 펄펄 나는 밥을 찬물 묻혀가며 고봉으로 담아도
메는 걸어 모신 연장이니 서늘하기만 하다
넙죽 절하다가 얼굴은 식은 땅바닥을 만난다
생볼따귀를 치던 재 너머 바람
얼얼하기도 하여 저들끼리 잔불이 남기도 하여
낮은 여직 붉다
끓는 탕국같이 펄럭이다가 개켜놓은 겉옷을 입고
사람들 가지런한 육체를 연다
뿔뿔이 되돌아가는 지상의 검은 보자기
자기도 모르는 새 길게 자란 무덤 속으로

— 이선형, 「펄럭이는 제사」 전문

조상의 "제사"를 지내기 위해 "경남아파트 1204호에" 후손들이 모인 것만으로도 대견한 시대이기는 하지만, 조상을 대하는 후손들의 자세는 무례하기만 하다. "귀신은 좀만 기다리라 하고 바둑판 집을 세다가 싸움"을 하는 모습에서 여실하게 볼 수 있다. 제사를 올리는 것은 조상의 은혜에 감사드리는 것으로 경건한 자세를 가져야 하는데 바둑을 두는 놀이를 하거나, 조상 앞에서

큰소리를 내거나, "저 형님 또 저래 늙어도 목청은 크제"라면서 "불난 사람 푹 삶겨 제상에" 올리는 것은 무례한 행동이다. 부모와 함께 살지 않아 의사소통이 제대로 안 되고 정이 깊지 않아 존경하는 마음이 부족한 것이다.

이와 같은 데는 산업사회의 도래가 작용했다고 볼 수 있다. 산업사회는 개방성을 전제로 형성되기 때문에 사람들의 이동을 촉진시킨다. 자식들은 더 좋은 일자리와 더 나은 삶의 터전을 찾아 나선다. 그렇기에 부모와 함께할 수 없어 결국 사이가 소원해지는 것이다. 따라서 "내 시집온깨내 살림살이가 아무것도 엄써 쌀독 열어 보이 쌀 두 되나 될랑가 너거 할배 계시재 삼촌들하고 식구는 많재 (중략) 시집와서 맨날 나물마 문깨내 배가 아파 몬 전디것어 그래 너거 할무이한테 배 아푸다 카머 지렁을 한 종지 주는기라 하이고 지금 생각하머 그때 우찌 살았던고 고상고상 말도 몬하는기라"라는 어머니의 말씀을 듣고 "들을수록 등골 서늘함이 있다 놀랍게도 이 절박한 옛 이야기할 때마다 류머티즘 관절염 통증을 잠시 멎게 하는 효과가 있"(문영규, 「어무이」)음을 획득할 필요가 있는 것이다.

3.

'한국의 사회 동향'에 따르면 가족의 형성 자체에도 큰 변화를 나타내고 있다. 가령 초혼의 연령이 꾸준하게 늘어나 남성의 경우는 1990년에 27.8세였는데 2013년에는 32.2세로 높아졌고, 여성의 경우에도 1990년에 24.8세였는데 2013년에는 29.6세로 높아졌다. 미혼율도 증가하고 있다. 여성이 사회에 진출하는 경우가 증가함으로 인해 남성에 대한 경제적 의존도가 감소하고, 결혼과 함께 책임져야 할 출산, 양육, 가사 등을 부담스러워하기 때문으로 볼 수 있다.[6]

---

6 위의 글.

결혼이 늦고 미혼이 늘어나는 데는 노동시장의 불안으로 인해 청년실업이 증가하고 취업이 어려워지기 때문으로 볼 수 있다. 실제로 경제적인 조건을 갖추지 못하면 결혼하기가 어렵다. 우리나라의 고용률은 2013년에 64.4%로 전년도에 비해 0.2% 증대하는 데 머물렀다. 더욱이 15~29세의 청년층의 고용률은 2013년에 39.7%에 머무르고 있을 뿐만 아니라 전년도에 비해 0.7% 감소했다. 우리나라는 오이시디(OECD) 국가 중에서 실업률이 높은 편은 아니지만 고용률이 낮다. 그만큼 비경제 활동 인구가 많은 것이다.[7]

그뿐만 아니라 비정규직 노동자의 증가와 저임금 노동자의 증가 역시 결혼이 늦고 미혼이 느는 원인이 되고 있다. 우리나라는 오이시디 국가 중에서 저임금 노동자의 비율이 가장 높은 국가이다. 그만큼 임금의 소득이 평등하지 않게 배분되고 있는 것이다. 따라서 근무 조건과 임금 조선이 개선될 필요가 있다.

꽉 막힌 서민 경제와 상관없이
벗들이여 잘들 계시는지
잘 자시고 잘 싸시고
맺힌 데 없이 잘들 사시는지

꽉 막힌 자영업 경제와는 상관없이
얼마 전, 집 옮기고
벗들이 사다 준 화장지
'술술 풀리는 집' 처럼
맺힌 데 없이 잘 지냅니다

---

7 장지연, 「노동 영역의 주요 동향」, 『한국의 사회 동향 2014』, 160~168쪽. (http://kosis.kr/ups/ups_02List01.jsp?kor_id=13&pubcode=JK&type=).

꽉 막힌 최저임금 경제와는 상관없이
우리 못 본 지 오래인가 봅니다
이번 가을에는
꽉 막힌 일용직 경제와는 상관없이
전어나 한 접시 합시다
곁들여 세발낙지 멍게도 썰어놓고
소주 한잔 합시다

소주 마실 때 갑갑하게
꽉 막힌 경제 이야기하지들 마시고
술술 풀리는 자식 이야기
술술 풀리는 재테크 이야기나 하면서

— 문영규, 「술술 풀리는 집」 전문

  대부분의 서민들은 "술술 풀리는 집"을 희망한다. 서민들이 풀리기를 희망하는 사항은 "자식"과 "재테크"가 잘 되는 일이다. 중요한 사항이기는 하지만 지극히 소박한 것이다. 사회의 지배계급이 추구하는 명예나 권력이나 금력의 욕망이 아니라 가족을 영위하면서 갖는 최소한의 욕망인 것이다. 그런데 그 희망을 이루기란 여간 어렵지 않다. 서민들의 가족은 "꽉 막힌 서민 경제"와 "꽉 막힌 자영업 경제"에 영향을 받고 있다. "꽉 막힌 최저 임금경제"와 "꽉 막힌 일용직 경제"에도 주눅 들고 있다. 경제적 조건에 단순히 영향받는 것이 아니라 생존 자체가 위태로운 것이다.

  입에 담기조차 힘들 정도로 충격적인 사건들이 가족 내에서 연일 발생하고 있다. 그만큼 우리 사회의 가족은 위협받고 있는 것이다. 가족이 파괴되고 해체되고 있는 이유는 개인의 윤리나 도덕의 타락을 들 수 있지만, 경제적인 이유도 그에 못지않다. 경제적인 토대가 온전하지 못해 가족관계가 제대로 존속되지 못하고 있는 것이다.

위의 통계청 자료들에서 보았듯이 우리 사회의 가족은 위험한 상황에 놓여 있다. 한 부모 가구 및 1인 가구의 증가, 독거노인의 증가, 미혼율과 이혼율 증가, 노인 인구 증가, 장시간 노동, 노동 시장의 불안, 고용율 저하, 비정규직 노동자와 저임금 노동자의 증가 등에서 보듯이 원만한 가족관계를 이루기가 힘든 것이다. 따라서 가족애가 발휘될 수 있는 윤리는 물론 경제적 조건 역시 마련되어야 한다. 노동시장의 불안으로 실업이 늘고 취업이 힘든 상황이기에 가족관계는 근본적으로 위협받고 있는 것이다.

따라서 가족 공동체가 사라지고 사회 공동체 또한 확립되지 않은 상황에 대한 안전망이 필요하다. 가족관계를 이루려는 노력을 사회 통합을 이루는 행동과 함께하는 것이 필요한 것이다. 사회가 분열되거나 갈등하는 정도가 낮고 불평등이 심하지 않으면 사회의 규범과 규칙이 제대로 작동하고, 사회 구성원들 간에도 신뢰를 가지게 된다. 그런데 우리 사회는 사회 조직이 매우 복잡하고 불평등한 면이 내재되어 있어 구성원들 간의 합의와 신뢰가 쉽지 않다. 따라서 선거의 참여, 사회단체의 참여, 봉사활동의 참여, 기부활동의 참여 등 사회 통합 활동에 적극성을 띠어야 한다. 바람직한 가족관계를 이루기 위해서는 효를 중심으로 하는 개인적인 윤리뿐만 아니라 사회적 윤리를 추구할 필요가 있는 것이다.

현대시의 가족애

가족이라는 이름

— 이삼현 시집, 『봄꿈』

1.

이삼현 시인의 시 세계에서 가족은 작품의 토대를 이루면서 시인이 궁극적
으로 품고자 하는 대상이다. 시인에게 가족은 따뜻한 이름이고, 입에 맞는 음
식이며, 편안한 거주지이다. 혈육으로 이루어진 집단이라는 개념을 넘어서는
정서이자 의미이다. 따라서 가족에 대한 시인의 사랑은 깊고 크고 무겁다.

시인에게 가족이라는 이름은 단순히 주어진 인연이 아니라 부단하게 추구
하는 가치이다. 천부적으로 주어진 운명에 순응하는 것이 아니라 적극적으로
추구하는 사랑의 표상이다. 시인은 삶의 의지와 미래를 긍정하는 마음으로,
또 도리를 지키려는 의식으로 가족의 이름을 부른다.

시인은 가족의 이름을 부를 때마다 자신이 가족으로부터 사랑받았음을 확
인한다. 가령 시인은 아버지의 일생이 미지근하다고 만족하지 못했고, 심지어
"아홉 식구를 가난에 떨게 했"고, "하루 세끼를 돌려막기에 급급했다"(「미온」)
고 원망했다. 그렇지만 입관하기 전에 마지막으로 잡아본 아버지의 손이 얼음
장보다 차가운 사실에서 당신의 삶이 뜨거웠음을 알았다. 당신이 가족을 위해
한평생 얼마나 뜨겁게 살았는지를 깨달은 것이다. 그리하여 시인은 자신을 둘

러싸고 있는 가족이야말로 가장 든든한 울타리라고 여긴다.

시인의 가족 사랑은 개인적인 차원을 넘어선다는 면에서 주목된다. 인간 가치가 경제적 교환가치로 전환되어 가족도 돈으로 사고파는 세상이기에 현대성을 띠는 것이다. 시인이 부르는 가족의 이름은 자본주의 시장이 추구하는 그 어떤 이윤보다 힘이 세다. 자본의 위협도 자본의 유혹도 자본의 전술도 시인의 가족 사랑을 무너뜨리지 못한다.

시인은 가족의 이름을 마음속으로 불러들여 자신과 동일화를 이룬다. 모순과 한계투성이인 자본주의 시장에 맞서는 공존과 연대의 얼굴로 합치는 것이다. 그것은 수월하지 않지만, 시인은 축소하거나 포기하지 않는다. 자신이 가족으로부터 사랑받은 존재이기에 이 세계를 사랑하는 존재가 되려고 하는 것이다.

2.

뽑힌 자리에 다시 돋아난 티슈는 뿌리가 없다

나 죽는다고 연락했다가 안 죽고 버티면
자식들 헛걸음시킨다고
비싼 여비와 시간만 허비한다고 우리 아버지
정작 위독하다는 기별을 받고 달려갔을 땐 반송장이었다

삶의 불꽃이 휩쓸고 지나간 폐허
앙상하게 팬 몰골 사이로
금세 꺼질 듯 가물거려도 지푸라기 하나 건네줄 수 없다
셋째 아들 내외가 내려왔다고 들먹이는 노구를 겨우
반만 일으켜 세우니 그르렁그르렁 가래가 차오른다

현대시의 가족애

그래 뱉어. 물고 있지 말고 뱉으라고
쑥쑥 뽑아 콱 막힌 입에 대주는 어머니를 노려보며
가래 대신
무어라 웅얼웅얼 남은 성깔을 뱉어낸다

돈 한 푼 못 버는 것이 아까운 줄도 모르고
잘도 뽑아 쓴다고 나무라는 거라며 눈물짓는 어머니 손에
배추흰나비 날개 같은
티슈 두 장이 들려있었다

목숨값보다 더 귀한 티슈는
마지막 한 장까지
쑥쑥 뽑히는 신바람에 다시 돋아나 연명한다

— 「티슈 두 장」 전문

위의 작품의 아버지는 "나 죽는다고 연락했다가 안 죽고 버티면/자식들 헛걸음시킨다"며 당신의 병환을 알리지 않았다. 그만큼 자식들에게 피해를 주지 않으려는 것이었다. 특히 "비싼 여비와 시간만 허비한다"고 말한 데서 볼 수 있듯이 경제적인 면이었다. 그리하여 아버지가 위독하다는 기별을 받고 화자가 달려갔을 때는 이미 반송장 상태였다. "삶의 불꽃이 휩쓸고 지나간 폐허"여서 "앙상하게 팬 몰골 사이로/금세 꺼질 듯 가물거려도 지푸라기 하나 건네줄 수 없"는 것이었다.

이와 같은 상황에서도 휴지 한 장 함부로 쓰지 않는 아버지의 생활 태도는 여전했다. "셋째 아들 내외가 내려왔다고 들먹이는 노구를 겨우/반만 일으켜 세우니 그르렁그르렁 가래가 차"올랐다. 어머니는 아버지에게 "물고 있지 말고 뱉으라고" "티슈 두 장"을 "쑥쑥 뽑아 콱 막힌 입에 대주"었다. 아버지는 어머니를 노려보며 "가래 대신/무어라 웅얼웅얼 남은 성깔을 뱉어"내었다. 그

러자 어머니는 "돈 한 푼 못 버는 것이 아까운 줄도 모르고/잘도 뽑아 쓴다고 나무라는 거라며 눈물"을 지었다. 화자는 아버지의 발음이 정확하지 않았기 때문에 무슨 말을 했는지 알 수 없었지만, 오랜 세월 동안 함께 살아온 어머니는 분명하게 알 수 있었다.

화자는 "어머니 손에/배추흰나비 날개 같은/티슈 두 장이 들려 있"는 모습을 바라보며 가슴이 미어졌다. 난처한 표정을 짓고 있는 어머니뿐만 아니라 가난에서 벗어나려고 발버둥 치는 아버지의 얼굴이 서글펐다. 돈을 당신의 목숨보다 더 귀하게 여기는 생애가 안쓰럽고 억울했던 것이다.

이 시집 속의 아버지는 한때 "돈 벌러 서울에 갔"었다. 그렇지만 "희끗희끗 눈 내리던 날/됫병 소주와 돼지고기 두 근을 들고 마당에 들어"선 채 "헐렁한 바짓바람을 날리며 허수아비처럼 웃고 서 있"(「낡은 편지」)을 뿐이었다. 아버지의 품에서 꺼낸 것은 돈다발이 아니라 객지에서 고생한 시간이 전부였다.

아버지는 귀향한 뒤 당신이 태어난 터전에서 가족을 품고 한평생 농사를 지었다. 언젠가는 좋은 날이 올 것이라고 믿고 "일곱 마지기 논에 모를 심고/이모작으로 보리 파종을 해 아홉 식구를 먹"(「아버지의 바다」)여 살린 것이다. 아버지는 식구들의 입을 책임지려고 힘든 줄도 모르고 일에 매달리다가 "갈수록 힘에 부쳐 술독에 빠"지기도 했고, "논고랑에 처박혀 잠든 주정뱅이가 되"(「언젠가는 좋은 날」)기도 했지만, 가난의 잔을 비우려고 온몸을 썼다.

아버지는 그와 같은 삶을 영위하느라고 불면증을 앓았다. "자다 깨기를 반복하며 하루하루를 살았"는데, 식구들이 "곤히 잠든 밤이면 증상은 악화"되었다. 아버지는 자고 일어나도 피곤에서 깨어나질 못했고, "몽둥이로 두들겨 맞은 듯 쑤시고 아"(「뼛국」)파했다. 결국 아버지의 "잠들지 못하는 일상은 삶이 되고/가난이" 되었고, "육신을 소진시켜 늙게 했"(「숙면」)다.

식구들을 책임지느라고 단잠에 들지 못했던 아버지의 삶이란 곧 가족에 대한 깊은 사랑이었다. "차례대로 바깥세상을 향해 떠나는 자식들을 바라보며/무엇 하나 해줄 게 없"었지만, 사랑을 결코 놓거나 줄이지 않았다. "언제 어디서 발꿈치를 물어 넘어뜨릴지 모를 문턱을 베개 삼아/비몽사몽 간에 누운 근심"으로 "깨물면 아픈 열 손가락의 안부를 엿듣고 있"(「문턱」)었다.

아버지의 자식 사랑에는 아무런 조건이 없었다. 당신을 많이 닮고, 당신의 기대를 충족시키고, 당신에게 의무를 다하는 자식을 후계자로 삼은 것이 아니라 가난한 자식들 모두 잘되기를 바랐다. 어려운 형편에 주눅 들지 않고 사랑할 줄 아는 자식을 기대한 것이었다. 어머니의 자식 사랑도 마찬가지였다.

갈라지고 터진 가물에 소식도 없이
어머니, 하고 장대비가 들이치면
오메, 내 아들 왔능가 반색하며
찰박찰박 빗길을 달려오는 맨발

배고프지아 쬐끄만 지달래라 잉
빗속에서 두 팔을 걷어붙이고
아껴둔 모종을 찾아 옮겨 심는 손길이 신명났다
묵은지를 심고 달랑무를 심고
오목조목 생선토막과 풋고추도 심고
된장국에 고봉밥을 북돋아 차려낸 밥상

한 가지밖에 가꿀 줄 모르고
거둘 줄 모르는 노모가
밥상머리에 쪼그려 앉아
꿀떡꿀떡

아들 목으로 넘어가는 단비 소리를 듣는다

하얗게 그을려 찾아드는 옛집에
아들은 가랑비 되고 노모는 보슬비 되어
서로를 촉촉이 적셔주는 밤
금세 해갈되었지만
날이 새도록 그치지 않을 비가 내린다

— 「비」 전문

위의 작품에서 화자가 "갈라지고 터진 가물에 소식도 없이/어머니, 하고" 시골집에 들어서면 당신은 "오메, 내 아들 왔능가 반색하며/찰박찰박 빗길을 달려나"왔다. 그리고 "배고프지아 쬐끄만 지달래라 잉" 하고는 "빗속에서 두 팔을 걷어붙이고" 음식을 마련했다. "아껴둔 모종을 찾아 옮겨 심는 손길"처럼 신명을 내고 "묵은지를 심고 달랑무를 심고/오목조목 생선토막과 풋고추도 심고/된장국에 고봉밥을 북돋아" 밥상을 차려낸 것이었다.

이처럼 어머니는 "한 가지밖에 가꿀 줄 모르고/거둘 줄" 몰랐다. 다시 말해 "밥상머리에 쪼그려 앉아/꿀떡꿀떡/아들 목으로 넘어가는 단비 소리를" 마냥 기쁘게 듣는 데서 볼 수 있듯이 자식 사랑밖에 할 줄 몰랐다. 그리하여 "아들은 가랑비 되고 노모는 보슬비 되어/서로를 촉촉이 적셔"준 것이다.

이 시집 속의 어머니는 열일곱 살의 나이에 "왕지봉이라는 산 하나를 사이에 두고/저편에서 이편으로 시집와 구름댁으로 불"(「구름댁 엄마」)리며 한평생 남편과 함께 농사를 지었다. "발잔등까지 차오른 황톳빛 맨발/뒷굽이 닳아 두꺼워지는 동안/굳은살 박인 길이 생겨났"다. "그 길 따라 보리밭은 푸르러지고/밭고랑 사이에 한 끼 허기를 묻어두"(「오월」)는 삶을 영위했다.

어머니는 "이름 석 자도 읽을 줄 모르는 까막눈이었지만/손가락 숫자들"을 가지고 지혜롭게 가정 살림을 해냈다. 항아리에 양식을 채웠고, "할아버지 할머니 제삿날과/육 남매 생일을" 챙겼으며, "아버지의 외상 술값도" 갚았다. 아들에게 "서울 갈 여비를 줘어"(「손가락 숫자」)주기도 했다. 심지어 먼 길을 떠나면서도 "자꾸 뒤돌아보며/헉헉거리는 자식 입에 맛난 것 하나 넣어주"려고 "노잣돈 한 푼 흘"(「끝전」)리기도 했다.

이 시집 속의 장모 역시 마찬가지였다. "벌 나비가 돼 찾아들면/어서 오게 이 서방/함빡 벌려 반겨주던 웃음꽃/꿀을 빨아먹었던 그 자리에 향기"(「꽃삽으로 장모님을 묻었다」)를 가득 남겼다.

3.

> 깜박 늦잠을 잤습니다
> 비몽사몽 간에 다듬이질 소리를 들었습니다
> 어머니 같은 여자가
> 청승맞게 주름을 펴고 있었습니다
> 한 벌뿐인 낡은 옷
> 심하게 접힌 구김을 댓돌 위에 올려놓고
> 방망이질을 하고 있었습니다
> 자세히 보니 아내였습니다
> 화장대 앞에 쪼그려 앉아
> 반드러워질 때까지 제 얼굴을 두들기고 있었습니다
> 수면에 비쳐 흔들리는 풍광처럼
> 거울에 비친 아내가
> 바람 한 점 없이 물결쳤습니다
> 자꾸 흘러가고 있었습니다
> 토닥토닥
> 어르고 달래듯 두들겨도
> 다시 펴지지 않는 시름이라는 걸 압니다
> 맑은 뒤 흐림

꿈이었습니다

—「봄꿈」전문

위의 작품의 화자는 "깜박 늦잠을 잤"는데, 잠 속에서 "비몽사몽 간에 다듬 이질 소리를 들었"다. "한 벌뿐인 낡은 옷/심하게 접힌 구김을 댓돌 위에 올려 놓고/방망이질을 하고 있"는 어머니를 본 것이다.

그런데 화자가 눈을 뜨고 다듬이질하는 어머니를 자세히 살펴보니 "청승맞 게 주름을 펴고 있"는 아내였다. 아내는 "화장대 앞에 쪼그려 앉아/반드러워 질 때까지 제 얼굴을 두들기고 있"었다. 화자는 "토닥토닥/어르고 달래듯 두 들겨도/다시 펴지지 않는 시름이라는 걸" 알고 있었다. 그렇지만 아내의 행동 을 어리석다거나 못마땅하게 여기지 않았다. 오히려 "수면에 비쳐 흔들리는 풍광처럼/거울에 비친 아내가/바람 한 점 없이 물결"치는 모습을 바라보면서 안쓰러워했다. 자신의 어머니처럼 아내도 가족을 위해 헌신해온 것을 잘 알고 있었기 때문이었다.

오팔 년 개띠 아내가 쪽잠에 빠졌다
두 아들은 장가가고
퇴직한 남편은 푼돈 벌이 가고
알바까지 없어 텅 빈 날
달그락거리던 살림살이마저 접은 잠이 이슬처럼 맺혔다
수많은 몸짓으로 날아오르다가 잠시 내려앉은 먼지 같다
언제 저렇게 작아졌나
가벼워졌나
희미한 숨소리조차 견딜 수 없어 움츠린 어깨를 들먹인다
창밖엔 둥둥 떠다니고 싶은 하늘이 푸른데
비스듬히 기운 오후 두 시의 그림자를 반쯤 걸치고 누웠다
틈만 나면 거울 앞에 앉아 시들어가는 저를 추스르다가

남편의 귀가도 알지 못한 채 곯아떨어졌다
팽팽하게 부풀었을 땐 빨간색이 잘 어울렸다
흐릿한 윤곽만 남았어도 환하게 웃어 보이며 함께 날자던 풍선
둘뿐인 식탁을 위해 맛있게 지지고 볶으며
행복하자 사랑하자 했지만
우린 겨우 바람을 먹고 산다
날마다 먹고 마셔도 조금씩 빠져나가는 바람을

— 「바람 풍선」 전문

위의 작품에서 아내는 "오팔 년 개띠"로 "두 아들은 장가가고/퇴직한 남편은 푼돈 벌이 가"면 아르바이트하는 생활을 하고 있다. "새벽부터 뛰어도 늘 부족한 오른손을/바라보다 못해" 왼손이 되어 "벌레 잡는 알바를"(「그래서 왼손이 먼저 아프다」) 하는 것이다. 아내는 "진종일 땀 흘려 일군 소금밭"(「소금쟁이」)인 등이 온통 하얗게 될 정도로 몸을 쓴다. 그 결과 "벌레 소린지 고장 난 라디오 파열음인지/불쑥 자라난 아우성을 한쪽 귀로 새겨 듣"(「이명」)는 아픔을 겪고 있다. "어디에 내놓아도 남부끄럽지 않게 살아왔"지만 "이제 뜨거워지는 것조차 잊"(「한파주의보」)고 있고, 심지어 "노는 법을 잊어버"려 "알바가 없는 날 더 힘들어"(「소꿉놀이」)하는 것이다.

화자는 그 아내가 "알바까지 없어 텅 빈 날" 쪽잠에 빠진 모습을 측은하게 내려다본다. "달그락거리던 살림살이마저 접은 잠이 이슬처럼 맺"혀 있는데, 잠자는 아내는 "수많은 몸짓으로 날아오르다가 잠시 내려앉은 먼지 같다". "코를 고는 아내의 숨소리에서/포말을 일으키며 하얗게 밀려왔다 밀려가는 파도 소리가 들"리고, "만년설로 쌓인 아득했던 날들이 녹아 속살을 비추고/어른거림 속에 박제가 되어가는 푸른 등이 보"(「등짝」)인 적도 있었다.

화자는 "틈만 나면 거울 앞에 앉아 시들어가는 저를 추스르다가/남편의 귀

가도 알지 못한 채 곯아떨어"진 아내를 내려다보며 "언제 저렇게 작아졌나/ 가벼워졌나" 하고 놀란다. 또한 "희미한 숨소리조차 견딜 수 없어 움츠린 어깨를 들먹"이는 모습에 안쓰러워한다. 그리하여 "비스듬히 기운 오후 두 시의 그림자를 반쯤 걸치고 누"워 있는 아내에게 미안함을 갖는다. "둘뿐인 식탁을 위해 맛있게 지지고 볶으며/행복하자 사랑하자 했지만" "겨우 바람을 먹고" 살고 있기 때문이다. "흐릿한 윤곽만 남았어도 환하게 웃어 보이며 함께 날자던 풍선"이었지만, "날마다 먹고 마셔도 조금씩 빠져나가는 바람"으로 제대로 날지 못하고 있기 때문이다.

이 시집 속의 아내는 "파김치가 돼 돌아오는 남편을 위해/얼큰하게 매운탕을 끓여 놓"(「두 마리」)고, 시상(詩想)을 적은 종이쪽지가 든 남편의 옷을 살피지 않고 세탁한 일에 "정신없이 나이를 먹은 탓이라"(「시를 읽는 여자」)고 자책한다. 아르바이트를 마친 얼굴이 얼음장처럼 창백한데도 남편이 좋아하는 "두유 크림빵 자반고등어 사과 시금치 팥 도넛"(「시린 손」)을 잔뜩 사 가지고 돌아온다. "아들 둘을 건사하랴 알바 하랴/남편 챙기랴/딱정벌레보다 더 많은 팔다리를 걷어붙이고 뛰어도/늘 모자라는"(「민들레 풀각시」) 생활을 하고 있다. "제 안으로 깊숙이 남편과 자식들을 껴안은/한 겹 두 겹 벗겨낼수록 작아만 가"(「양파」)고 있는 것이다.

화자는 아내의 모습에서 자신의 어머니를 본다. 생활환경이 달라 가족을 위하는 방식에 차이가 있지만, 그 마음은 조금도 다르지 않음을 발견하는 것이다. 화자는 어머니의 가족 사랑이 얼마나 깊은지를 아내의 사랑으로 깨닫고 있다. 아내의 가족 사랑이 얼마나 넓은지를 어머니의 사랑으로 확인하고 있다. 그리하여 화자는 "네모반듯한 이를 드러내고 환하게"(「초식 동물」) 웃는 아내 앞에서 가난에 주눅 들지 않는 사랑을 인식한다.

4.

안부 전화 끝에
오냐, 고맙다는 말
짧은 통화였지만 나직한 목소리로 찬찬히
그래, 내 자식이라서 반갑다는 말
어느 하늘 아래, 서로 반짝이던 날
땅끝 멀리서 울려오던 진심
나눌 수 있는 모든 것에 감사해지는 시간
꼭 들려주고 싶은 그 한마디를 남기고
아버지는 오래지 않아 돌아가셨다

홀로 남아
하나둘 손가락 다섯 개를 꼽으며
이만큼 더 살았으니 니 아부지 나이와 같아졌구나 하던 어머니
어느 날 전화를 받고
오냐, 고맙다
전화해 줘서 고맙다, 고맙다
가느다란 줄 끝에 달려
전해 오는 아들 목소리 하나 달게 받더니
어머니마저 금세 돌아가셨다

며칠 전
고향에 사는 큰형님께 안부 전화를 드렸더니
동생, 고맙네 한다
축제는 끝나고
꽃눈 내리는
 벚나무 아래
아름다웠던 날들이 흩날리며 속삭이는 말
메아리치듯 들려오는

오냐, 고맙다는 그 말

—「오냐, 고맙다는 말」 전문

위의 작품에서 아버지는 화자의 "안부 전화 끝에/오냐, 고맙다는" 인사를 했다. "그래, 내 자식이라서 반갑다는 말"이었는데, 화자는 아버지의 그 말에 가슴이 벅차올랐다. 아버지의 깊은 사랑을 확인한 것이다. 아버지는 "꼭 들려주고 싶은 그 한마디를 남기고" 세상을 떴다.

작품의 어머니 역시 화자의 "어느 날 전화를 받고/오냐, 고맙다/전화해 줘서 고맙다, 고맙다"라는 인사를 했다. 화자는 어머니의 자식 사랑 또한 아버지 못지않게 깊다는 것을 새삼 느꼈다. "아들 목소리 하나 달게 받"은 어머니 역시 세상을 떴다.

작품의 화자는 "며칠 전/고향에 사는 큰형님께 안부 전화를 드렸"는데, "동생, 고맙네"라는 인사를 받았다. 아버지와 어머니처럼 큰형님의 사랑도 지극한 것을 알게 되었다. 화자는 "꽃눈 내리는 벚나무 아래/아름다웠던 날들이 흩날리"는 것을 떠올렸다. 가난 속에서도 꽃핀 가족 사랑을 다시금 바라보게 된 것이다.

화자는 자신이 받은 가족 사랑을 기록하고, 사람들에게 전하고자 한다. 사랑이 이루어지는 세상을 만들고자 하는 것이다. "새벽같이 일어나 김장을 끝낸 형수/잠시 졸리다며 눈 좀 붙이러 들어갔다가/다시 일어나지 못"(「오래오래」)한 일을 기록한 것이 그 모습이다. "도시락을 싸 들고 출근했던 스물다섯 살 사회 초년생/두 달 치 월급을 못 받"(「새벽의 잔고」)은 아들을 위로하고, "민들레 풀씨처럼 날아와 한 식구 되어 준 베트남 신부"(「민들레와 고등어」)와 한국인 시어머니가 서로 위하며 살아가는 모습을 소개하고, "주 5일제 도입과 준공영제를 실시하라며 총파업을 선언"(「긁적 타결」)한 노동자들과 함께하는 것도 그러하다. 결국 가족의 이름을 사랑으로 지키고, 사랑으로 키우고, 사랑으로 꽃피우는 것이다.

가족애의 시학

— 허윤설 시집, 『마지막 버스에서』

1.

허윤설 시인의 시작품에 나타난 가족애는 그에게 형성된 고유한 인성이자 그가 궁극적으로 추구하는 가치이다. 한국 사회의 가족문화에 영향을 끼치는 윤리이기도 하다. 그리하여 허윤설 시인의 가족애는 생활 공동체인 가족 구성원들의 결속을 강화하는 것은 물론 사회 구성원으로서 제 역할을 하는 데 토대가 된다. 가족 구성원들의 공동 가치를 생산하고 사회 체계의 규범을 만들어 사회 통합을 이루는 기제가 되는 것이다.

한국 사회에서 가족애는 가족주의라는 용어로 불리면서 부정적으로 인식되는 면이 크다. 가족애를 가치중립적인 개념으로 간주하기보다는 가족 이기주의 또는 연고주의와 연계시킨다. 이와 같은 상황은 조선시대 중기 이후 자리 잡은 한국 특유의 유교적 가족주의가 뿌리 깊게 내렸기 때문이다. 그 결과 근대 국가 형성 과정에서 가족주의는 비판의 대상이 되어 지금까지 이어져 오는 것이다.

서구의 문물이 밀물처럼 밀려오는 상황이었지만 19세기 말의 조선은 미처 준비하지 못했기 때문에 당황한 채 배척하는 태도를 취했다. 개화를 내세우는 지식인들은 조선의 가족주의를 가문 중심주의로 진단하고 비판했다. 특히 개신교 계열의 개화파들은 조선의 가족주의가 가족들이 절대복종할 수밖에 없는 가부장제여서 남녀평등 사상을 가로막는다고 보았다. 유학 계열의 개화파들 역시 가족주의를 극복해야만 민족의 대동단결을 이룰 수 있다고 진단했다. 조선이 근대 국가를 이루기 위해서는 가족보다 국가를 중심으로 단결해야 한다고 호소한 것이다. 유학자들의 입장은 가족주의 자체를 부정한 것이 아니라 혁신을 통해 가족주의를 개선하려는 것이었다.

이와 같은 관점에서 가족애를 무조건 부정할 것이 아니라 긍정적으로 이해하고 추구할 필요가 있다. 마치 민족주의가 세계주의를 거부하는 것이 아니라 주체적이고 능동적으로 민족의 자존을 확인하는 것처럼 가족애 역시 가족의 자존을 토대로 사회애로 확대해 나간다. 가족 이기주의를 극복하고 사회 구성원의 공동 이익과 보편적인 윤리를 마련하는 것이다. 허윤설 시인이 추구하는 가족애에서 그와 같은 면을 볼 수 있다. 자신의 어머니 아버지는 물론이고 남편, 자식, 형제들에 대한 사랑은 작품의 토대이면서 지향하는 가치여서 가족 사랑을 넘어 사회적 존재들까지 품는 것이다.

2.

꼭 맞고 말리라 다짐했던
봄 문턱은 높기만 해
춥고 어두운 새벽이 이어졌다

어머니 조금씩 무너지는 순간까지
걱정 놓지 못한 마늘밭
백 리 밖 병원에서도
숨 막히는 비닐 속에 꿈틀대는

마늘 싹 꺼내주지 못해 갑갑증을 내셨다

겨울은 가난처럼 질겨
어머니를 잡고 놓아주지 않아
지그시 눈을 감자 어둠이 빠르게 왔고
앰뷸런스는 급하게 소리를 냈다
걸어 나갔던 집 누워 오신 어머니
꾹 다문 입술처럼 감았던 눈
힘겹게 잠시 떴다 다시 감고
당신이 가고 싶어 하던
재 너머 가랑베 밭
한쪽을 웅크린 채 지키고 있다

마늘밭에 부는 바람 아리다.

— 「마늘밭」 전문

위의 작품의 "어머니"는 "조금씩 무너지는 순간까지"도 "마늘밭"에 대한 걱정을 놓지 못했다. "백 리 밖 병원에서도/숨 막히는 비닐 속에 꿈틀대는/마늘 싹 꺼내주지 못해 갑갑증을 내"신 것이다. 어머니가 "봄"이 오는 것을 "꼭 맞고 말리라 다짐했던" 이유도 마늘 농사를 짓기 위해서였다. 그렇지만 "어머니"의 "봄 문턱은 높기만 해/춥고 어두운 새벽이 이어"지고 말았다. "겨울은 가난처럼 질겨/어머니를 잡고 놓아주지 않아/지그시 눈을 감자 어둠이 빠르게" 다가온 것이다. "앰뷸런스는 급하게 소리를 냈"지만 "어머니"는 "걸어 나갔던 집 누워 오"시고 말았다.

작품의 화자는 한평생 농사를 지은 "어머니"의 그 운명을 안타까워하고 있다. 이 세상의 어느 누구보다도 땅을 사랑했기 때문에 계속 농토와 함께하길 기원했지만 그럴 수 없기에 아쉬워하는 것이다. 화자는 "어머니"가 농부로서의 삶을 영위한 것을 운명이라고 여긴다. 실제로 "어머니"는 "꾹 다문 입술처럼 감았던 눈/힘겹게 잠시 떴다 다시 감고/당신이 가고 싶어 하던/재 너머 가랑베 밭/한쪽을 웅크린 채 지키고 있"었다. 이 세상을 떠나는 순간까지도 정성을 다해 땅을 품은 것이다. 그러므로 화자에게 "마늘밭에 부는 바람"은 아프도록 아리다.

> 아버지 농사가 궁금해
> 늦은 밤 전화하니
> 끊이지 않는 무심한 신호 소리
>
> 화장실 갔다 정신 차리니
> 당신도 모르게 쓰러져 있었다는 지난겨울 이야기에
> 꼬리를 무는 방정맞은 생각
> 다시 건 전화에 반가운 목소리
> 웃음 앞세우며 마늘밭에 물을 주고 오셨단다
>
> 자식 같은 농작물 생각에
> 어둠보다 더 까맣게 되었을 아버지 속을 생각하니
> 손이 닿지 않는 자식도 속이 탄다
>
> ─「가뭄 2」 전문

작품의 화자는 "아버지 농사가 궁금해/늦은 밤 전화"를 걸었는데 당신이 받지 않고 "무심한 신호 소리"만 끊이지 않고 들린다. 화자는 "화장실 갔다 정신 차리니/당신도 모르게 쓰러져 있었다는 지난겨울 이야기"를 떠올리고, 혹 무슨 일이 일어난 것은 아닐까 하는 "방정맞은 생각"도 한다.

화자는 그와 같은 불행이 일어나지 않기를 간절히 바라며 다시 전화를 걸었는데, 다행히 "반가운 목소리"가 들려온다. 당신은 "웃음 앞세우며 마늘밭에

물을 주고 오셨"다고 말씀하신다. 가뭄으로 "자식 같은 농작물"이 말라 죽게 되자 당신의 마음속은 "어둠보다 더 까맣게 되"어 밤잠도 설치고 마늘밭에 나가 물을 준 것이다.

「마늘밭」의 "어머니"나 위의 작품에서의 "아버지"는 전형적인 농부이다. 화자는 생을 다하는 순간까지 "마늘밭"을 걱정한 "어머니"나 날이 가물어 말라가는 "마늘밭"에 나가 물을 주는 "아버지"를 기꺼이 품는다. 농부의 자식답게 "아버지 농사"를 걱정하는 것이다.

농자천하지대본(農者天下之大本)이라는 말이 있듯이 농부는 하늘 아래에서 가장 근본적인 일을 하는 사람이다. 사회적인 권세나 부를 갖지 못한다고 할지라도 자연의 엄정함을 알고 그 질서에 삶을 맞추려고 애쓴다. 봄이 오면 씨를 뿌리고 가을이 되면 거두어들이는 것이 그 모습이다. 농부는 자연과 함께 살아가려고 하는 선한 마음과 지혜를 가지고 있다. 곡식의 생명을 소중하게 여겨 마늘밭에 나가 물을 주는 "아버지"가 그 전형이다. 화자는 그 "아버지"와 "어머니"를 품으며 사랑의 본질을 배우고 있다.

투박한 감나무 잎 사이로
옹기종기 매달린 풋감들
하루가 다르게 자라면
나뭇가지 땅으로 향했다

해진 수건 머리에 쓰고
비탈밭에 매달리던 어머니
호미질 단내 나도록 뜨겁던 날들
무쇠라던 몸 휘어져
땅을 입에 물었다

점점 야위어가는 몸에

　　　　　　　　　　　　　　　　　　　현대시의 가족애

옹이처럼 암 덩이 자리 잡아
움켜잡은 배 놓지 못하고 마지막 가는 날도
내리 낳은 딸들은 밥그릇을 비워냈다

평생 어머니를 갉아먹었다.

—「어머니를 갉아먹다」 전문

작품의 화자는 "어머니"의 생애를 안타까워하며 자식된 도리를 다하지 못한 것을 죄송스러워하고 있다. 어머니의 삶은 "해진 수건 머리에 쓰고/비탈밭에 매달"린 것이어서 "호미질 단내 나도록 뜨겁던 날들"이었다. 그 결과 "무쇠라던 몸 휘어져/땅을 입에 물"을 수밖에 없게 되었다. "점점 야위어가는 몸에/옹이처럼 암 덩이 자리 잡아/움켜잡은 배 놓지 못"한 것이다. 화자는 어머니가 세상을 뜬 "날도/내리 낳은 딸들은 밥그릇을 비워냈다"고 자책한다. "평생 어머니를 갉아먹었다"고 토로하는 것이다. 화자는 반성하는 자세로 가족애를 심화시키는 것은 물론 확대하고 있다.

3.

공구 상가 거리에 가면
이름 모르는 부속품과
어디에 쓰는지 알 수 없는 물건들 속에
한 남자의 모습이 아른거린다

새로운 것을 갈망하고
더 나은 것을 만들고자
마음은 쉬지 않았고
생각은 수첩 속에 쌓여만 갔다

틈만 나면 이 거리를 돌아다니다
돌아올 땐 부품 몇 개 희망을 들고 왔지만
얇은 지갑에 마음 놓고 꿈은 펼쳐보지도 못했다

해줄 게 없다며 의사도 포기한 몸
땅이 꺼지는 미련을 버렸고
진한 아쉬움이 작은 부품에 떨어졌다

"이것 하나도 몇만 원인데……"

— 「공구 상가 거리에서」 전문

작품의 화자는 "공구 상가 거리에 가면/이름 모르는 부속품과/어디에 쓰는지 알 수 없는 물건들 속에/한 남자의 모습이 아른거린다"고 속내를 드러내고 있다. 그 "남자"가 "새로운 것을 갈망하고/더 나은 것을 만들고자/마음은 쉬지 않았고/생각은 수첩 속에 쌓여"갈 정도로 열심히 살았기 때문이다.

그렇지만 그 "남자"는 자신의 뜻을 이루지 못했다. "틈만 나면 이 거리를 돌아다니다/돌아올 땐 부품 몇 개 희망을 들고 왔지만/얇은 지갑에 마음 놓고 꿈은 펼쳐보지도 못했"던 것이다. 그리하여 "해줄 게 없다며 의사도 포기한 몸"에 이르렀을 때는 "땅이 꺼지는 미련을 버"릴 수밖에 없었다. "진한 아쉬움이 작은 부품에 떨어"진 것이다.

화자는 그 "남자"가 꿈을 이루지 못한 이유가 성실하지 않아서라거나 전문 지식이 부족해서라고 생각하지 않는다. 정보력이 부족해서라거나 기획력이나 시장성이 부족해서라고 여기지도 않는다. 그보다는 "이것 하나도 몇만 원인데……"라고 그가 토로한 것을 떠올리는 데서 볼 수 있듯이 자본이 부족해서라고 생각한다. 실험에 필요한 부품을 마음대로 구입할 수 없었고, 그에 따라 성과를 낼 수 없었음을 안타까워하는 것이다. 따라서 화자는 꿈을 이루지 못

현대시의 가족애

한 그를 탓하기보다 열악한 환경 속에서도 자신의 꿈을 키워보려고 애쓴 그를 품는다. 이 자본주의 사회에서 물질적 토대가 열악한 개인이 자신의 뜻을 이루는 일이 결코 쉽지 않기에 껴안는 것이다.

화자의 사랑은 농사를 천직으로 여기고 온몸을 다해 일한 부모님으로부터 체득한 것이다. 화자는 농사짓는 일이 부귀영화를 누릴 수 없는 것을 잘 알고 있으면서도 당신들의 운명에 투사한 모습을 귀감으로 삼는다. 그리하여 그 사랑을 가족에게 전한다.

문제집 위에 동화책 올려놓고
내 얼굴 바라보던 딸
원하던 책 가슴에 안기면
봄꽃처럼 활짝 피어 나뭇잎에 살랑거렸다

어버이날,
내가 읽고 싶던 시집(詩集) 건네주고
창밖을 바라보는 딸
조잘거리는 것 다 들어주던 아빠
너무 일찍 잠든 추모 공원은
혼자 갈 시간도 엄두도 나지 않는다며
선물한 시집의 제목처럼
눈물을 눈꺼풀로 자르고 있다

— 「눈물을 자르는 딸」 전문

"문제집 위에 동화책 올려놓고/내 얼굴 바라보던 딸"은 "원하던 책 가슴에 안기면/봄꽃처럼 활짝 피어 나뭇잎에 살랑거렸다". 그와 같은 "딸"이 "어버이날,/내가 읽고 싶던 시집(詩集) 건네"줄 정도로 자랐다. 어머니가 좋아하는 시집을 선물할 만큼 신체적으로도 정신적으로도 성숙해진 것이다.

그렇지만 그 "딸"은 자신이 "조잘거리는 것 다 들어주던 아빠/너무 일찍 잠든 추모 공원은/혼자 갈" 엄두를 내지 못한다. "선물한 시집의 제목처럼/눈물을 눈꺼풀로 자르고 있"는 것이다. 그것은 "아빠"와의 사랑이 아주 깊어 이 세상에 당신이 존재하지 않는다는 사실을 아직 믿지 못하기 때문이다. 그리하여 "아빠"에게 받은 사랑을 이 세상의 사람들에게 전하지 못하고 있다. 화자는 그 상황에 놓인 "딸"을 껴안는다. 자신에게 시집을 어버이날 선물로 준 것처럼 이 세상에 선물을 주는 존재가 되리라고 믿는 것이다.

이와 같은 가족애는 "아들 군대 보내고/하루가 열흘 같던 날들"을 보내다가 소대장이 만든 "핸드폰"의 "카톡"에 귀 기울이는 모습에서도 볼 수 있다. "카톡, 카톡, 카카톡!/요란한 발소리/끝없는 글자들 행렬"(「봄」) 속에서 아들의 힘찬 걸음을 지켜본다. 국방의 의무가 결코 쉬운 일이 아니지만 기꺼이 수행하리라고 믿는다. 결국 화자는 가족애를 가족의 사랑으로 국한하지 않고 사회애로 확대하는 것이다.

4.

산허리 휘어감은 신작로 돌아가면
병풍처럼 산으로 둘러싸인 곳
대문 없는 집처럼
마음을 열고 사는 사람들

산등성이 사방으로 길이 뚫리고
알 수 없는 차들
산골 동네 적막 깨면
혼자 집 지키는 노인 몇 명
뉴스에 나오는 흉흉한 이야기에
마음을 빗장처럼 걸어 잠근다

소나무 아래 황금 구만 냥 찾아오니
꿈같은 시간에 굶어 죽은 가족들
황금과 함께 묻었다는 농부 이야기가
슬프게 전해지는 구만이

종일 이야기 한번 나눌 사람 없이
잠자리에 드는 내 아버지
등 굽은 소나무처럼 홀로 사신다

— 「구만이」 전문

위의 작품의 "구만이"는 "산허리 휘어감은 신작로 돌아가면/병풍처럼 산으로 둘러싸인 곳"이다. 그 산촌마을에는 "대문 없는 집처럼/마음을 열고 사는 사람들"이 거주해왔다. "소나무 아래 황금 구만 냥 찾아오니/꿈같은 시간에 굶어 죽은 가족들/황금과 함께 묻었다는 농부 이야기가/슬프게 전해지는 구만이" 사람들이 대(代)를 걸쳐 살아온 것이다. 그들은 집집마다 대문이 없을 정도로 공동체의 삶을 영위해왔고, 길흉사를 함께 지낼 정도로 하나의 생활 단위를 이루어왔다.

그렇지만 마을 사람들이 공유하던 경험과 상호부조의 관행은 "산등성이 사방으로 길이 뚫리고/알 수 없는 차들/산골 동네 적막 깨면"서 사라졌다. "혼자 집 지키는 노인 몇 명/뉴스에 나오는 흉흉한 이야기에/마음을 빗장처럼 걸어 잠"그게 된 것이다. 이렇듯 "구만이"의 공동체 의식은 내부의 사정보다는 외부의 사정에 의해 무너졌다. 도시화와 상업화의 유입으로 말미암아 전통 마을 사람들의 신뢰감이며 일체감이 허물어진 것이다.

이와 같은 모습은 1960년대 이후 도시화와 공업화를 위주로 한 정부의 경제 개발 정책에 따라 대부분의 농어촌 마을에서 나타났다. 농어촌의 젊은이들이 교육과 취업의 기회를 찾아 도시로 빠져나감으로써 인구는 감소하고 인구 구성도 바뀌었다. 전국의 어느 촌락이나 인구 공동화 현상을 겪고 있는 것이다. "종일 이야기 한번 나눌 사람 없이/잠자리에 드는 내 아버지/등 굽은 소나무처럼 홀로 사"시는 모습이 그 상황이다. 화자는 그 "아버지"를 품으며 자신의 고향 사람들도, 함께 살아가고 있는 이웃들도 품는다.

> 원미시장 입구
> '시골막걸리집' 천장에
> 매달려 있는 북어 한 마리
>
> 개업할 때 입에 문 만 원짜리 하나로
> 몇 년째 허기를 채우고 있다
> 벽에 붙은 빼곡한 메뉴만큼
> 다양한 사람들 모여들면
> 시원하게 속을 비우고 다시 채우는
> 노란 주전자에 눈이 멈춘 북어
>
> 바다를 떠나도 감지 못한 눈
> 긴장 속에 방을 지켰는데
> 중년의 여자는 내일이면
> 주인한테 가게를 돌려줘야 한다
>
> 바짝 마른 북어
> 몸 가운데 실타래를 감고
> 술술 풀리지 않는 이유 무엇일까
>
> ——「술집으로 간 북어」 전문

위의 작품에서 화자는 "원미시장 입구/'시골막걸리집' 천장에/매달려 있는 북어 한 마리"를 눈여겨보고 있다. "개업할 때 입에 문 만 원짜리 하나로/몇 년째 허기를 채우고 있"기에 "벽에 붙은 빼곡한 메뉴만큼/다양한 사람들 모여들면/시원하게 속을 비우고 다시 채우는/노란 주전자에 눈이 멈춘 북어"의 모습이나, "바다를 떠나도 감지 못한 눈/긴장 속에 방을 지"키는 "북어"의 모습을 안쓰럽게 바라보는 것이다. 화자가 "북어"를 안타까워하는 것은 "중년의 여자는 내일이면/주인한테 가게를 돌려줘야" 하는 형편을 걱정하기 때문이다. 그리하여 "바짝 마른 북어/몸 가운데 실타래를 감고/술술 풀리지 않는 이유 무엇일까"라고 묻는다.

"북어"와 생사고락을 함께해온 "시골막걸리집"의 형편이 어려운 것은 자본주의 체제에 제대로 적응하지 못해서이다. 자본주의는 이익을 획득할 수 있을 만큼의 자본을 요구했지만 가게는 세를 내어 장사하는 형편에서 볼 수 있듯이 그 요구를 채우지 못했다. 또한 자본주의 체제는 전문적인 기술과 전략을 요구했지만 가게는 자본의 부족으로 인해 전문적인 요리법을 계발하지 못했을 뿐만 아니라 가게 시설이나 마케팅 전략이나 단가나 임금 등도 충족시키지 못했다. 이렇듯 가게의 형편이 어려운 것은 경영자의 성실함이나 창의력이 부족해서가 아니라 구조적으로 한계가 있었기 때문이다.

화자는 이와 같은 처지에 놓여 있는 "시골막걸리집"과 "북어"를 끌어안는다. 이 세계를 지배하는 물질 가치보다 인간 가치를, 자본주의가 요구하는 경쟁 가치에 맞서는 공동체 가치를, 유적(類的) 존재로서의 사랑을 추구하는 것이다.

> 수원에서 부천 오는 마지막 버스
> 터미널을 벗어난 지 얼마 되지 않아
> 남자의 고개가 스르르 내 어깨에 넘어져
> 밀어내기 몇 번 해도 제자리다

십 년 넘게 이 길을 출퇴근했던
남편 생각에 얌전하게 어깨를 내주자
한 남자 삶의 무게가 전해진다
가장으로 산다는 게 얼마나 고단했으면
낯선 여자 어깨에서 세상모른 채 단잠을 잘까
움켜잡은 빵 봉지 놓치지 않는 집념
날마다 저렇게 하루를 붙잡았을 것이다

코까지 골던 남자 터미널 다가오자
벌떡 일어나 도리질로 잠을 털고
나는 어깨의 가벼움을 느끼며
자는 척 두 눈을 살짝 감았다

— 「마지막 버스에서」 전문

작품의 화자는 "수원에서 부천 오는 마지막 버스"를 탔다가 "터미널을 벗어난 지 얼마 되지 않아/남자의 고개가 스르르 내 어깨에 넘어"지는 경우를 겪는다. 화자는 "밀어내기 몇 번" 했지만 그 상황이 "제자리"일 정도로 난감하다. 화자는 당사자에게 항의하거나 버스 기사에게 알릴 생각도 했지만, "십년 넘게 이 길을 출퇴근했던/남편"이 떠올라 참는다. 참을 뿐만 아니라 "얌전하게 어깨를 내"준다. "가장으로 산다는 게 얼마나 고단했으면/낯선 여자 어깨에서 세상모른 채 단잠을 잘까"라고, "움켜잡은 빵 봉지 놓치지 않는 집념/날마다 저렇게 하루를 붙잡았을 것"이라고 그를 이해하는 것이다.

이와 같은 모습에서 화자의 가족애는 이기적인 가족 사랑이 아닌 것을 알수 있다. 오히려 인간 가치가 점점 훼손되고 있는 이 자본주의 시대를 극복하는 구체적이고 연대적인 사랑이다. 자신의 가족을 사랑하는 일과 다른 가족을 사랑하는 일은 결코 분리할 수 없다. 따라서 화자의 가족애는 개인적인 차원을 넘어 사회적이고 문화적인 차원에서 요구되는 역할을 감당한다. 사회와 문화로부터 영향받고 또 영향을 끼치는 것이다. 그렇기에 시장 가치가 철저히 지배하는 이 자본주의 사회에서 화자의 가족애는 매우 소중하다.

가족이란 말을 들었을 때 무슨 생각이 드는가라는 질문에 '같은 피로 맺어진 사람들의 모임'이라고 대답한 한국 사람들의 경우가 다른 나라 사람들보다 많고(한국 48.8%, 미국 9.4%, 일본 34.3%), 성인이 된 자식이 진 부채에 대해 부모가 갚아주어야 한다고 응답한 경우도 그러하다(한국 50.8%, 미국 23.7%, 일본 30.3%). 부부가 이혼을 원해도 자녀의 장래를 생각해서 그냥 사는 것이 좋다고 표명한 경우도 마찬가지이다(한국 91.6%, 미국 30.4%, 영국 21.8%).[1]

그렇지만 한국의 가족관계는 점점 와해하고 있다. 혼자서 생계를 책임지는 1인 가구가 증가하고, 미혼 및 이혼이 늘고, 독거노인이 많아지고 있기 때문이다. 배우자가 있는 가족도 직장 문제나 자녀 교육 문제로 주말 부부 내지 기러기 가족으로 살아가는 실정이다. 노동시장의 불안과 장시간 노동도 원만한 가족관계의 형성을 가로막고 있다.

가족관계가 위협받는 오늘의 한국 사회에서 허윤설 시인이 추구하는 가족애는 의미가 크다. 가족 사랑이야말로 이 자본주의 사회에서 소외된 사람들을 살려낼 수 있는 궁극적이면서도 구체적인 방법인 것이다. 가족애는 감정적이거나 요행으로 이루어지는 것이 아니라 꾸준하게 실천해야만 가능하다. 허윤설 시인의 작품들은 그와 같은 가족애의 본질과 실현 과정을 구체적으로 보여주고 있다.

---

1   최상진, 『한국인 심리학』, 중앙대학교출판부, 2000, 270~291쪽.

가족의 시학

—윤중목 시집, 『밥격』

1.

윤중목 시인의 작품들에서 가족은 시 세계를 이루는 토대이자 지향하는 가치이다. 시인이 자신을 가족의 한 구성원으로 인식하는 면은 한국 시문학의 오래된 전통 중의 한 가지이지만, 가족의 가치가 점점 위협받고 있기에 새롭게 주목된다. 가족은 사회를 구성하는 기초 단위로서 그 구성원의 결속감은 공동체 사회의 가치와 규범을 형성한다.

그렇지만 한국전쟁 이후 서구의 문물이 급속히 유입되고, 1960년대에 경제개발 정책이 본격화되면서 우리의 대가족 제도는 무너지기 시작했다. 사람들에게 직업적인 이동을 요구하는 산업사회에는 핵가족 제도가 대가족 제도보다 적합했다. 부부와 그들의 미혼 자녀로 구성된 핵가족 제도의 가치가 대가족에서 통용되던 윤리를 대신하게 된 것이었다.

21세기에 들어서는 핵가족 제도조차 위협받는 상황이 도래되었다. 산업사회를 지나 새로운 정보사회에 들어선 한국 사회는 이전까지의 경험으로는 설명할 수 없는 양상으로 전개되고 있다. 인터넷, 멀티미디어, 디지털, 데이터, 소셜 네트워크 등의 용어들이 지배하는 데서 볼 수 있듯이 기존의 산업노동

현대시의 가족애

을 대신해서 정보를 수집하고 가공하고 유통하는 지식노동이 사회의 중심적인 역할을 하고 있다. 그에 따라 물리적 제한이 없는 가상공간의 등장으로 인해 사회 구성원의 가치와 행동 양식이 혼란을 겪고 있다. 핵가족 제도는 혼인한 부부의 가치와 행동이 사회의 규범으로 정착되었지만, 가상공간에서는 그것이 무시되거나 거부되어 가족 제도 자체가 위협받고 있는 것이다.

이와 같은 환경은 자본주의 제도의 확대 및 심화와 밀접한 관련이 있다. 자본주의 체제는 공동체에 대한 가치를 추구하기보다는 개인의 탐욕을 최대한 이용한다. "자본주의의 또 하나의 특징은 개인주의를 극단적으로 긍정한다는 것이다. 그리고 공동체에 대한 긍정은 있기는 하지만 매우 적다."[1] 자본가 계급은 법이 정하는 범위 안에서, 실제로는 법의 규정을 어기면서, 노동자의 임금을 낮추고 자기의 이익을 챙긴다. 또한 자기 이익을 확대하기 위해 컴퓨터나 온라인 서비스로 사회 관계망을 구축한다. 이와 같은 상황이기에 가족의 가치를 궁극적으로 추구하는 윤중목 시인의 시 세계는 주목된다.

2

할아버진 리어카쟁이셨네.
역전앞 도로나 시장통 거리에
요즘으로 치자면 용달차 짐꾼 정도?
젊은 날 높은 학식 다 집어던지고
길고 긴 역마살 이십 년 객지 생활 끝에
돌아와 고작 바꿔 탄 말이 리어카셨네.
그나마 근력은 아직 쓸 만하다는

---

[1] 레스터 C. 써로우, 『경제 탐험 : 미래에 대한 지침』, 강승호 역, 이진출판사, 1999, 50~51쪽.

표시셨네, 남은 생 의지할 단 하나뿐인.

할아버지 어쩌다가 쉬시는 날이면
리어카는 자연 나의 독차지였네.
신나는 전액 무료 놀이기구 차였네.
할아버지 나 난짝 들어 태우시고
온 동네 길이란 길은 들어갔다 나왔다
부릉부릉 입으로 찻소리 흉내까지 내가며
리어카를 부리셨네, 한 시간이고 두 시간이고
세상 최고의 브이아이피 꼬마 승객을 위해
당신의 육신 같은 리어카를 밀고 끌고 하셨네.

할아버지 스러지는 노년의 끝자락과
파룻파룻 돋아나는 내 유년의 앞자락에
아릿한 두 줄 바퀴 자국을 찍어놓은 리어카,
할아버지 죽어 남긴 단 하나의 유품이셨네.

—「리어카」 전문

위의 작품에서 눈길을 끄는 장면은 "할아버지 스러지는 노년의 끝자락과/
파룻파룻 돋아나는 내 유년의 앞자락에/아릿한 두 줄 바퀴 자국"이다. 할아버
지의 생애가 손자의 생애로 이어지는 것을, 한 가족의 가계가 단절되지 않고
계승되고 있는 면을 선명하게 보여주는 것이다. 그것은 "할아버지"의 헌신적
인 사랑이 있었기 때문에 가능하다. "할아버지 어쩌다 쉬시는 날이면" "온 동
네 길이란 길은 들어갔다 나왔다" 할 정도로 손자를 태우고 다녔다. "한 시간
이고 두 시간이고/세상 최고의 브이아이피 꼬마 승객을 위해/당신의 육신 같
은 리어카를 밀고 끌고 하"신 것이다. "할아버지"는 경제적인 형편이 좋지 않
아 손자를 자가용에 태우지는 못했지만, 손자에 대한 사랑은 결코 부족하지
않았다. 당신의 수레에 손자를 태우고 "부릉부릉 입으로 찻소리 흉내까지 내"

현대시의 가족애

며 온 힘을 다해 끌어준 것이다. 따라서 화자에게 "리어카"는 단순한 운반 도구가 아니라 "할아버지"와 함께한 시간이 들어 있는 특별한 "유품"이다.

"리어카"는 비록 경제적인 측면에서는 내세울 만한 것이 못 되지만 "할아버지"에게는 분신과 같은 것이었다. 도시 영세민들의 삶에서 가장 힘든 문제는 안정된 소득을 마련하는 일이었다. 그들은 잘살아보려는 의욕을 가지고 있었지만, 사회는 그들에게 일자리를 마련해주지 않았다. 그들은 건설 공사장이나 일일 고용 시장에 나가거나 노점상이나 행상을 하거나 위의 작품의 "할아버지"처럼 배달하는 일에 종사했다. 그에 따라 불안정한 소득으로 인해 안정된 생활을 영위하기란 쉽지 않았다. 이와 같은 차원에서 "할아버지"가 "남긴 단 하나의 유품"인 "리어카"는 어려운 생활 속에서도 가계를 잇게 한 도구이자 수단이기에 매우 소중한 것이었다.

> 아버지 읍내 친구집에 돈 빌리러 가시던 날,
> 엄마는 서둘러 기지바지를 다리셨고.
> 광 구석대기에 쑤셔 박아둔 구두짝도 꺼내어
> 켜 쌓인 먼지 손으로 털어 툇돌 위에 올려놓으셨고.
> 돈 꾸러 가지 선보러 가느냐며
> 아버지 짐짓 귀찮다는 듯 툴툴거리셨고.
> 그래도 또 아버진 아버지대로
> 상자곽에 꾹꾹 곶감을 눌러 담아 보자기로 싸셨고.
> 그것 들고 아버지 잰걸음으로 집문을 나서셨고.
>
> 온종일 맵싸한 벌바람이 살갗을 그어대던
> 그날, 늦은 밤이 다 되어서야
> 아버지 만취해 집으로 돌아오셨고.
> 아침에 들고 나간 보자기 꾸러미
> 싼 채로 그냥 그대로 다시 들고 오셨고.

엄마는 저녁상 차릴까 여쭤보셨고.
아버지 생각 없다며 손을 가로저으셨고.
비틀비틀 방으로 드시다 말고
툇돌 맨바닥에 철퍼덕 내려앉으셨고.

술기운에 꾸부정한 음정, 박자로
"아아, 으악새 슬피 우니 가을인가요."
"아아, 으악새 슬피 우니 가을인가요."
당신의 18번지 고복수 씨 노래 첫 소절만
계속 계속 토악질하듯 꺽꺽거리셨고.
찬 밤공기에 입김이 바스락거릴 때까지
희뿌연 달빛 아래 오토리버스처럼
열 번이고 스무 번이고 꺽꺽거리셨고.

— 「으악새」 전문

"아버지"는 집안의 가장으로서 경제 활동에 책임을 졌고, "엄마"는 남편이
그 역할을 잘할 수 있도록 최선을 다해 도왔다. "아버지 읍내 친구집에 돈 빌
리러 가시던 날,/엄마는 서둘러 기지바지를 다리셨고./광 구석대기에 쑤셔 박
아둔 구두짝도 꺼내어/켜 쌓인 먼지 손으로 털어 툇돌 위에 올려놓으"셨다.
그뿐만 아니라 "엄마"는 남편이 경제 활동을 제대로 하지 못해도 원망하거나
비난하지 않았다. "아버지 만취해 집으로 돌아오셨고./아침에 들고 나간 보
자기 꾸러미/싼 채로 그냥 그대로 다시 들고 오셨"지만 어떤 잔소리도 실망도
하지 않았다. 오히려 "저녁상 차릴까 여쭤보"셨다. 돈을 빌리러 나간 남편이
뜻을 이루지 못하고 돌아와 가계가 어렵게 되었지만, 남편을 이해하고 감싸
안은 것이었다.

이와 같은 가족 사랑은 작품 화자의 자세에서도 볼 수 있다. 화자는 "아버
지"에 대한 사랑을 적극적으로 나타내고 있지는 않지만 함께하는 태도를 보

현대시의 가족애

인다. 나이가 어려 "아버지"를 위한 행동을 하지 못하고 바라보기만 하지만 가슴속으로 응원하는 것이다. 돈을 빌리려고 외출했다가 실패한 채 귀가한 "아버지"가 "툇돌 맨바닥에 철퍼덕 내려앉"아 "술기운에 꾸부정한 음정, 박자로/"아아, 으악새 슬피 우니 가을인가요""라고, "당신의 18번지 고복수 씨 노래 첫 소절만/계속 계속 토악질하듯 꺽꺽거리셨"지만 싫어하거나 원망하지 않았다. 오히려 가난하고 힘없는 "아버지"를 이해하고 측은하게 여겼다.

한국 사회의 가족은 경제적인 문제로 위협당하고 있다. 화자가 "주머니 위아래로 까뒤집어보지만/나갔다 올 왕복 버스비에도 모자랄 때", "봉지쌀 희끗하게 바닥이 보이고/라면 종류는 진작 다 떨어졌을 때", "처가고 본가고, 친구고 친구의 친구고/손 또 벌릴 위인 나부랭이 더는 정말 없을 때"(「굴욕」) 굴욕감을 가졌다고 고백한 것이 그 예이다. "언청이 코찡찡이가 돼버린 거울 속 얼굴 한복판에" "연체금 독촉장과 가압류 통지서가 달라붙어 펄럭거릴 때"(「삶의 명제」)도 마찬가지이다. 그리하여 화자는 "세상에는 네 가지 부류의 친구가 있는데/정말로 다급해져 돈 좀 꿔 달라 해보면 안다"는 세계관을 갖고 있다. "돈이 있어 두 말 없이 선뜻 꿔주는 친구", "돈이 분명 있어도 둘러대며 안 꿔주는 친구", "돈이 없어 꿔주고 싶어도 못 꿔주는 친구", "돈이 없어도 어디서 구했는지 꿔주는 친구"(「시 같지 않은 시」) 등으로 분류하는 것이다.

3

음력 정월 대보름날 아침
부스스 잠에서 깬 나에게
아내가 호두 두 알 쥐어주며
내 더위 가져가라!
훠이훠이 외치라 하네.

그깟 것 더위 따위 뭔 대수라고
나에게 가져갈 건 따로 있는데.
온몸 상피에 오글오글 들붙어 있는
찰거머리 같은 이 가난이나 가져가지.

호두 껍데기 창밖으로 휙 내던지며
내 가난 가져가라!
내 가난 좀 가져가라!
꺼이꺼이 외치고 또 외쳤네.

— 「부럼」 전문

"부럼"은 호두, 밤, 잣, 땅콩, 엿, 무 등과 같은 딱딱한 과실이나 음식을 총
칭한다. 한국에서는 정월 보름날 아침 깨무는 풍습이 있는데, 이 행위를 '부
럼 깨문다' 또는 '부럼 먹는다'고 한다. 부럼을 깨물 때 한 해 동안 부스럼이
나지 않고 액을 막아주길 소망하면 뜻이 이루어진다고 믿고 각 가정에서 행
한다. "음력 정월 대보름날 아침/부스스 잠에서 깬" 화자에게 "아내가 호두
두 알 쥐어주며/내 더위 가져가라!/훠이훠이 외치라"고 부탁하는 것이 그 모
습이다.

그런데 화자는 "아내"의 그 부탁을 흔쾌히 받아들이지 못한다. 그 이유는
자신의 건강보다 가족의 "가난"을 더 심각하게 여기기 때문이다. 이는 경제적
인 차원을 넘는 모습이다. 다시 말해 한 가족의 가장으로서 책무를 다하지 못
하고 있기에, 한 가문의 자손으로서 도리를 다하지 못하고 있기에 죄책감을
갖는 것이다. 그리하여 화자는 "온몸 상피에 오글오글 들붙어 있는/찰거머리
같은 이 가난이나 가져"길 염원한다.

가족의 가난을 자신의 건강보다 우선으로 여기는 화자의 모습은 안타깝고
도 슬프다. 건강해야 가난을 극복할 것인데도 불구하고 화자는 그 그림자에서

현대시의 가족애

벗어나지 못하고 있다. 따라서 아내가 남편에게 부럼 깨물기를 권하는 모습은 의미가 깊다. 아내는 가족의 가난을 해결하지 못하는 남편을 원망하지 않고, 오히려 남편의 건강을 위해 "부럼" 깨물기를 권하는 것이다.

> 우리 것은 소중한 것이여
> 박 모 명창의 청심환 광고 가락을 본떠
> 생업은 소중한 것이여
>
> 아이들과 아내가
> 세상 없는 아빠와 남편으로
> 여전히 나를 믿고 바라보는 한
> 생업은 소중한 것이여
>
> 순진한 그 믿음 차마 허물 수 없어
> 어제도 오늘도 신발코 앞에 툭 하고 던져지는
> 이종격투기 헤드록 같은 구속과 때론 굴욕까지도
> 목울대에 울컥울컥 치밀어 오르는
> 남자의 성기 같다는 욕지거리도
> 늘상 입는 옷가지와 액세서리쯤으로 여겨야 하는 한
> 생업은 소중한 것이여
>
> 그 옷가지 나날이 두툼해지는 한
> 훌훌 벗어던져 버리기엔 어느덧
> 내 알몸이 너무도 배싹 말라 보이는 한
> 그럴수록 이빠이 더 목청을 돋워
> 생업은 소중한 것이여
>
> ─「생업은 소중한 것이여」 전문

작품의 화자는 "아이들과 아내가/세상 없는 아빠와 남편으로/여전히 나를 믿고 바라보는 한/생업은 소중한 것이"라고 말하고 있다. 화자의 이와 같은 말은 당연한 것이지만 비장하게 들린다. 그만큼 한국 사회에서 한 가장으로서 "생업"을 통해 가족을 부양하기가 힘든 것이다.

"생업"에 종사하는 가장들은 일찍이 마르크스(Karl Marx)가 진단했듯이 소외될 수밖에 없다. 자기 이익을 철저히 추구하는 자본주의 체제의 심화로 인해 노동자들은 노동 생산 과정으로부터도 노동 생산물로부터도 소외된다. 다른 노동자들로부터도 자기 자신으로부터도 소외된다. 이윤의 극대화를 추구하는 자본가 계급이 기계화, 분업화, 경영 합리화 등 갖가지 전략을 시행하기 때문에 노동자들은 서로 간에 인격적 유대감을 형성하기가 힘들고 공동체 가치를 갖기가 힘든 것이다. 화자가 "어제도 오늘도 신발코 앞에 툭 하고 던져지는/이종격투기 헤드록 같은 구속과 때론 굴욕"을 당하는 것이 그 모습이다.

화자는 "목울대에 울컥울컥 치밀어 오르는/남자의 성기 같다는 욕지거리"를 내뱉고 싶은 충동을 느끼지만, 자신의 "욕지거리"를 "늘상 입는 옷가지와 액세서리쯤으로 여"기고 참는다. 그것은 집안의 식구들이 "세상 없는 아빠와 남편으로" 여기는 "순진한 그 믿음 차마 허물 수 없"기 때문이다. 이기적인 개인주의의 심화로 인해 가족이 해체되는 경우가 늘고 있는데 가족 사랑으로 극복하고 있는 것이다. 그와 같은 모습은 "오늘도 사무실 책상머리 앞에 조아려/고분고분 하루를 살았습니다./그것이 정녕 나의 안녕을/그리하여 내 가족의 안녕을/위함이라 굳게 믿"(「샐러리맨」)는 데서도 볼 수 있다. "나와 내 식구를 위한/또 하루의 비루한 양식을 버는 일에도/목숨 걸고 하"(「목숨 걸고」)는 것이다.

현대시의 가족애

4

밥은 사랑이다.

한술 더 뜨라고, 한술만 더 뜨라고
옆에서 귀찮도록 구슝거리는 여인네의 채근은
세상 가장 차지고 기름진 사랑이다.

그래서 밥이 사랑처럼 여인처럼 따순 이유다.
그 여인 떠난 후 주르르륵 눈물밥을 삼키는 이유다.

밥은 사랑이다.

다소곳 지켜 앉아 밥숟갈에 촉촉한 눈길 얹어주는
여인의 밥은 이 세상 최고의 사랑이다.

—「밥」 전문

"밥"의 해결은 인간 생존의 절대적인 조건이다. 인간은 밥에 대한 욕구를 채우지 못하면 매슬로우(Abraham Maslow)가 욕구 단계설에서 제시했듯이 안전에 대한 욕구도 애정과 소속감에 대한 욕구도 자기 존중에 대한 욕구도 그리고 자아실현도 이룰 수 없다. 그리하여 작품의 화자는 "밥"을 단순히 물질적인 대상으로 여기지 않고 "사랑"이라고 노래한다. "한술 더 뜨라고, 한술만 더 뜨라고/옆에서 귀찮도록 구슝거리는 여인네"의 "사랑"이 있기에 "밥"을 진정한 양식으로 삼는 것이다. 따라서 화자가 "밥"을 "세상 가장 차지고 기름진 사랑"으로 노래한 것은 의미가 크다.

장미꽃, 백합꽃 같은
꽃송이, 꽃봉오리에서만

깊은 향기가 나는 게 아니다.

화장품, 향수라든지
방향제, 방향초라든지
내지는 갓 구운 빵,
갓 내린 커피에서만
짙은 향기가 나는 게 아니다.

분명 사람에게도,
삼태기 같은 너른 그의 앞자락에
세상 모질고 험한 숱한 이야기들을
온몸으로 쓸어 담은 사람에게도
그윽하게 피어나는 향기가 있다.

그의 존재, 그의 이름만으로도
사나운 세파가 죽죽 그어댄
푹 팬 상처들이 아물려지는
취할 것 같은 향기가 있다.

제발, 내가 그런 사람,
그런 향기이고 싶다!

—「향기」 전문

　작품의 화자가 추구하는 인간 가치는 "내가 그런 사람,/그런 향기이고 싶
다"라고 나타낸 데서 볼 수 있듯이 "향기"를 내는 일이다. 진정 "향기"는 "장
미꽃, 백합꽃 같은/꽃송이, 꽃봉오리에서만" 나는 것이 아니다. "화장품, 향
수라든지/방향제, 방향초"에서만 나는 것도 아니다. "갓 구운 빵,/갓 내린 커
피에서만" 나는 것도 아니다. "향기"는 그와 같은 것에서뿐만 아니라 "사람에
도" 난다. 따라서 "사람"에서 나는 "향기"는 차원이 다르다.

　　　　　　　　　　　　　　　　　　　　　　현대시의 가족애

화자는 그 "향기"를 내는 데 필요한 삶의 자세를 알고 있다. "삼태기 같은 너른 그의 앞자락에/세상 모질고 험한 숱한 이야기들을/온몸으로 쓸어 담"으면 되는 것이다. 화자는 "밤사이 싸해진 속을 둥그레 쓸어주며/오늘도 함께 힘내자고 나긋나긋 말해주는/제발 그런 소식, 그런 사람을 찾"(「또 하루」)는다. 또한 "눈길 부디 나직한 사람들이/그리워"(「사람」) 그들의 말소리에 귀를 기울인다. 그 결과 화자는 안전에 대한 욕구도 애정과 소속에 대한 욕구도 실현한다. "그의 존재, 그의 이름만으로도/사나운 세파가 죽죽 그어댄/픽 팬 상처들이 아물려지는" 데서 볼 수 있듯이 자기 존중에 대한 욕구도, "취할 것 같은 향기"를 내기에 자아실현도 이룬다.

이와 같은 화자의 자세는 전태일 열사의 정신을 따르는 것으로 볼 수 있다. 실제로 윤중목 시인은 미국의 다국적 기술 및 컨설팅 회사인 국제사무기기회사(IBM)의 노동조합 탄압 규탄 시위를 그린 「그대들아」[2]로 제2회 전태일문학상을 수상했다.

점심시간에는 나는 학교 주최 측에서 제공하는 식당에서 다른 선수들과 나란히 자리를 같이 하면서 남, 여 선수들과 같이 즐거운 대화를 나눌 때 문득, 내가 아직도 서울에서 방랑하고 있었으면 어떻게 되었겠나를 생각할 때 가슴이 뭉클하면서 어느 면으로나 관대하시고 인자하신 어머니, 아버지, 그리고 나의 주위의 모든 사람들이 더 한층 사랑스럽고 어떻게든지 공부를 끝까지 해서 지금도 서울에서 고생하고 있는 친구들을 그리고 거리에서 허기진 배를 움켜쥐고 5원의 동정을 받고, 양심까지도 다 내어 보여야 하는 언제든지 지는 생명을 연장하려고 애쓰는 불쌍한 사람들을 위해 일하리라고 막연하게 생각을 했었다.

—「전태일 수기」 부분

---

2 김종석 외, 『새날 새날을 여는구나』(제2회 전태일문학상 수상작품집 [2]), 세계, 1989, 77~99쪽.

위의 글은 전태일이 청옥고등공민학교에 다닐 때 체육대회에 참가한 상황을 기록한 수기의 일부분이다. 전태일은 열다섯 살(1963년) 때 대구 명덕국민학교 안에 가교사로 있던 청옥고등공민학교에 입학했다. 가정 사정으로 중학교에 진학하지 못한 학생들이 다니던 곳이었다. 전태일은 초등학교 4학년 중퇴의 학력이어서 기초 지식이 부족한 데다가 집에서는 아버지의 재봉 일을 도와야 했기 때문에 학교에 다니기가 쉽지 않았다. 그렇지만 즐거움으로 열심히 다녔다. 비록 1년도 못 되는 기간이었지만 배움을 통해 인간의 자유와 사랑의 가치를 체득한 것이다. "그에게는 생전 처음 맛보는 즐겁고 보람찬 나날이었다. 전태일의 수기를 찬찬히 읽어가노라면 그가 청옥 시절의 한순간 한순간을 다 기억하다시피하고 있었으며, 그 순간들을 두고두고 가장 아름다운 추억으로 간직하고 있었다는 것이 느껴진다."[3]

전태일은 자신이 처한 열악한 환경을 배우는 즐거움으로 이겨내었다. 그것은 내일의 출세를 희망하거나 새로운 길이 보여서가 아니라 가족을 사랑하는 것은 물론 여전히 허기진 배를 움켜쥐고 거리를 헤매는 불쌍한 사람들을 사랑할 수 있었기 때문이다. 그리하여 전태일은 그들을 위한 일을 해야겠다고 다짐했다.

사회적 존재로서 타자를 품으며 자아의 실현을 이루는 것은 이기적인 개인주의와 물질주의에 함몰되고 있는 자신을 극복하는 행동이다. 주체적이면서도 헌신적인 사랑으로 인간 가치를 회복하는 것이다. 윤중목 시인은 그것의 토대가 가족 사랑이라고 인식하고 구체적으로 추구하고 있다. 따라서 시인의 시 세계에서 가족은 의식주를 함께 해결해나가는 혈연집단을 넘어 사회 공동체의 일원이라는 의미를 지닌다. 가족을 자신의 식구에게 한정하지 않고 가

---

3 조영래, 『전태일평전』, 돌베개, 1991, 51쪽.

현대시의 가족애

난하고 배우지 못한 친구와 동료와 이웃까지 껴안는 것이다. 이와 같은 가족 사랑이야말로 전태일의 정신을 실천하는 것이라고 볼 수 있다.

모성의 시학
— 정진남 시집, 『성규의 집』

1.

　신라 29대 태종대왕의 왕비는 문명황후인데, 김유신의 막내 누이로 이름이 문희이다. 어느 날 문희의 언니 보희가 꿈에서 서악(西岳)에 올라 오줌을 누었더니 경성에 가득 찼다. 아침에 보희가 문희에게 꿈 이야기를 하자 동생이 사겠다고 했다. 그리하여 보희는 문희로부터 비단 치마를 선물로 받고 꿈을 건넸다. 그 일이 있은 지 열흘 뒤 김유신은 김춘추와 함께 자기 집 앞에서 축국(蹴鞠)을 하다가 일부러 춘추의 옷을 밟아 옷고름을 찢고는 집에 들어가 꿰매자고 했다. 춘추는 따랐다. 김유신은 보희에게 꿰매도록 했는데 어찌 사소한 일로 귀공자를 가까이 하겠느냐며 한사코 사양해 문희가 맡았다. 김춘추는 김유신의 뜻을 알아차리고 문희와 가까이하여 이후 자주 왕래했다. 그런데 어느 날 김유신은 누이가 임신한 것을 알고 부모 모르게 한 일이라고 크게 꾸짖었다. 그리고 누이동생을 불태워 죽일 것이라고 온 나라에 소문을 퍼뜨렸다. 김유신은 선덕여왕이 남산으로 행차하는 날 뜰에 장작을 쌓아 놓고 불을 붙였다. 선덕여왕이 남산에서 그것을 내려다보고는 무슨 연기냐고 묻자 김유신이 그의 누이를 불태워 죽이려고 한다고 신하들이 대답했다. 선덕여왕이 그 까닭을 물으니 그의 누이가 지아비 없이 임신했기 때문이라고 말했다. 선덕여왕은 누구의 소행이냐고 다시 묻자 여왕을 가까이에서 모시고 있던 김춘추의 안색이 변했다. 여왕은 김춘추의 소행인 것을 알아차리고 빨리 가서 구하라고 명령을 내렸다. 김춘추는 급히 말을 타고 달려가 문희를 구했고, 뒤에 혼례를 올렸다.[1]

『삼국유사』의「태종 춘추공」편에 나오는 위의 이야기에서 주목할 점은 여러 가지가 있겠지만, 지아비 없이 임신한 문희를 구하도록 한 이가 여성이었다는 사실이다. 선덕여왕의 지위에서 보면 나라의 기강이나 도덕적인 질서를 위해 김유신의 행동을 묵인할 수도 있었지만, 국왕 이전에 한 여성이었기 때문에 생명체의 소중함을 인식했다. 나라의 기강이나 법도보다 아이를 우선 살렸던 것이다.

여성의 생명 의식은 이와 같이 남성과 다른데, 정진남 시인의 작품들이 역시 잘 보여주고 있다. 한 여성이 치르는 임신, 출산, 양육, 교육 등과 관계된 의지와 감정을 통해 모성이 얼마나 위대하고 숭고한지를 구체적으로 보여주는 것이다. 시인의 작품들은 한국 시문학사에서 모성의 세계를 확장 및 심화시켰다고 볼 수 있다.

2.

소변 검사 결과 임신이다.
정확한 진단을 위해 산부인과에 갔다. 초음파 진단을 했다.
"아기가 보이지 않아요, 심장이 뛰는 것이 없는데요."
절망하고 검사대에서 내리려는데, 질 속으로 초음파를 해보자고 했다.

---

1   일연,『삼국유사』, 김원중 역, 민음사, 2008, 111~113쪽.

심장이 박동하고 있었다.
아기가 애기집의 아래쪽에 자리 잡고 앉은 것이다.
심장이 세상에 노크했다.
쿵쿵쿵쿵

—「첫 만남」전문

위의 작품의 화자는 "소변 검사 결과 임신"이라는 사실을 알게 되었다. 그리하여 흥분된 마음으로 "정확한 진단을 위해 산부인과에" 찾아가 "초음파 진단을 했"다. 그런데 기대했던 것과는 달리 "아기가 보이지 않아요, 심장이 뛰는 것이 없는데요."라는 의사의 말을 듣는다. 화자는 "절망하고 검사대에서 내리려"고 했는데, 순간 아이를 포기할 수 없다고 생각했다. 아이를 갖고 싶어 하는 간절한 마음이 "질 속으로 초음파를 해보자고" 제안한 것이다. 그 결과 "심장이 박동하고 있"는 것을, "아기가 애기집의 아래쪽에 자리 잡고 앉"아 있는 것을 발견했다. 화자는 신이 내려준 축복과 같은 기쁨을 가졌다.

의사는 오래도록 초음파 검사를 했다
아이가 한 손을 입에 대고 있어 입모양을 볼 수 없단다
간혹 언청이인 아이가 보이기도 했다는 것이다
난 그만 검사대에서 내려왔다
난 엄마다
내 아이에게 허물이 있다면
내가 덮어주어야 하기 때문이다
끈끈하게 묻어 있는 초음파 검사 시약을 닦아내었다

—「임신 8개월」전문

임신부들은 때에 이르면 기형아 검사를 하는데, 좋지 않은 진단을 받으면 대부분 의사의 권유에 따른다. 전문가인 의사가 진단한 것을 비전문가인 임신

현대시의 가족애

부가 거절하기는 어려운 것이다. 그렇지만 이와 같은 상황은 현대 의학이 보여주는 맹점이기도 하다. 실제로 "기형아 판정을 받았지만 건강한 아이를 낳은 엄마, 전혀 기형아를 의심치 않은 결과였으나 건강이 나쁜 아이를 낳은 엄마들의 이야기가 너무나 많"(「임신 4개월」)은 것이다.

작품의 화자는 "의사"가 "오래도록 초음파 검사를" 하고 난 뒤 "아이가 한 손을 입에 대고 있어 입모양을 볼 수 없"다며 "간혹 언청이인 아이가 보이기도 했다"고 진단했지만, "그만 검사대에서 내려"오고 만다. "난 엄마다"라는 확신이 있었기 때문이다. 다시 말해 "내 아이에게 허물이 있다면/내가 덮어주어야" 한다고 다짐한 것이다.

훌리오 메뎀 감독의 영화 〈내일의 안녕〉에서도 여성의 임신과 출산이 얼마나 위대한지를 볼 수 있다. 축구 선수를 꿈꾸는 아들과 함께 살고 있는 마그다(페넬로페 크루즈 분)는 바람 난 남편과 별거 중인 데다가 경제 상황의 악화로 인해 일자리마저 잃는다. 설상가상으로 유방암까지 진단 받아 삶의 존재 자체가 흔들린다. 마그다는 자신의 운명을 긍정하는 마음을 갖고 수술과 항암 치료를 받는다. 하지만 재발되어 6개월밖에 살 수 없다는 시한부의 삶을 선고받는다. 마그다는 그와 같은 불행에도 굴복하지 않고 새로운 사랑을 시작하고 새 생명을 받아들인다. 아이를 낳기 위해 자신의 생명을 포기할 수 없다고 다짐하는 것이다. 그리하여 자신에게 남은 시간이 죽음으로 향하는 것이 아니라 새로운 생명체의 탄생으로 향한다고 인식한다. 가슴이 사라져도 심장은 뛰고 있다는 마음으로 새 생명에게 헌신하는 것이다.

3.

간밤과 아침엔 금식을 했다. 오늘 오전 11시에서 12시 사이에 아기를 낳는다.

내가 누운 침대가 밀려 나아갈 때 형광등 불빛이 빠르게 지나치는 병원 복도의 천장 길은 처음 가는 길이었다. 수술실 입구에서 날 기다리고 있던 남편과 선배 언니의 얼굴이 어른거리며 날 들여다보았다. 선배 언니가 내 손을 꼭 잡고 짧게 화살기도를 올렸다. 남편의 초췌한 얼굴이 멀어져갔다. 큰오빠를 진주에서 싣고 논산으로 떠나는 기차를 하동역에서 보았다. 아버지가 역무원에게 미리 말했기 때문에 신호를 받은 기차가 하동역 구간을 천천히 지나가며 우리에게 시간을 주었다. 우리를 먼저 발견한 오빠의 큰 두 눈이 싱긋 웃고 있었다, 차창 너머로. 박박 민 머리가 하얀 큰아들에게 아버지는 손을 흔들었고 엄마는 울었다, 나도 따라 울었다. 그들이 그 간이역 같은 데서 날 배웅해주었다. 터널 속으로 사라질 때까지.

"무서우세요? 잠을 좀 자면 괜찮을 거예요."

따뜻한 손이 내 손을 잡자 수술실 천장의 둥근 테두리 안에 박혀 있는 전등이 스르르 눈을 감았다. 칠흑처럼 어두운 밤이었다.

―「태초」 전문

위의 작품의 화자가 출산을 위해 받아야 할 수술은 "간밤과 아침엔 금식을" 해야 할 정도로 힘들다. "누운 침대가 밀려 나아갈 때 형광등 불빛이 빠르게 지나치는 병원 복도의 천장 길은 처음 가는" 것이기에 낯설고 두렵기도 하다. 또한 "수술실 입구에서 날 기다리고 있던 남편과 선배 언니의 얼굴이 어른거리며 날 들여다보"면서 무사하기를 응원하고 기원하지만 혼자 감당해야 하기에 외롭다. 그렇지만 화자는 "잠을 좀 자면 괜찮을 거예요"라며 다독이는 의사와 간호사의 말을 믿고 "칠흑처럼 어두운 밤"을 견딘다.

화자는 "태초"에 들어서기 전 가족의 얼굴을 떠올리는데, 먼저 "큰오빠를 진주에서 싣고 논산으로 떠나는 기차를 하동역에서" 본다. "오빠의 큰 두 눈이 싱긋 웃고 있"다. "박박 민 머리가 하얀 큰아들에게 아버지는 손을 흔"들고 "엄마는 울"고 "나도 따라" 운다. "오빠"를 배웅하면서 "아버지"는 웃는 데 비해 "엄마"와 "나"는 우는 데서 볼 수 있듯이 남성과 여성은 사랑의 방식에 차

현대시의 가족애

이가 있다. 그렇지만 그것은 생래적인 차이가 있을 뿐 "내"가 무사하게 출산하기를 바라는 마음은 모두 같다. 화자는 "칠흑처럼 어두운 밤"에 들어가는 두렵고 불안한 순간에도 가족들을 끌어안는다.

여성이 아이를 출산하는 일은 진정 위험하다. 2002년 경기도 파주시 교하읍 파평 윤 씨 종중산 묘역에서 발굴된 모자(母子) 미라는 여성의 출산이 얼마나 위험한 일인지 여실히 보여준다. 산모는 조선 명종대 문정왕후 오빠였던 윤원량의 손녀로 나이는 20대 중반이고 사망 연도는 1566년 겨울로 추정되는데, 출산 도중 자궁 파열로 태아와 함께 숨진 것이다.[2]

출산 중 산모가 사망하는 사고는 과거뿐만 아니라 현재에도 발생하고 있다. 2009년부터 2014년 사이 우리나라의 모성 사망의 경향과 원인을 분석한 논문에 따르면 평균 모성 사망비(maternal mortality ratio)는 13.16이고, 평균 모성 사망률(maternal mortality rate)은 0.45이다. 연령별로는 20~24세 그룹이 6.9로 가장 낮은 수치를 보였고, 45~49세 그룹이 143.7로 가장 높았다. 모성 사망의 3대 원인은 산과적 색전증(24.4%), 산후 출혈(18.3%), 임신 중 고혈압성 질환(5.5%)으로 나타났다. 모성 사망이란 임신 기간 또는 부위와 관계없이 우연 또는 우발적인 원인으로 인하지 않고, 임신 또는 그 관리에 관련되거나 그것에 의해 악화된 원인으로 인하여 임신 중 또는 분만 후 42일 이내에 발생한 사망을 말한다. 모성 사망의 주요 통계 지표는 모성 사망비와 모성 사망률이 있는데, 일반적으로 모성 사망비가 주요 지표로 이용되고 있다. 2010년에 발표된 자료에 따르면 우리나라의 모성 사망비는 2006년 15, 2007년 16, 2008년 12로 경제협력개발기구(OECD) 가입 국가의 평균을 웃도는 수준이다. 앞으로 급격한

---

2 한성희, 「430년 잠에서 깨어난 '파평 윤씨 모자 미라'」, 『오마이뉴스』, 2003년 11월 9일 (http://v.entertain.media.daum.net/v/20031109050815419).

출산율 감소, 초산모의 평균 연령 증가, 다태아 임신 증가 등으로 모성 사망의 위험이 증가될 것으로 예상된다.[3]

그렇다고 출산이 고통스럽고 공포를 주는 일만은 아니다. 출산의 위험이 크기에 기쁨 또한 큰 것이다. 다시 말해 자신의 목숨을 걸고 탄생시킨 생명체이기에 감격하지 않을 수 없는 것이다.

> 처음 나의 성규를 안아볼 수 있었다
> 숨을 쉬고 있었다 어른보다 빠르고 또렷한 숨소리
> 놀랍고 신기한 생명체이다
> 어렵고 조심스러운
> 나의 하느님
>
> —「출산 3일째」 전문

"처음 나의 성규를 안아"본 작품 화자의 기쁨은 이루 말할 수 없다. "숨을 쉬고 있"다는 사실 자체가, "어른보다 빠르고 또렷한 숨소리"를 내고 있다는 자체가 "놀랍고 신기"할 뿐이다. 화자는 새로운 "생명체" 앞에서 그저 감사한 마음을 갖는다. "어렵고 조심스러운/나의 하느님"이라고까지 생각한다. 화자가 "생명체"를 신으로 여기는 것은 절대적으로 복종하려는 자세로 볼 수 있다. 그 복종은 강요된 것이 아니라 스스로 선택한 것이기에 행복하다. 마치 한용운이 "복종하고 싶은 데 복종하는 것은 아름다운 자유보다도 달콤합니다. 그것이 나의 행복입니다."(「복종」)라고 노래한 것과 같다. 그리하여 화자는 가부장적인 아버지의 말씀도 새겨듣는다.

---

3   박현수·권하얀, 「한국의 모성 사망 원인과 경향 분석(2009~2014)」, 『대한주산의학회잡지』 27권 2호, 대한주산의학회, 2016, 110~117쪽.

"이제사 사람 노릇했구나."

아버지가 병원에 오셨다. 어디 가서 물어보니 안 가는 게 좋다더라며 못 오신 다더니, 서운해하지 말라시더니

퉁퉁 부어 누워 있는 날 보시고

"이제 그만이다."

침대 밑에 돈을 넣어주고 가셨다.

"언제 아이를 이렇게 잘 키웠어요."

아이를 훌쩍 키운 아줌마를 길에서 만났다.

"낳으니까 저 혼자 잘 자라던데요. 콩나물처럼."

그래요 하려는 사이에 아버지가 전화를 하셨다.

"아이는 그냥 대충 키우는 게 아니야. 지성으로 길러야 한다."

― 「아버지」 전문

"이제사 사람 노릇했구나"라는 "아버지"의 인사는 여성에게 부담을 주는 가부장제의 유습으로 들릴 수 있다. 유교주의 사회에서의 여성은 결혼하기 전에는 아버지를 따르고, 결혼한 뒤에는 지아비를 따르고, 지아비가 죽으면 아들을 따라야 한다는 삼종지도(三從之道)에 구속되었다. 그뿐만 아니라 아들이 없거나, 시부모를 모시지 않거나, 투기하거나, 음행하거나, 말이 많거나, 질병이 있거나, 도둑질하는 등의 칠거지악(七去之惡)을 범한 경우는 시댁에서 쫓겨날 수도 있었다. 결국 여성은 가부장제의 질서에 복종하고 가문의 대를 잇기 위해 아들을 낳아야 하는 존재에 불과한 것이었다.

그렇지만 "아버지"는 "어디 가서 물어보니 안 가는 게 좋다더라며 못 오신다더니, 서운해하지 말라"고 알렸으면서도 자식에게 왔다. 자식에 대한 사랑이 지극해서 어떤 운명의 예시도 무시하고 찾아온 것이다. "아버지"는 "퉁퉁 부어 누워 있는 날 보시고/"이제 그만이다.""라는 말씀을 꺼낸다. 딸자식이 시집가서 가문의 대를 잇는 일도 중요하지만, 막상 고생한 딸의 모습을 보니

더 이상 희생시켜서는 안 되겠다고 생각한 것이다. 그리하여 "침대 밑에 돈을 넣어주고 가"는 자상함까지 보인다. 아이를 키우는 데 현실적으로 "돈"이 필요하기에 조금이라도 보태려고 한 것이다.

"아버지"의 자식 사랑은 경제적인 면에서뿐만 아니라 정신적인 면에서도 지극하다. 어느 날 화자는 "아이"를 데리고 외출하다가 "언제 아이를 이렇게 잘 키웠"느냐는 인사를 "아이를 훌쩍 키운 아줌마"로부터 듣는다. 그래서 무심결에 "낳으니까 저 혼자 잘 자라던데요. 콩나물처럼/그래요."라고 대답하려고 했는데, 그 순간 "아버지가 전화를" 해서 "아이는 그냥 대충 키우는 게 아니야. 지성으로 길러야 한다"라고 주의를 주었다. 화자가 "아이"에게 안일해지려고 하는 마음을 당신은 지극한 사랑으로 일깨워 고쳐준 것이다.

4.

> 아이가 손톱으로 아빠의 얼굴을 할퀴었다
> 손톱을 깎아주었다
> 생각보다 빨리 자라는 손톱이
> 또 할퀴었다
> 함께 산다는 건
> 느닷없이 입은 상처를
> 무작정 서로 바라보며
> 견디는 것이다
>
> — 「아이와 남편과 나」 전문

살아가다 보면 어느 날 "아이가 손톱으로 아빠의 얼굴을 할퀴"는 일이 일어난다. 전혀 예상하지 못했던 경우여서 당황할 수밖에 없다. 그렇다고 야단칠 수 있는 일이 아니기에 "아이"의 "손톱을 깎아"준다. 그냥 대충 깎는 것이 아니라 정성을 다한다. 그렇지만 "아이"는 "생각보다 빨리 자라는 손톱"으로 "또 할" 큰다. 그리하여 화자는 "함께 산다는 건/느닷없이 입은 상처를/무작정 서로 바라보며/견디는 것"이라고 말한다. 그리고 또다시 정성을 다해 "아이"의 "손톱을 깎아"준다.

임신과 출산이 생명의 근원을 실현하는 모성의 의지라면 양육은 자식을 사회적인 존재로 만드는 모성의 의지이다. 양육 과정에는 감정과 이성을 넘어서는 경험과 지혜와 사랑이 필요하다. 그 결과 아이는 어머니를 가슴에 품고 살아가는 것이다.

> 남편이 자동차에 두고 온 지갑을 가지러 나갔다.
> 티격태격 화가 나 있던 나는 현관문을 안에서 닫아걸었다.
> "엄마는 사람을 좋아하는 법을 배워야 해, 사랑하는 법을."
> 성규에게 정곡을 찔렸기 때문에 되려 흐뭇해지려고 했다. 내 표정을 살피더니 다시 말했다.
> "엄마, 저 문은 바람이 불면 열릴까."
> '성규가 힘들어하는구나.'
> 나는 고개를 끄덕거리고 성규를 외면해주었다.
> "엄마, 바람이 불었나 봐."
> 남편이 들어왔다.
> 비밀번호를 알 수 없는 닫힌 마음을 아이는 열 수 있다.
>
> ―「성규의 힘」 전문

"성규"가 "엄마는 사람을 좋아하는 법을 배워야 해, 사랑하는 법을"이라고 말했을 때 아이가 어른의 스승이라는 옛말이 떠오른다. 니체(Friedrich Nietzsche)는 『차라투스트라는 이렇게 말했다』의 「학자에 관하여」에서 학자는 스스로 현명하다고 자랑스레 여기지만 그들의 지식은 보잘것없어 마치 하수구에서 나는 역한 냄새와 같다고 비판했다. 그에 비해 아이는 세속에 물들지 않은 천

진난만한 존재라고 내세웠다. 또한 「시인에 관하여」에서 시인은 거짓말을 하고 다소의 향락과 권태에 빠진 채 명상하는 존재일 뿐이라고 폄하했다. 그에 비해 아이는 이 세계를 정직하게 바라보고 진지한 자세로 관심을 갖는 존재라고 내세웠다. 아이를 학자나 시인이 본받아야 할 거울로 본 것이다. 노자(老子) 역시 자의적인 가치 기준을 갖는 세속적인 학문을 버리고 무위자연을 추구할 것을 제시했는데, 그 본보기로 갓난아이를 들었다. 아이는 세속적인 먼지에 오염되지 않은 천성을 지니고 있기에 도(道)의 실현에 가장 부합한다는 것이다. 아이 역시 욕망을 추구하기에 니체나 노자가 말한 대로 오염되지 않고 정직한 존재라는 주장에 선뜻 동의할 수 없지만, 어른의 소유물로 삼아서는 안 된다.[4]

뤼스 이리가라이(Luce Irigaray)는 아이의 독립적인 존재성을 태반을 통해 설명하고 있다. 태반은 태아에 의해 형성된 일종의 조직으로 자궁 접막에 비늘 모양으로 덮여져 다른 것들로부터 분리되어 있다. 태반은 모체와 태아의 중간에 위치하므로 서로는 융합될 수 없다. 또한 태반은 두 기관 사이의 생체 교환을 조정하는 체제를 구성한다. 영양물은 모체에서 태아로 공급되고 배출물은 태아에서 모체로 공급되듯이 양적으로 교환을 조절할 뿐만 아니라 모체의 신진대사를 변화시킨다. 모체와 태아 모두를 위해 모체의 물질을 변형시키고 저장하고 재분배해 어머니와 태아의 관계를 형성하는 것이다. 그러므로 태아는 모체를 탈진시키거나 단순히 영양물을 얻는 수단으로 전락시키지 않고 자랄 수 있다. 태반의 이와 같은 상대적 자율과 다른 사람의 몸에서 한 생명이 자랄 수 있게 하는 통제 기능은 융합이나 혹은 침범의 형태로 환원될 수 없다.[5]

---

4 맹문재, 「동심의 시학」, 『시학의 변주』, 서정시학, 2007, 97~111쪽.
5 뤼스 이리가라이, 『나, 너, 우리』, 박정오 역, 동문선, 2002, 40~41쪽.

현대시의 가족애

위의 작품에서 "성규가 힘들어하는구나"라고 이해하면서 "고개를 끄덕거리고 성규를 외면해"준 화자의 자세가 곧 태반의 모습이다. 아이를 존중해줌으로써 어머니는 아이를 침범하지 않고 평화롭게 공존한다. 그 결과 어른들의 "비밀번호를 알 수 없는 닫힌 마음을 아이는 열"고 사회적 존재로 나아간다.

"키가 큰 사람을 그려보자"
"좋아"
성규는 쓱쓱 쉽고 간편하게 그려나간다
얼굴이 동그란 사람의 다리는 강줄기처럼 길~다
그 사람이 왼손을 높이 뻗친다
나뭇가지가 아니라
우체국에 나부끼는 태극기가 아니라
아파트 6층 우리 집이 아니라
구름을 잡는다
여기서 끝난 게 아니라
키가 작은 사람을 옆에 세운다
정말 우뚝하게 큰 사람이구나 감탄하는 동안
성규는
큰 사람의 오른손을 잡는다
그리고 그 손을
키가 작은 사람의 손에 꼭 쥐어준다
키가 큰 사람은 항상 키가 작은 사람 옆에 있다
　　　　　　　　　　　　　　　　　—「키가 큰 사람」 전문

작품의 화자인 어른이 "키가 큰 사람을 그려보자"라고 "성규"에게 제안하자 "좋아"라고 대답한 뒤 "쓱쓱 쉽고 간편하게 그려나간다". "얼굴이 동그란 사람의 다리는 강줄기처럼" 긴데, "그 사람이 왼손을 높이 뻗"치기까지 한다. 그 "키가 큰 사람"은 "나뭇가지가 아니"고 "우체국에 나부끼는 태극기가 아니"고

"아파트 6층 우리 집이 아니"지만 "구름을 잡는다".

그런데 "성규"의 그림은 "여기서 끝난 게 아니라/키가 작은 사람을 옆에 세"우는 데까지 나아간다. 화자가 "정말 우뚝하게 큰 사람이구나 감탄하는 동안/성규는/큰 사람의 오른손을 잡"고 "그 손을/키가 작은 사람의 손에 꼭 쥐어준다". "키가 큰 사람은 항상 키가 작은 사람 옆에 있"는 이 배려와 연대의식은 어른들이 배워야 할 자세인데, 모성이 가르친 것이기도 하다.

아이를 신뢰하고 배려하는 화자의 모성으로 말미암아 "성규"는 자신의 것으로 소유하거나 점령하기보다는 다른 아이와 함께하려는 마음을 갖고 있다. 따라서 "성규"의 마음은 개인주의가 지배하는 이 자본주의 사회에서 주목된다. 자본주의 체제는 자기 이익을 최대한 추구하기 때문에 그 속에서 살아가는 사람들은 서로 경쟁할 수밖에 없다. 그 결과 경쟁력이 없는 개인이나 기업의 도태는 당연하게 여기고 불평등한 결과를 인정한다. 해고자와 실업자가 넘치고, 소득의 양극화가 심화하고, 자살이 늘고 있는 것이 그 여실한 모습이다.

이와 같은 상황에서 위의 작품에서 보여준 모성은 매우 중요하다. 모성은 바람직한 가족관계와 사회관계를 이루는 토대가 된다. 따라서 임신, 출산, 육아, 교육의 문제를 여성의 몫으로만 돌릴 것이 아니라 남성도 함께해야 한다. 평등한 관계로 함께 실천하는 모성이야말로 자본주의 사회의 경쟁적인 개인주의를 지양하고 공동체적인 인간 가치를 이룰 수 있는 길이다. 정진남 시인의 작품들은 모성의 숭고함을 넘어 그 가능성을 보여주고 있다.

대상애와 가족애의 화음
─박금아 수필집, 『무화과가 익는 밤』

1.

박금아의 수필들은 대상애를 지향하는 가족애의 의의와 가치를 여실하게 제시해주고 있다. 가족애는 수많은 작가가 추구해온 주제이지만, 박금아의 작품들은 견고한 구성(plot)으로 구체성을 확보해 깊은 울림을 준다. 또한 토착어와 일상어의 활용으로 관념성을 극복하고, 감각적인 묘사로 밀도 높은 이미지를 창출하고 있다.

전통적으로 한국의 가족은 혈연으로 맺어진 집단으로 유교주의 사회의 질서를 이루는 토대였다. 부계혈통의 체제에서 효와 조상숭배를 추구하며 가문의 영속을 지향했다. 그리하여 개인의 가치보다는 가족의 규범과 친척 간의 친밀감을 중시했다.

그런데 산업사회의 도래로 말미암아 전통적으로 이어져 온 한국의 가족제도는 급속히 와해되었다. 도시 생활을 영위하는 데 유리한 핵가족 제도가 형성되면서 효사상을 기반으로 하는 가부장제가 무너진 것이다. 그 대신 가족 구성원들 간의 수직적인 관계가 수평적인 관계로 바뀌면서 공동체의 가치보다 개인의 가치와 생활 방식이 중요하게 되었다.

그렇지만 한국 사회에서 가족의 전통이 완전히 소멸한 것은 아니다. 가족 구성원들은 가족에 대해 "사랑, 삶의 활력소 등의 의미로 생각하"는 것을 넘어 "내가 지켜야 할 사람들, 희생을 해서라도 감싸 안아야 할 존재"[1]들로 인식하고 있다. 사회의 변화에 따라 가족의 개념이 바뀌었지만, 여전히 전통적인 가족 정서가 유지되고 있는 것이다. 박금아의 수필들은 이와 같은 가족애를 재발견하고 대상애로 확장한다.

2.

서리가 내리는 밤이었다. 보름을 갓 지난 달은 거울 속 같았다. 상강을 지난 때여서 들녘엔 채 거두지 않은 서속과 수숫대가 무거운 머리를 숙이고 있었다. 돌감나무와 산수유, 산사나무의 붉은 열매들이 달빛에 얼굴을 씻는 소리가 났다. 산국 향이 짙었다. 때론 여우가 나타난다고 하여 '여시고개'라고도 불리던 말티고갯길. 고개 모롱이엔 돌아가시기 전 외증조할아버지의 수염을 닮은 억새가 늦가을 밤을 근엄한 빛으로 흔들었다.

억새밭을 지나면 환삼덩굴밭이었다. 괴기스레 헝클어진 마른 넝쿨이 아재의 바짓가랑이를 와락 끌어당길 것만 같았다. 평소에는 아재처럼 다정하기만 하던 상수리나무도 그 밤엔 가량없는 몸짓으로 나 몰라라 하늘만 바라고 섰다가는 가분재기 여우 울음까지 불러들였다.

"워이리 휘……. 위이리 위……."

내 팔이 아재의 목을 끌어안으면 웬일인지 아재도 몇 번 헛기침을 했다. 그러면 대답이라도 하듯 저편에서 다시 여우 소리가 들려왔다.

— 「길두 아재」 부분

작품의 화자가 예닐곱 살 때 외할머니와 당신의 친정 붙이었던 "길두 아재"

---

1 전종미, 「'가족' 개념에 관한 질적 연구」, 성신여자대학교 대학원 가족문화·소비자학과 석사학위 논문, 2003, 81~82쪽.

를 따라 증조 외할아버지의 제사에 가는 장면이 눈에 선하다. 늦가을 밤에 이십 리가 넘는 산길을 짐을 지고 왕래하는 일은 만만하지 않았다. 더욱이 여우가 "워이리 휘……. 위이리 위……." 하며 울며 따라와 어린 화자는 물론 외할머니와 "걱실걱실하던 아재도 무서"움을 느꼈다. 외할머니와 아재가 무서움을 느낀 이유는 여우 때문만이 아니라 "육이오 전쟁통에 집을 나선 후 돌아오지 않고 있던 외할아버지"가 있었기 때문이다. 이승만 정부와 박정희 정부는 반공 이데올로기를 무기로 삼고 자신의 정권에 반대하는 사람들을 탄압했는데, 그 분위기가 두메산골까지 퍼져 있어 밤길에서 듣는 여우 울음이 한층 더 무서움을 불러일으킨 것이다.

"외할머니의 머리 위에는 정성스레 쪄낸 민어 광주리가, 허리춤에는 들기름에 노릇노릇하게 지진 국화전 소쿠리가 들려 있었"고, "아재가 진 바지게 안에는 제사상에 올릴 몇 됫박의 햅쌀과 그해 과수원에서 수확한 잘 여문 조조리 배와 국광 몇 개가 실"려 있었다. 정성을 다해 제사상을 차리는 의례야말로 가족애의 토대이다. 어린 손녀를 증조 외할아버지의 제사에 참여시킨 것도 그러하다. "솜 넣은 포플린 치마저고리를 입"혀 아재의 바지게에 제물처럼 담아간 것은 조상 섬기는 것을 익히려는 외할머니의 속 깊은 뜻이 들어 있었다. 친척들 간의 교류를 통해 친밀감을 키우려는 것은 결국 조상이 지켜온 가문을 후손이 이어주기를 희망한 것이었다.

어린 화자에게 "길두 아재"는 수호신 같은 존재였다. 화자가 쌀쌀한 날씨에 먼 길을 오느라고 피곤해서 증조 외할아버지의 제사도 못 지내고 잠에 떨어졌다가 깨어났을 때, "길두야, 가을걷이를 끝내는 대로 어푼 집으로 오니라. 올개는 꼭 혼례식을 올리야 한대이."라는 어느 어른의 말을 듣는 순간 눈물을 흘린 모습에서 여실하다. 아재가 자신의 곁을 떠나는 일은 받아들일 수 없는 것이었다.

아재는 사람 놀려먹기 선수처럼 목말을 태워준다면서 화자를 "번쩍 들어 머리 위에서 빙빙 돌리다가 장독대 곁 감나무 가지에 얹어놓"거나, "정화수 종지가 놓인 대청마루 시렁 위에 올려놓"았다. "살짝만 움직여도 감나무 가지가 "뿌지직" 하고 부러져 내리고, 종지가 떨어져 산산조각이 날 것만 같"아 "옴짝달싹 못하고 쩔쩔매다가 "앙!" 울음을 터뜨리면 그제야 아재"는 장난을 끝냈다. 그만큼 어린 화자를 친밀하게 껴안아준 것이다. 화자가 "공기놀이할 때나 고무줄놀이, 자치기를 할 때면 늘 짝이 되어 주었"고, "겨울 산의 토끼몰이나 여름날의 물놀이"(「별똥별」)를 함께해주었다. 화자가 우물 속에 빠졌을 때 우물 벽을 타고 내려가 건져 올린 생명의 은인이기도 했다.

위의 작품에서 눈길을 끄는 것은 감각적인 묘사이다. "보름을 갓 지난 달은 거울 속 같았다. 상강을 지난 때여서 들녘엔 채 거두지 않은 서속과 수숫대가 무거운 머리를 숙이고 있었다. 돌감나무와 산수유, 산사나무의 붉은 열매들이 달빛에 얼굴을 씻는 소리가 났다." 같은 문체는 음력 시월의 두메산골 밤 풍경을 선명하게 펼쳐 보인다.

"어린 말이 벌레를 쫓느라 꼬리로 제 몸을 치는 소리가 적막하기만 하다. 잔등을 쓰다듬을 때면 말은 어미를 부르듯 큰 눈망울을 들어 저편 하늘로 "히힝!" 소리를 날려 보냈다. 그곳 말 울음소리가 닿는 곳에서는 무화과나무가 자라고 있었다."(「무화과가 익는 밤」) 같은 묘사 또한 공감각을 불러일으킨다.

"밤중을 지난 무렵인지 죽은 듯이 고요한 속에서 짐승 같은 달의 숨소리가 손에 잡힐 듯이 들리며, 콩 포기와 옥수수 잎새가 한층 달에 푸르게 젖었다. 산허리는 온통 메밀밭이어서 피기 시작한 꽃이 소금을 뿌린 듯이 흐뭇한 달빛에 숨이 막힐 지경이다."(이효석, 「메밀꽃 필 무렵」)라는 묘사 못지않은 문체의 미학을 성취하고 있다.

3.

　어머니에게는 선택이란 없었다. 날씨를 고를 수 없듯이 당신의 나날은 무조건 살아내야 하는 당위였다. 젊은 날 나는, 삶은 내 의지로 선택하고 버릴 수 있는 것이라고 생각했었다. 궂은 날조차 운명으로 받아들이는 어머니가 불쌍했다. 어머니처럼 살지는 않겠다고 마음먹었다.

　어머니는 그 많은 풍상의 날을 어찌 다 감당했을까. 태초의 시간을 녹이며 돌진해오는 용암조차 기꺼이 받아 안는 바다처럼, 어머니는 자신을 향해 달려오는 용암의 날들을 온새미로 보듬어 날씨 그 자체가 되어버렸는지도 모르겠다. 그리하여 빛이라곤 찾을 수 없이 깜깜한 날에는 당신 스스로 해가 되고, 빛이 넘치는 날에는 그늘이 되어 식구들을 모아들였을 거다.

　일기장을 포개어놓고 보면 거대한 단층애(斷層崖) 앞에 있는 것 같다. 어머니 생애의 단층들을 경외감으로 바라본다. 비바람은 물론이고 천둥과 번개까지 풍상의 날들이 오묘한 각도로 층층이 쌓였다. 일기장 속 하루하루가 모여 우리 집을 이루는 바위벽이 되었을 것이다.

―「단층애(斷層崖)」 부분

　언제나 날씨로 시작하는 "어머니"의 일기장은 이순신 장군의 『난중일기』를 떠올리게 한다. 이순신 장군은 일기를 쓸 때마다 날씨를 맑음, 흐림 등으로 간략하게 적기도 했지만, "큰비가 내리다가 오전 10시경에 갰으나 이따금 보슬비가 내렸다", "맑았으나 바람이 세게 불어 배가 다니지 못했다", "눈비가 섞여 내리고 서북풍이 크게 불어 간신히 배를 건넸다" 등으로 자세하게 적었다. 화자의 어머니 또한 일기장에 맑음, 흐림, 비 등으로 간단히 적기도 했지만, "마파람이 분 날", "해일이 덮친 날"처럼 구체적으로 적었다. 어머니에게 날씨는 중요한 관심사였던 것이다.

　이순신 장군이 날씨를 꼼꼼하게 기록한 것은 자신에게 주어진 하루하루를 운명으로 여기고 최선을 다한 징표라고 볼 수 있다. 수많은 전쟁에서 증명되듯이 날씨를 파악하는 것은 매우 중요한데, 해전에서 특히 그러했다. 제2차 세계대전 당시 연합군이 날씨를 정확하게 파악해 노르망디 작전에 성공한 것이 그 단적인 예이다. 이순신 장군은 절대적으로 열악한 여건에 처해 있었지만, 나라와 백성을 향한 충성심으로 잇따라 대승을 거두어 명장이 되었다.

화자의 어머니 역시 위대한 삶의 명장이었다. "용현 산골에 살았던 어머니는 열아홉 살 때 한 살 아래의 아버지와 혼인해서 섬으로 갔다. 청춘에 남편을 떠나보내고 딸들과 함께 살림을 지켜낸 외할머니는 친척이 놓아준 둘째 딸의 혼처를 놓치고 싶지 않"아 "신랑이 서자(庶子)라는 것이 걸렸지만 부잣집 장남이라는 말에 떠밀다시피 보냈다". 그렇지만 외할머니의 기대와는 달리 어머니의 결혼 생활은 힘들었다. "수십 명이 넘는 뱃사람들과 층층시하 식구를 건사하느라 허리가 휠 정도였"고, "서자 장남을 남편으로 둔 아내 자리는 마음마저 휘게 했다". 그렇지만 "어머니에게는 선택이란 없었다. 날씨를 고를 수 없듯이 당신의 나날은 무조건 살아내야 하는 당위였다". 어머니는 그 많은 풍상의 날들을 "온새미로 보듬어, 날씨 그 자체가 되었"다. "빛이라곤 찾을 수 없이 깜깜한 날에는 당신 스스로 해가 되고, 빛이 넘치는 날에는 그늘이 되어 식구들을 모아들"인 것이다.

십수 척의 배를 소유하고 있으면서도 서자라는 이유로 너무 적은 유산을 물려주려는 할아버지에 반대하는 집안 어른들의 큰소리가 연일 담장을 넘자 화자의 어머니는 "아부이예에, 11호만이라도 고맙습니다"(「적자(嫡子)」)라는 감사의 인사로 사태를 수습했다. 자식 교육에도 대단한 열정을 보여 화자가 "학교에 갈 나이가 되어서는 삼천포 친할머니댁으로 보냈"다. 섬에도 학교가 있었지만 더 큰 공부를 위해 육지로 내보낸 것이다. 또한 "고등학교는 서부 경남의 교육도시, 진주로", "대학은 서울로"(「태몽」) 보냈다. 1970년대에 딸을 시골에서 서울로 유학 보내는 일은 쉽지 않았지만, 어머니는 기꺼이 해낸 것이다.

어머니는 "살다 보면 자식이 지팡이가 되어 좋은 세상으로 데려다 줄 끼다."(「어머니의 지팡이」)라는 믿음으로 자식을 키웠다. 일곱이나 되는 무거운 짐을 오히려 지팡이로 삼은 것이다. 어머니는 유교주의 질서 속에서 자신에게 주어진 임무를 기꺼이 감당했다. 한 가정의 살림을 책임지고 가족들을 챙겼으며 자녀교육을 기꺼이 수행한 것이다. 한평생 헌신하고 자애를 베푼 어머니는 부드럽고 인자하면서도 강하고 엄하고 끈질기었다. 그렇기에 어머니는 스스로 권위를 내세운 적이 없지만, 화자는 위대한 존재로 인식하고 가족애는 물론 대상애의 거울로 삼는다. 시어머니의 삶에서도 마찬가지이다.

> 결혼 다섯 달째, 첫 아이를 뱄을 때였다. 입덧이 심했다. 처음으로 친정엘 다녀오고 싶다고 했더니 어머님의 입에서 "미친년!"이라는 소리가 튀어나왔다. 겨우 봉합된 마음에 다시 금이 가고 말았다. (중략)
> 그 일이 있고 얼마 후, 어머님은 의식을 잃고 중환자실로 실려 갔다. 나는 임신 7개월의 몸으로 병원에서 한 달 넘게 곁을 지켰지만, 당신의 진짜 모습을 알아보지 못했다. 어머님은 운명하기 직전에 기적처럼 딱 한 번 눈을 떴다. 네 명의 남자들 사이에서 나를 알아보고는 손을 내밀었다.
> "아가야, 미안하다. 가족들을 부탁한다."
>
> ─ 「매발톱꽃 앞에서」 부분

작품의 화자는 임신으로 입덧이 심해 "처음으로 친정엘 다녀오고 싶다고 했"는데, 시어머니로부터 "미친년!"이라는 대답을 들었다. 화자는 시어머니의 그 대답에 이루 말할 수 없는 섭섭함이 들어 당신에 대한 존경심을 거두어들였다. 화자는 "그 말이 남도 어느 지방에서는 애칭으로도 쓰인다는 이야기"를 한참 뒤에야 듣게 되었다. 며느리의 처지를 같은 여성으로 잘 이해한다는 의미의 역설적인 표현이었는데, 화자는 시어머니의 그 사랑을 깨닫지 못했다. "그 일이 있고 얼마 후, 어머님은 의식을 잃고 중환자실로 실려"가 시간이 절대적으로 부족했던 것이다.

시어머니의 며느리에 대한 속 깊은 사랑은 당신의 마지막 순간에 빛났다. "어머님은 운명하기 직전에 기적처럼 딱 한 번 눈을 떴"는데, "네 명의 남자들 사이에서 나를 알아보고는 손을 내밀"고 "아가야, 미안하다. 가족들을 부탁한다."라는 유언을 남겼다. 화자는 시어머니의 처음이자 마지막인 그 만남을 통해 친정어머니와 마찬가지로 자식 사랑이 얼마나 깊은지 깨달았다.

4.

초보 색소포니스트의 되풀이 연습에 맞춰 따라 흥얼거리다 보니 목울대가 뜨거워진다. 웬일인가. 내게는 애당초 있어본 적도 없던 '오빠', 그래서 한 번도 불러보지 못한 '오빠'가 아닌가. 그런데 그 '오빠'가 갑자기 서럽게 느껴지면서 그리워지기까지 한다. 이 겨울이 가고 나면 새봄이 올 테지. 눈 녹은 자리엔 새잎 돋고 새가 날아들 테지. 뜸부기 울고 뻐꾸기 울 테지. 그맘때면 나의 '오빠'도 잃었던 말을 찾을 수 있으려나.

—「오빠 생각」 부분

위의 작품의 "오빠"는 방송기자 생활을 30년 넘게 했다. 그러던 어느 날 논설위원 자리에서 티브이 주조정실로 발령을 받았다. 그 이유는 회사의 방침과 다른 말을 해 경영자들의 눈 밖에 난 것이었다. 그것은 "언론사에 입사할 때부터 예정되었던 것인지도 모를 일이었다. 그는 '알릴 의무'와 '보도 지침' 사이에서 늘 고민했다. 목소리를 내자면 한계를 실감했고, 침묵하자니 양심이 허락하지 않았"던 것이다.

회사가 새로운 자리로 발령한 것은 사실상 권고사직이어서 "오빠"는 집에서도 말을 잃었다. "매일 하던 산행도 달리기도 뜨문뜨문해지더니 그조차 멈춰버렸다"(「피아노가 있던 자리」). 화자는 남편이 회사에서 처신하는 일이 얼마나 힘든지 알고 있었지만, 남편을 대신해 줄 수 없었기에 애만 태우며 지냈다. 그러다가 집 근처의 문화원에 개설된 색소폰 강좌를 발견하고 수강하기를 권유했다.

색소폰을 배워 자신감을 회복하는 일은 쉽지 않지만, 남편은 묵묵히 수행하고 있다. 화자는 그 모습에 감동해 "초보 색소포니스트의 되풀이 연습에 맞춰 따라 흥얼거"려 보는데, 목울대가 뜨거워지는 것을 느낀다. "애당초 있어 본 적도 없던 '오빠', 그래서 한 번도 불러보지 못한 '오빠'가" 떠올라 서럽게 느껴지면서 그리워지기까지 한다. 화자는 겨울이 가고 나면 새봄이 올 것을 믿듯이 "나의 '오빠'도 잃었던 말을 찾을" 날이 오기를 기대하는 것이다.

> 온 집안 식구가 함께 아기를 낳은 것 같았다. 어느새 모두는 새 이름을 받았다. 우리 부부는 할아버지, 할머니가 되었고 딸은 고모가 되었다. 두 시동생은 작은 할아버지가, 다섯 명의 여동생은 이모할머니가 되었다. 이종과 고종, 육촌과 사돈, 그 사돈의 팔촌도 새 이름을 얻었다. 친척뿐 아니다. 숫자로만 기억되던 사람들이 누구누구네 옆집 아줌마가 되고 아랫집 아저씨, 윗집 누나가 되었다.
>
> ─「놀란흙」 부분

> 신혼집을 구하다 온 아이는 궁금해하는 나를 세워두고 샤워부터 하겠다며 목욕탕으로 뛰어 들어갔다. 조건에 맞는 집을 구하느라 며칠째 다니면서도 힘든 기색이라고는 없다. 시집을 간다니 기쁘기 그지없지만, 걱정도 된다.
>
> ─「휘파람새」 부분

사회 구조의 기초 단위인 가족은 결혼과 혈연을 통해 범위를 넓힌다. 한 가족의 부부는 자신을 낳고 기른 부모의 가족과 관계를 맺고, 자신이 낳은 자식의 결혼을 통해 또 다른 가족과 관계를 맺으며 친족 관계를 넓혀간다. 아들이 결혼했고 딸이 결혼을 준비하는 위의 작품들에서 그 모습을 볼 수 있다.

"아기"가 가족의 구성원이 되면서 "우리 부부는 할아버지, 할머니가 되었고 딸은 고모가 되었다. 두 시동생은 작은할아버지가, 다섯 명의 여동생은 이모할머니가 되었다. 이종과 고종, 육촌과 사돈, 그 사돈의 팔촌도 새 이름을 얻었다". 화자는 외할머니, 아버지, 어머니, 시어머니, 길두 아재 등으로부터 받은 사랑을 그 "아기"에게 베푼다. 딸에게도 "시집을 간다니 기쁘기 그지없지만, 걱정"한다.

5.

　부부는 조율의 과정을 공유하고 있었다. 안방과 거실로 떨어져 있는데도 서로의 눈빛을 읽고 있는 듯했다. 말이 없어도 제때 다가가 도움을 주는 곡진한 모습은 강약이 잘 짜인 악보의 한 소절 같았다. 독일 병정을 닮은 남편의 포르테와 산토끼처럼 귀를 쫑긋 세우고 깨금발을 옮기는 아내의 피아니시모가 이룬 완벽한 하모니였다. (중략)
　친구네 부부에게도 튜닝이 필요할 게다. 처음엔 불협화음의 고통을 감수해야 할 테지만 조율의 시간을 거치고 나면 변형되기 이전의 소리를 찾을 수 있을 거다. 어쩌면 그들은 벌써 튜닝을 시작했는지도 모른다. 별거는 조율을 위한 잠깐의 해체일 뿐이니까.
　이 밤에도 친구는 잃어버린 음(音)을 찾아 건반을 더듬거리고 있을 테지. 친구를 도와주고 싶었다. 전화를 걸었다.

—「조율사」 부분

　작품의 화자가 의뢰한 피아노 조율사는 목발을 짚었는데 함께 온 그의 아내도 한쪽 다리를 절뚝였다. 아내는 "한 손에 큰 가방을 들고 다른 손으로는 남편을 부축하"고 있었다. 남편은 결혼 초에 사고로 다리를 잃은 뒤 마음에 큰 병을 얻어 "생계를 대신한 아내의 정성도 외면"했다. 그러던 중 아내마저 귀갓길에 교통사고를 당해 다리가 정상으로 돌아오지 않자 태도를 바꾸었다. 아내가 피아노 치기를 좋아하던 남편에게 함께 피아노 조율을 배우자고 제안하자 기꺼이 받아들인 것이었다.

"88개의 건반과 200개가 넘는 현을 가진 피아노는 조화로운 음역으로 '악기의 대명사'로 불'릴 정도로 정교하므로 조율하는 일이 쉽지 않다. "청진기를 대듯 심장의 박동으로 혈류를 감지하고 숨소리로 심폐 기능을 진단'하듯이, 건반과 현을 일일이 두드려보고 정확한 소리를 되찾아야 한다.

장애인 부부는 "안방과 거실로 떨어져 있는데도 서로의 눈빛을 읽고", "말이 없어도 제때 다가가 도움을" 준다. 그 "곡진한 모습은 강약이 잘 짜인 악보의 한 소절 같"다. "독일 병정을 닮은 남편의 포르테와 산토끼처럼 귀를 쫑긋 세우고 깨금발을 옮기는 아내의 피아니시모가 이룬 완벽한 하모니"인 것이다.

피아노에서 "시기를 놓친 폐렴처럼 쇳소리 같은 기침이 새어 나"오는 데는 "이십여 년을 옮겨다"니는 동안 쌓여온 원인이 있다. 따라서 피아노의 조율에는 상처받은 시간을 치유하는 것이 필요하다. "보물입니다. 세상에서 하나밖에 없는 소리지요."라는 인식으로 "흠집은 조심해서 고쳐야 합니다. 무리해서 없애다 보면 고유음을 잃고 말지요. 소리 속에는 상처의 크기와 무게까지 다 들어 있기 때문입니다."라는 자세를 가져야 하는 것이다. 따라서 "부부 사이도 그렇지요."라는 조율사의 말은 의미가 깊다.

화자는 조율사의 말을 듣자마자 "얼마 전에 만난 친구"를 떠올렸다. "별거 중이라"는 친구의 고백은 "늦가을 낙엽같이 바스락거리는 소리"로 들렸다. 가출까지 감행한 결혼이었기에 충격을 받은 것이었다. "서울 부잣집 외동딸과 가난한 농가 장손의 만남은 캠퍼스에 순애보를 남겼"을 정도였다. 그렇지만 결혼생활을 남편에게만 고정시켜놓았던 그녀는 "남편이 회사에서 최고의 자리에 오르면서부터" 바뀌었다. "비서가 남편을 도우면서 우두커니 서 있는 날이 많아졌"고, "한층 패기 넘쳐 보이는 남편을 인정할수록 자신은 초라해"졌다. 그리하여 "남의 삶을 산 것 같다며 울음을 터뜨렸"고 끝내 별거에 들어갔다.

대상애와 가족애의 화음

화자는 장애인 부부가 피아노의 조율을 다 마치고 "상기된 얼굴로 건반을 눌"러 "종달새의 비상"을 연주하는 모습을 바라보면서 친구의 새로운 가능성을 보았다. 친구가 피아노를 전공했기 때문에 더욱 기대감이 들었다.

화자는 "부부란 삶의 파고(波高)에서 생긴 흠집까지도 보듬어 세상에서 가장 애틋한 소리를 만들어가는 조율사"라고 생각했다. "처음엔 불협화음의 고통을 감수해야 할 테지만 조율의 시간을 거치고 나면 변형되기 이전의 소리를 찾을 수 있"으리라고 기대한 것이다.

6.

현대사회에는 "가족은 단순히 언어에 의해서 포착될 수 있는 단일한 것이 아니"라 "많은 사회적 단위들이 어느 정도는 가족으로 생각될 수 있"[2]다. 전통적인 가족의 개념이 퇴색하는 대신 상징적인 가족의 개념이 생성되고 있는 것이다. 어떤 단체나 집단에서 구성원들 서로가 가족의 호칭으로 부르는 것이 그 모습이다. 구성원들 사이에 공동체 의식과 연대감이 공유되고 있는 것이다.

박금아의 수필들은 이와 같은 상황을 반영하고 있다. 가족주의의 울타리를 넘는 의지와 윤리로 자신과 인연이 된 존재들을 품는다. 주체성을 가지고 능동적이고 적극적으로 가족애와 대상애를 발휘하는 것이다. 그리하여 작품들에서 소개되는 가족은 일반명사가 아니라 특별한 지시대명사로 각인된다.

사랑하는 두 아들과 남편을 잃고도 의연하게 살다가 세상을 뜬 병갑이 아지매(「동백꽃 피는 소리」)를 비롯해 손님들에게 특별한 즐거움을 주는 동네의 뻥튀

2   김경은, 「한국인의 가족에 대한 태도 : Q방법론적 접근」, 건국대학교 대학원 사회복지학과 석사학위 논문, 2009, 8~9쪽.

기 김 씨(「극장」), 제자 사랑이 지극한 최재호 교장 선생님(「교장 선생님과 오동나무」), 경기도 광명시 하안동 701번지 품앗이 가족들(「흔적」), 아파트 주민들이 버리는 쓰레기를 분리수거로 재활용하는 경비 아저씨(「제단을 짓다」) 등이 그러하다.

태왁에 생애를 매달고 하루에도 수십 번씩 바닷속으로 몸을 던지는 해녀로 살아온 할머니(「태왁, 숨꽃」), 평생 남의 귤밭에서 일해온 중년 여성(「"우린 날 때부터 어섰주"」), 시위 현장을 지나가다가 파출소장이 쏜 권총에 맞아 사망한 대학원생(「새」), 일제의 만행으로 만주로 끌려가 위안부 피해자로 살아온 할머니(「하늘말나리」), 영등포역에서 차 나눔 봉사를 하는 김 씨(「거리의 성자들」), 누이의 학비를 벌기 위해 제주도의 광어 양식장에 일하러 온 베트남 청년(「그의 누이가 되어」) 등도 떠오른다.

박금아의 수필들은 구체적인 어휘와 감각적인 문체와 견고한 구성을 통해 가족애와 대상애의 화음을 이룬다. 가족 사랑을 개인적인 영역으로 침잠시키지 않고 공유의 가치로 끌어올린다. 그리하여 수필들에서 지향하는 가족애는 현대사회의 물질주의와 인간 소외에 맞서는 친밀감과 역동성을 띤다.

제4부

난쟁이의 달나라

— 조미희 시집, 『자칭 씨의 오지 입문기』

1.

조미희 시인의 작품들에서는 조세희의 『난장이가 쏘아올린 작은 공』[1]의 분위기며 비유, 이미지, 환상성, 주제의식 등이 나타난다. 기형도의 시들에서도 조세희의 소설 세계가 나타나기에 결국 조세희, 기형도, 조미희로 이어지는 한국 문학의 한 계보가 형성되는 것을 볼 수 있다. 난쟁이로 상징되는 가난한 사람들의 불안과 두려움은 물론 그 상황을 극복하려는 난쟁이들의 희망이 각인되는 것이다.

가령 기형도의 「안개」에는 조세희의 소설 분위기가 반영되어 있다. 샛강을 끼고 주욱 세워진 공장들, 하늘로 치솟은 공장의 굴뚝들, 굴뚝에서 나오는 검은 연기, 코가 시큼하도록 탁한 공기, 출근하는 노동자들, 그곳에 내리는 짙은 안개 등이 지배하고 있는 것이다. 뿐만 아니라 신체적 결함을 딛고 열심히 일하지만 인간다운 삶의 권리를 갖지 못하는 조세희 소설의 난쟁이나 가장의 역할을 하느라고 온갖 고생을 하면서도 남편을 위하는 난쟁이의 아내는 기형도의 「위험한 가계 · 1969」의 아버지와 어머니로 등장한다. 기형도의 「오래된

---

1   1978년 6월 문학과지성사에서 발간한 것임. 이하에서는 '조세희(의) 소설'로 적는다.

서적」의 화자가 "기적을 믿지 않는" 세계관을 내보인 것은 조세희 소설의 "영수"(난쟁이의 큰아들)가 가정 형편상 중학교를 그만두고 인쇄소 직공을 거쳐 은강자동차 공장의 노동자가 되는 동안 독서를 통해 세상을 읽은 것과 같다. 조세희 소설의 북쪽 공업지역 안에 있는 노동자 교회의 목사 역시 기형도의 「우리 동네 목사님」에 나타난다. 노동자 교회의 목사는 노동자들처럼 더러운 옷을 입고 노동자들의 의식을 깨우치며 실천행동을 제시하는데, 기형도의 작품에 등장하는 목사 역시 어두운 천막교회에서 늘어진 작은 전구처럼 생활하면서 "성경이 아니라 생활에 밑줄을 그어야 한다"고 역설한다. "나는 즐거운 노동자"로 "가장 더러운 옷을 입"는다고 노래하면서 "세상은 신기한 폭탄, 꿈꾸는 부족에게 발견의 도화선"을 제시한 기형도의 「집시의 시집」의 "사내"는 조세희 소설의 난쟁이 친구인 "지섭"이다. "지섭"은 은강공장 회장집 아들의 가정교사로서 편하게 살 수 있었지만, 모순되고 부패한 현실을 참지 못해 노동자들보다 더러운 옷을 입고 손가락을 잃고 눈 밑에 상처를 입을 정도로 고통을 받으면서도 노동 운동을 전개했다.[2]

조미희의 시 세계가 조세희의 소설 세계를 계승한 면 중에서 '달나라'의 상징은 주목된다. 조세희의 소설에서 난쟁이는 달나라를 자신의 이상향으로 삼고 날아오르려고 했지만 가난과 소외감으로 인해 이루지 못했다. 난쟁이가 꿈꾸는 달나라는 지구에서 멀리 떨어진 우주 공간이 아니라 자신이 발 딛고 살아가는 지상 세계이다. "모두에게 할 일을 주고, 일한 대가로 먹고 입고, 누구나 다 자식을 공부시키며 이웃을 사랑하는 세계"(228쪽)인 것이다. 조미희가 추구하는 달나라 역시 이와 다르지 않다. 그리하여 시인은 사회적 존재로서 달나라를 포기하지 않고 날아오르려고 하는 것이다.

---

2   맹문재, 「난쟁이의 패러디」, 『지식인 시의 대상애』, 작가, 2004, 224~254쪽.

2.

자칭 씨는 매일 오지로 퇴근한다

사실 오지는 그리 멀지 않다
사람들은 세상 끝 어디쯤이 오지일 거로 생각하지만
자칭 씨는 그 대목에서 바람 빠진 풍선처럼 웃는다
오지는 바로 여기,
불가항력의 고통과 환상

자칭 씨는 사실 매번 길을 잃는다
오지란 그런 곳, 내 지적도에 없는
완전히 빠져나가지도 들어오지도 못하는 땅
언제 사라질지 모를 지붕과 대문의 주소
결심처럼 바짝 밀어 올린 뒤통수
벽과 벽을 밀며 자란 왕성한 야생성
이자와 실직과 월세의 나무줄기를 잡고
곡예를 한다
자칭 씨는 아슬아슬
멍으로 퍼져간다

오지는 계속 무너지고 노랗게 추락해 바스러지는 얼굴 위, 새로운 도시를 건설한다
재건축이라는 공룡과 건물주라는 신
공룡은 오랜 시간 오지를 주무르다 조금씩 먹어치운다
남을 것인가 떠날 것인가
잔인하게 자칭 씨의 손에 칼을 쥐여준다

내일은 계시가 내려오는 만기일
자칭 씨는 생각한다
문명에서의 오지는 도심 한복판에 있다고

오늘부터 자칭에서 타칭이 된다

　　　　　　　　　　　　　　　　　　　　　─「오지로의 입문」 전문

　위의 작품의 "자칭 씨는 매일 오지로 퇴근"하는데, 그에게 "오지"란 도회에서 멀리 떨어진 두메산골이 아니다. "사람들은 세상 끝 어디쯤이 오지일 거로 생각하지만/자칭 씨는 그 대목에서 바람 빠진 풍선처럼 웃는다". 왜냐하면 그의 "오지는 그리 멀지 않"은 "바로 여기"이고, 이곳에서 "불가항력의 고통과 환상"을 갖고 있기 때문이다.

　"오지로 퇴근"하는 "자칭 씨"는 "매번 길을 잃는다". 그에게 "오지"란 "지적도에 없는/완전히 빠져나가지도 들어오지도 못하는 땅"이고, "언제 사라질지 모를 지붕과 대문의 주소"이기 때문이다. 다시 말해 "이자와 실직과 월세의 나무줄기를 잡고/곡예를" 하는 거처지인 것이다. 그리하여 "자칭 씨"는 "벽과 벽을 밀며 자란 왕성한 야생성"을 안을 수밖에 없고 그에 따라 "아슬아슬/멍으로 퍼져"가고 있다.

　"자칭 씨"가 자신의 거주지를 "오지"라고 여기는 것은 "새로운 도시"가 건설되기 때문이다. "건축이라는 공룡과 건물주라는 신"이 있는데, "공룡은 오랜 시간 오지를 주무르다 조금씩 먹어치"우다가 마침내 "남을 것인가 떠날 것인가/잔인하게 자칭 씨의 손에 칼을 쥐여"준 것이다. "내일은 계시가 내려오는 만기일"이기에 "자칭 씨"는 "오늘부터 자칭에서 타칭이 된다"고 인식한다. 재개발로 인해 거주지에서 쫓겨나야 하는 처지이기에 스스로 소외되고 있는 것이다.

　"자칭 씨"의 이와 같은 상황은 조세희의 소설에서 난쟁이가 겪고 있는 고통과 좌절의 모습이다. 난쟁이는 재개발 사업으로 인해 철거 계고장을 받은 뒤 집이 헐리고 아파트 입주권을 받지만 입주비가 없기 때문에 결국 집을 잃고 만다. 자본주의 사회의 거대한 폭력 앞에서 도시 빈민인 난쟁이는 자신의 달나라를 포기할 수밖에 없는 것이다.

> 감자에 싹이 난다고 쌀이 될 수는 없다
> 가난은 별식이 되고
> 풍요는 갈수록 가난의 역습이 된다
> 배고플 때 먹던 음식이
> 살 빼는 건강식이 되어 돌아왔다
> 그러므로 쌀은 더는 자본을 대신할 수 없다
> 한 줌도 안 되는 한 벌 옷이 한 마을의
> 쌀농사 수맷값과 맞먹는 가격이라면
> 노동과 자본이 어긋난 맨틀이 되는 것이다
>
> 자, 지금은 감자에 싹이 나는 시기
> 망해도 흥, 흥해도 흥,
> 감자 꽃은 불끈, 꽃을 추어올리고
> 농부는 읍내의 부동산 앞을 어슬렁거린다
>
> 가난했던 시절 음식은
> 추억의 식단에 별식으로 올라와
> 고가로 팔자를 바꾸겠다는데
> 사람의 가난은 왜
> 이 모양 이 꼴로 여전히 천대받나
> 땅은 빌딩을 세워야 대우받고
> 아무리 감자에 싹이 나고 잎이 나고
> 쌀이 난다 해도
> 가난에는 돈이 열리지 않는다
>
> ──「감자에 싹이 나고 잎이 나서 쌀쌀쌀」 전문

어느덧 "배고플 때 먹던 음식이/살 빼는 건강식이 되어 돌아"온 시대가 되었다. "쌀은 더는 자본을 대신할 수 없다". 그동안 "가난"을 해결해주는 상징이었던 "쌀"은 자본주의 사회에서 더 이상 가치를 갖지 못하는 것이다. "한 줌도 안 되는 한 벌 옷이 한 마을의/쌀농사 수맷값과 맞먹는 가격이" 되고 있기 때문이다. 따라서 점점 심화되는 자본주의 사회에서는 "노동과 자본이 어긋난 맨틀이 되"고 있다. "감자에 싹이 나는 시기"여서 "감자 꽃은 불끈, 꽃을 추어올"리지만, "농부"는 농사를 짓는 데 관심을 두지 않고 "읍내의 부동산 앞을 어슬렁거"린다. 농사를 짓는 것보다 부동산을 잘 팔거나 매입해서 더 큰 소득을 얻으려고 하는 것이다.

이와 같은 상황에서 매매할 "부동산"이 없는 사람들이 갖는 상대적 박탈감은 크기만 하다. 화자가 "가난했던 시절 음식은/추억의 식단에 별식으로 올라와/고가로 팔자를 바꾸겠다는데/사람의 가난은 왜/이 모양 이 꼴로 여전히 천대받나" 하고 푸념하는 것이 그 상황이다. "땅은 빌딩을 세워야 대우받"는 자본주의 사회에서 "아무리 감자에 싹이 나고 잎이 나고/쌀이 난다 해도" "가난에는 돈이 열리지 않"는다. 그리하여 "자본"이 없는 화자는 조세희 소설의 난쟁이같이 좌절할 수밖에 없다.

3.

> 만삭의 여자는 산달 근처에서
> 결혼반지를 뺐다
> 배 안에 허기진 달이 차오르고
> 여자 얼굴에 일몰로 떨어지는 태양
> 타오르던 장미는 담장 밑으로
> 꺼질 듯 쓰러진다
>
> 여자는 1층과 2층 또 6층을 밟고 전당포로 간다

신과 전당포는 너무 높은 곳에 있다
열두 번을 후회하고 열두 번을 회개하며
머리로 흐르는 땀방울
낯선 방식의 거래
태아가 무두질처럼 배를 두드린다
무슨 큰 죄라도 저지른 것 같아
불룩한 배만 바라본다
수 없는 결심으로 따진다면
전당포와 신이 있다는 천당포는 비슷한 거리다
사막을 건너고 오병이어의 기적을 바라는 마음으로
한 달을 견디다 도착한 곳
전당포와 신은 가파른 곳에서 왜 여자를 기다렸을까
왜 사소한 사건들이 불행의 경사로
오염된 이불처럼 여자를 덮쳤을까
차라리 신도 악마도
여자를 잊을 때가 오면 좋겠다

전당포 문밖, 연둣빛 햇살이 몰려온다
여물지 못한 색이 아득하게
귓속말을 한다
아이는 심하게 요동치며
이 고행의 길목 앞에 발을
곰지락거린다

　　　　　　　　　　—「신과 전당포는 모두 높은 곳에 있다」 전문

　위의 작품에 등장하는 "만삭의 여자는 산달 근처에서/결혼반지를" 뺐다. 그 상실감으로 인해 "배 안에 허기진 달이 차" 올랐다고 느낀다. 그뿐만 아니라 "얼굴에 일몰로 떨어지는 태양"과 맞닥뜨리고, "타오르던 장미는 담장 밑으로/꺼질 듯 쓰러"지는 것도 본다. "여자는 1층과 2층 또 6층을 밟고 전당포로"

오르는 동안 "신과 전당포는 너무 높은 곳에 있다"고 생각한다. "신과 전당포"가 동등한 위치에 있다고 인식하는 것은 매우 중요하다. 자본주의 사회에서 전당포로 상징되는 자본의 위세가 신과 같다고 여기기 때문이다. 산달이 다가오는데 쓸 돈이 없어 결혼할 때 예물로 받은 반지를 팔아야만 하는 처지에 있는 "만삭의 여자"에게 신과 자본은 "너무 높은 곳에 있"는 것이다.

"만삭의 여자"는 "결혼반지"를 빼지 않으려고 "사막을 건너고 오병이어의 기적을 바라는 마음으로/한 달을 견디다"가 더 이상 버틸 수 없었다. 빵 다섯 개와 물고기 두 마리(五餅二魚)로 5천 명의 군중을 먹여 살렸다는 예수의 기적이 그녀에게는 불가능한 일이었다. 그리하여 반지를 팔려고 계단을 오르는 동안 그녀는 "열두 번을 후회하고 열두 번을 회개하며/머리로 흐르는 땀방울"을 흘릴 수밖에 없다. "낯선 방식의 거래"를 하는 동안 "태아가 무두질처럼 배를 두드"리자 "큰 죄라도 저지른 것 같아/불룩한 배만 바라"볼 뿐이다. 그리하여 "차라리 신도 악마도/여자를 잊을 때가 오면 좋겠다"고 희망하는 것이다.

누군가 달 귀퉁이를 아작아작 씹고 있다

집주인이 집을 비워달라 했다
달세를 다 갉아먹은 텅 빈 하늘이 오슬오슬 떨고 있다

꽁꽁 언 빨래를 걷으니 저녁
잿빛 하늘에서 총총 눈이 내렸다
일기예보는 계속 적중했다
별은 숨어 있어도 날카로운 모서리는 추웠다
억지로 물려받는 형벌도 있다
앙상한 가지들이 허공을 흩트렸으나
어둠은 곧 집합체로 모였다

눈은 무게를 알 수 없는 적막을 안고
세 없는 잠으로 투신했다
갚을 수 없는 날짜를 산다는 건 아주 모호한 감정

바람이 예민하게 문을 두드렸고 나는
무국적자처럼 떨었다
저녁 대신 설탕도 넣지 않은 내일을 마셨다
창틀로 고요가 시끄럽게 쏟아진다
인생은 이렇게 중독성으로 살아내는 것
커피색에 모두가 어두워진다고 생각했다
문이 없는 세상이 통째 나를 삼켰고
거미가 흔들리는 집을 지었다
환하게 보이는 사생활
흔들려도 살 수는 있겠지?

양 떼같이 몰려오는 눈송이를 세며 눈을 감는다
오늘 꿈은 맑았으면 좋겠고
봄볕에 졸고 있는 햇병아리 한 마리 사고 싶다

달이 성당 스테인드글라스로 반짝 떨어졌다
　　　　　　　　　　　　　　　　　　— 「달을 갉아 먹는 집」 전문

　위의 작품의 화자는 "누군가 달 귀퉁이를 아작아작 씹고 있"는 것을 느낀다. 그 "달"은 화자가 목숨 걸고 추구하는 이상 세계이다. 마치 조세희 소설의 난쟁이가 날아오르려고 한 달나라와 같은 것이다. "집주인이 집을 비워달라"고 하는 경우에 처한 화자는 불안감을 가질 수밖에 없다. "달세를 다 갉아먹은 텅 빈 하늘이 오슬오슬 떨고 있"는 상황 같은 것이다. "별은 숨어 있어도 날카로운 모서리는 추웠다/억지로 물려받는 형벌도 있다"라거나 "앙상한 가지들이 허공을 흩트렸으나/어둠은 곧 집합체로 모"이는 것도 마찬가지이다.

그렇지만 화자는 "바람이 예민하게 문을 두드"려 "무국적자처럼 떨"지만 "저녁 대신 설탕도 넣지 않은 내일을 마"신다. "인생은 이렇게 중독성으로 살아내는 것"이라고 다짐도 한다. "문이 없는 세상이 통째 나를 삼"키고 "거미가 흔들리는 집을 지"어도 "환하게 보이는 사생활/흔들려도 살 수는 있"으리라고 각오하는 것이다. 그리하여 "양 떼같이 몰려오는 눈송이를 세며 눈을 감"고 "오늘 꿈은 맑았으면 좋겠"다거나 "봄볕에 졸고 있는 햇병아리 한 마리 사고 싶다"고 희망한다. "달"이 점점 닳아져 삶의 터전이 위협받고 있지만, 좌절하지 않고 날아오르려고 하는 것이다.

위의 작품에서 화자가 품고자 하는 "달"은 이상향의 세계이다. 그 환상으로 인해 현실의 상황이 오히려 입체적으로 드러난다. 현실을 재인식시켜 화자가 살아가는 세상이 얼마나 힘들고 고단한지를 여실히 보여주는 것이다. 이와 같이 "달"은 "성당 스테인드글라스로 반짝 떨어"져 있듯이 현실과 공존한다. 가난으로 인해 고통 받고 신음하는 난쟁이의 삶은 물론 그 극복을 지향하는 인간의 의지가 부각되는 것이다.

4.

한 줄기 폭발음 뒤에 소리가 사라지고
정적 속으로 홀씨가 발사됐다

민들레는 바람보다 빠르게 날아올라
혜성과 같은 속도로 돌았다
봄가을이 같은 속력으로 돌아주었다

솟아오름엔
바람의 관심 폭풍의 이름이 관여했다

시속 6만 6천 킬로미터로 바깥을 달리고 안에서는 고요했다

계절을 건너고 너무도 가벼운 근원을 건너
빛이 발자국을 따라잡는 고단한 일상이지만
연착륙은 없었다
절정의 고요와 고요의 틈 사이
꽃 안에서 하루는 꽃 밖의 십 년이다
하루와 십 년 시차 속에서 겨울 별자리들
덩그러니 우주의 비밀이 되었다

착륙 순간 튕겨 오를 수 있는 홀씨에는
마음씨 좋은 지표면의 중력이 들어 있다

빛의 속도로 도착한 홀씨를 착륙시킨다
닿는 순간 볼트를 박는 뿌리들. 입사(入社)
우주까지 와서 취업을 했다
수습 기간도 없이 태양을 따라잡는 일을 시작한다
부서를 탐색하고 상사의 성향을 파악하며 뿌리내릴 궁리를 한다
아직은 빛보다 그늘에서 서성이지만
행성은 돌고 도는 것

채광창을 펼치고 암석지대에서 노란 신호를 보낸다
민들레, 행성에서 유일한 구조물이 되었다

           —「민들레 착륙기」 전문[3]

위의 작품은 바람을 타고 날아간 민들레 갓털이 씨앗을 정착시키는 과정을

---

3 식물에는 꽃을 피운 뒤 씨앗을 만들어 번식하는 종자식물과 꽃이 피지 않고 홀씨로 번식하
  는 홀씨식물이 있다. 민들레는 종자식물이지만, 위의 작품에서는 "홀씨" 이미지로 민들레
  의 독립성을 강조하는 것으로 보인다.

상상해서 그렸다. "한 줄기 폭발음 뒤에 소리가 사라지고/정적 속으로 홀씨가 발사"된 뒤 "민들레는 바람보다 빠르게 날아올라/혜성과 같은 속도로" 도는 데, "봄가을이 같은 속력으로 돌아주"고 "바람의 관심 폭풍의 이름이 관여"한 다. "시속 6만 6천 킬로미터로 바깥을 달리고 안에서는 고요"한 상황도 마련 된다. 한 알의 씨앗이 생명체로 탄생하는 데는 온 우주가 함께한다. 그뿐만 아 니라 "착륙 순간 튕겨 오를 수 있는 홀씨에는/마음씨 좋은 지표면의 중력"이 들어 있어 "빛의 속도로 도착한 홀씨를 착륙시킨다".

위의 작품은 "닫는 순간 볼트를 박는 뿌리들. 입사(入社)/우주까지 와서 취 업을 했다"라는 표현에서 보듯이 새로운 터전에 뿌리내리려고 하는 입사자의 모습을 담고 있다. "수습 기간도 없이 태양을 따라잡는 일을 시작"하고, "부서 를 탐색하고 상사의 성향을 파악하며 뿌리내릴 궁리를" 하는 한 노동자의 의 지와 열정이 새롭게 환기되는 것이다.

이렇듯 위의 작품은 조세희의 소설 세계를 계승해 새로운 리얼리즘을 추구 하고 있다. 조세희의 소설은 다양한 시점과 인유, 시간과 공간의 중첩 등은 물 론 환상과 상상력으로 가난한 난쟁이가 겪는 고통과 절망을 심화시키고 있다. "살기가 너무 힘들다. (중략) 그래서 달에 가 천문대 일을 보기로 했다. 내가 할 일은 망원렌즈를 지키는 일이야."(126쪽)와 같은 토로가 그 예이다. 가난을 극 복하려고 하는 난쟁이의 몸부림을 환기하고 있다. 이와 같이 환상성은 현실을 가리거나 왜곡시키는 것이 아니라 현실 인식을 심화시킨다. 현실을 모방하는 차원을 넘어 그 본질을 형상화하는 것이다.

그만하면 됐다
그만하자는 말
봄이 왔는데 온 봄에게 그만하자
그만하면 됐다고 말하면

봄이 멈춥니까

새싹 돋는 자리는
가장 간절하게 뜨거운 곳
노란 수선화에게
그만 노랗게 피라고
말할 수 있습니까

노란색이 다 피기까지
봄이 하염없이 짧기만 합니다

부끄러운 얼굴로
노란 리본을 달았습니다
노란색이 벼랑처럼 가파릅니다
세상에서 부모와 형제자매를 빼면
남는 것이 있을까요?
저 시린 리본은 그래서
우리의 것입니다

노란 수선화 알뿌리는
옹기종기 모여 봄을 기다립니다
누군가 훔쳐간 봄을
하염없이 기다립니다
죽은 아이들의 봄을
죽은 아이들 부모와 형제자매의 봄을
그리고 수선화 꽃잎 같은
촛불을 들고 광장에 모인 사람들의 봄을

그러니 그만, 이라는 말
하지 마세요

— 「그만이라는 말」 전문

난쟁이의 달나라

위의 작품의 화자는 "그만하면 됐다"라는 타자들의 의견에 동의할 수 없다고 표명한다. "봄이 왔는데 온 봄에게 그만하자/그만하면 됐다고 말하면/봄이 멈춥니까"라는 예까지 들고 있다. "새싹 돋는 자리는/가장 간절하게 뜨거운 곳"인데 "노란 수선화에게/그만 노랗게 피라고/말할 수 있습니까"라고 항변도 한다. 그만큼 화자는 자신의 이상 세계를 포기하지 않는 것이다.

화자가 지향하는 세계는 자신만이 잘사는 곳이 아니라 조세희 소설의 난쟁이가 바라듯이 모두가 일할 수 있고, 일한 대가를 제대로 받을 수 있고, 그리고 이웃과 함께 살아갈 수 있는 곳이다. 그리하여 화자는 "부끄러운 얼굴로/노란 리본을" 단다. "세상에서 부모와 형제자매를 빼면/남는 것이 있을까요?/저 시린 리본은 그래서/우리의 것입니다"라고 공동체 인식을 내보이고 있는 것이다.

"노란 수선화 알뿌리"가 "옹기종기 모여 봄을 기다"리는 것도 그 모습이다. "죽은 아이들의 봄을/죽은 아이들 부모와 형제자매의 봄을/그리고 수선화 꽃잎 같은/촛불을 들고 광장에 모인 사람들의 봄을" 기다리는 것도 마찬가지이다. 결국 세월호 참사로 희생된 사람들의 슬픔과 절망을 조세희 소설의 난쟁이 가족처럼 연대해서 극복하려는 것이다. "그러니 그만, 이라는 말/하지 마세요"라고 매듭짓는다.

> 「아버지를 난장이라고 부르는 악당은 죽여 버려.」
> 「그래. 죽여 버릴께.」
> 「꼭 죽여.」
> 「그래. 꼭.」
> 「꼭.」
> ― 「난장이가 쏘아올린 작은 공」 끝부분[4]

---

4 조세희, 앞의 책, 151쪽.

현대시의 가족애

난쟁이의 딸 "영희"는 팔린 집문서를 찾아오기 위해 재개발 지구의 입주권을 몰아 사들이는 부동산 투기업자를 찾아간다. 그리고 잠자리를 하면서 기회를 엿보다가 입주권을 훔쳐 도망친 뒤 동사무소며 구청이며 주택공사에 가서 필요한 서류와 입주금을 지불한다. "영희"는 집으로 돌아오는 길에 달 천문대 밑에 앉아 있는 아버지의 모습을 상상한다. 평소에 아버지는 달에 가서 천문대 일을 보게 될 것이라고 말했고, 하루에도 몇 번씩 달을 왕복했다. 그렇지만 "영희"는 전부터 아는 "신애 아주머니"로부터 아버지가 굴뚝에서 떨어졌다는 사실을 듣는다. 그 말을 듣자마자 "영희"는 목숨을 걸고 찾아온 집문서가 소용없을 정도로 아버지가 안쓰러워 울음을 터뜨린다. 그렇지만 좌절하지 않고 "아버지를 난장이라고 부르는 악당은 죽여 버"리자고 오빠들과 다짐한다.

조미희 시인 역시 달나라에 닿지 못한 난쟁이의 작은 공을 "광장에 모인 사람들"(「그만이라는 말」)과 함께 다시 쏘아 올리려고 한다. 가난한 사람들의 패배감과 절망감을 새로운 세계 인식과 연대 의식으로 극복하려는 것이다. 시인은 현실 세계를 담아내는 데 그치지 않고 이상향을 추구하고 있다. 현실을 단선적으로 모방하지 않고 새로운 리얼리즘의 관점으로 가난과 희망의 거리를 한층 더 인식하는 것이다.

난쟁이를 소외시키는 현실은 비인격화된 자본이 인격화된 인간을 지배하는 세상이다. 난쟁이는 봉건제도의 노비처럼 비참하게 살아갈 수밖에 없다. "천국에 사는 사람들은 지옥을 생각할 필요가 없"지만 "우리 다섯 식구는 지옥에 살면서 천국을 생각"(83쪽)할 수밖에 없는 상황인 것이다. 그렇지만 시인은 가난에 함몰되지 않는다. 현실의 구조적 모순에 더 이상 순응할 수 없다고 판단하고 타락한 자본에 맞서는 것이다.

시인은 난쟁이를 착취하는 자본주의의 교묘함과 악마성을 인지하고 있다. 부가 불평등하게 분배되는 것은 물론 폭력이 정당화되는 자본주의의 모순도,

인간의 사랑을 시장의 상품으로 판매하는 자본주의의 타락도 직시하고 있다. 그리하여 시인은 인간 존재로서의 사랑을 포기하지 않고 추구한다. 사랑을 외면하면 결국 이웃으로부터도 자기 자신으로부터도 소외될 수밖에 없음을 간파하고 있는 것이다. 달나라로 향하는 시인의 시 세계는 전진적이고 사회적이고 그리고 인간적이다.

사회학적 상상력
— 황주경 시집, 『장생포에서』

1.

밀즈(Charles Wright Mills)는 『사회학적 상상력』에서 개인의 문제가 사회 구조 및 역사 상황과 관계가 있다고 보고 상호작용을 탐구했다. 개인의 문제를 이해하기 위해 함께 살아가는 사람들은 물론 그를 둘러싸고 있는 환경을, 가령 사회의 구조는 어떻고 구성 요소는 무엇이며 서로 어떻게 연관되어 있는지, 사회를 변화시키는 기제는 무엇인지, 사회에서 우세한 사람들은 어떤 유형이고 앞으로는 어떤 사람들이 우세할 것인지, 자신이 살고 있는 사회의 본질적인 특징은 무엇이고 다른 시대와는 어떻게 다른지 등을 살핀 것이다.

사회학적 상상력은 개인의 상황을 하나의 관점으로 국한시키지 않고 다른 관점으로까지 살펴본다. 따라서 사회학적 상상력은 "가장 개인과 관계가 없고 멀리 떨어진 곳에서 발생된 변화로부터 인간 자신의 가장 개인적인 특징까지의 범위 및 서로 간의 관계들을 살펴볼 수 있는 능력"[1]이라고 볼 수 있다. 자

---

1   "It is the capacity to range from the most impersonal and remote transformations to the most intimate features of the human self- and to see the relations between the two."(C. Wright Mills, *Sociological Imagination*, Oxford University Press, 2000, p.7)

신의 존재가 사회적인 상황 속에서 어떤 관계가 있는지, 역사적인 상황 속에서 어떤 의미를 갖는지, 그리고 이 세계가 어떻게 움직이고 있는지 등을 탐색하는 것이다.

일반적으로 사람들은 자신의 현재 상황이 사회 구조 및 환경과 상관관계가 있다고 생각하지 않는다. 지식이나 정보 차원으로는 인지하고 있다고 하더라도 삶의 실제에서는 인식하지 못하는 것이다. 그 이유는 현대 자본주의 사회가 매우 복잡하고 전문화되어 있고 급변하기 때문에 한 개인이 이해하기는 어렵기 때문이다. 자신이 살아가고 있는 사회를 간파할 만큼 지식을 갖추고 정보를 획득하고 시간적인 여유를 확보하지 못하고 있는 것이다. 그리하여 대부분의 사람들은 자신을 사회적이고 역사적인 존재라는 사실을 망각하고 있다. 사회학적 상상력은 이와 같은 상황을 극복하고자 개인과 사회 및 역사의 관계를 인식하는 것이다.

밀즈는 사회학자들이 거대담론에 매달려 사회 현실을 제대로 간파하지 못하고 있다고 진단했다. 따라서 담론에 집중하기보다는 경험의 현실을 중시해야 한다고 보았다. 부분을 이해하기 위해서는 전체를 살펴봐야 하듯이 전체를 이해하기 위해서는 부분을 살펴봐야 한다고 제시한다. 결국 개인의 문제를 사회 전체의 문제와 연관해서 적극적으로 인식한 것이다. 황주경 시인의 작품들에 나타난 가족과 이웃 사랑, 노동 인식, 역사의식, 정치 참여는 이와 같은 사회학적 상상력의 산물이라고 볼 수 있다.

2.

아버지의 가계부는
세월이 가면서 점점 빛바랜 영광이 되어갔다

뒤란 궤짝에 버려져
잊혔던 놈을 꺼내 딱지로 만들었다

동무들과 어울려
팔이 빠지도록 딱지 치던 날
딱지 속에서 먼 고래 울음소리가 들려왔다

풀어헤쳐 자세히 살펴보니
어린 새끼를 등에 업은 말향고래 한 마리
숨구멍으로 급하게 물을 뿜어내고 있었는데

위태롭게 쪽배를 탄 아버지가 물귀신처럼 포효하며
푸른 파도 춤추는 바다 깊숙이
작살을 던지고 있었다

아버지의 가계부는 한 마리 말향고래의 항해일지였다

— 「반구대 암각화」 전문

위의 작품의 화자에게 "아버지의 가계부는/세월이 가면서 점점 빛바랜 영광이 되어"가는 물건에 불과했다. 그리하여 "뒤란 궤짝에 버려져/잊혔던 놈을 꺼내 딱지로 만들"어 가지고 놀 정도로 취급했다. 그러던 어느 날 화자는 "동무들과 어울려/팔이 빠지도록 딱지 치"다가 "딱지 속에서 먼 고래 울음소리가 들려"오는 것을 들었다. "딱지"를 "풀어헤쳐 자세히 살펴보니/어린 새끼를 등에 업은 말향고래 한 마리/숨구멍으로 급하게 물을 뿜어내고 있었"다. 그리고 "위태롭게 쪽배를 탄 아버지가 물귀신처럼 포효하며/푸른 파도 춤추는 바다 깊숙이/작살을 던지고 있었다".

그와 같은 모습을 본 화자는 "아버지의 가계부는 한 마리 말향고래의 항해일지"라고 말한다. "어린 새끼를 등에 업은 말향고래"나 가족의 생계를 짊어지고 작살을 던지는 "아버지"를 동일한 존재로 바라보는 것이다.

따라서 위의 작품의 제목을 "반구대 암각화"로 정한 것은 주목된다. 화자는 "가계부"를 쓰면서 온몸을 다해 살아온 "아버지"의 삶을 개인적인 차원을 넘어 인류적인 차원으로 이해한 것이다. "사회학적 상상력에 있어서 인류학적인 차원은 큰 비중을 차지한다. 왜냐하면 인류학은 인간 사회 생활의 형태가 만화경처럼 얼마나 다양한가를 보여주기 때문이다. 다른 형태의 사회들을 우리가 사는 사회와 대비시켜 봄으로써 우리는 우리 행동의 특수한 유형을 더 잘 발견할 수 있"[2]는 것이다.

주지하다시피 "반구대 암각화"는 울산광역시 울주군 언양읍 대곡리 반구동에 있는 바위벽 그림으로 신석기 시대부터 여러 시기에 걸쳐 제작되었다. 바다동물, 육지동물, 도구, 사람 등 300여 점이 새겨져 있는데, 그 중에서도 고래를 사냥하고 있는 그림이 눈길을 끈다. 무엇보다 선사시대의 인류가 고래를 사냥했다는 사실을 알려주기 때문이다. 따라서 "반구대 암각화"는 인류문화의 기원을 알려주는 유적일 뿐만 아니라 우리들에게 어떻게 살아가야 하는지를 알려준다. "선사시대의 인류들이 사냥하는 모습은 인간의 삶이 얼마나 힘든가를 보여주는 동시에 인간의 삶이 얼마나 가치 있고 위대한지를 알려준다. 인간은 아무리 위험하고 어려운 상황에 처해 있다고 할지라도 극복하는 존재라는 사실을 일깨워주는 것이다."[3]

　　삼계탕 한 그릇이 간편할 복날이다
　　식당 앞 긴 줄에 서서 차례를 기다리며

2　앤터니 기든스, 『현대 사회학』, 김미숙 외 역, 을유문화사, 1995, 46쪽.

3　맹문재, 「양식의 기원과 승화」, 백무산 외 엮음, 『반구대 암각화』, 푸른사상사, 2017, 130쪽.

자식들이 모두 떠난 고향집의 아버지를 생각한다
지금쯤 당신은 늙은 아내를 위해
마당에서 닭의 목을 비틀고 있을 것이다
오늘도 자급자족의 풍습을 고집하고 있을 당신,
그런 당신이 나는 이 세상에 진 것 같아 싫었다
다른 집처럼 우리 집도 일찍 도시로 나갔으면
나는 켄터키치킨의 묘한 양념맛에 길들여졌을 테고
뾰족한 도시의 부리에도 덜 쪼였을 것이라 원망했다

사상 최대의 무더위를 기록하고 있다는 오늘,
삼계탕 한 그릇 먹기 위해 땀 뻘뻘 흘리며 줄 서서야 깨달았다
아버지처럼 살고 싶지 않았던 나 역시
당신처럼 수렵의 본능에 충실하고 있다는 사실을,
그늘 아래서 아이와 아내가 나의 손짓만 기다리고 있었다

—「당신처럼」 전문

위의 작품의 화자는 "삼계탕 한 그릇이 간편할 복날"에 "식당 앞 긴 줄에 서서 차례를 기다리며/자식들이 모두 떠난 고향집의 아버지를" 떠올린다. "지금쯤 당신은 늙은 아내를 위해/마당에서 닭의 목을 비틀고 있을 것이다". 화자는 "오늘도 자급자족의 풍습을 고집하고 있을 당신,/그런 당신"을 "이 세상에 진 것 같아 싫"어했다. "다른 집처럼 우리 집도 일찍 도시로 나갔으면" "켄터키치킨의 묘한 양념맛에 길들여졌을 테고/뾰족한 도시의 부리에도 덜 쪼였을 것이라"고 원망해온 것이다.

그런데 화자는 "사상 최대의 무더위를 기록하고 있다는 오늘,/삼계탕 한 그릇 먹기 위해 땀 뻘뻘 흘리며 줄 서서야 깨"닫는다. "아버지처럼 살고 싶지 않았던" 자신 역시 "당신처럼 수렵의 본능에 충실하고 있다는 사실을" 발견한 것이다. 그와 같은 면은 "그늘 아래서 아이와 아내가 나의 손짓만 기다리고

있"는 모습에서 여실하다. 결국 화자는 자신의 "수렵" 생활이 "아버지"로부터 배운 것임을 알게 된다. 살고자 하는 욕망이 자신의 핏속에 흐르고 있음을 자각한 것이다.

> 파도처럼 출렁이던 청춘
> 울산 막노동판에 스며들어
> 돈 좀 더 벌어보겠다고
> 휴일, 긴급 정비 중인 유조선에 올라 철야 작업으로 기름 범벅이 되던 날
> 나의 큰 꿈 품은 고래 한 마리 어디론가 사라지고
> 검은 파도에 일렁이는 내 얼굴
> 기름인지
> 눈물인지
> 닦아내던 밤바다
>
> 다시 그 바다에 서보니
> 어쩌면 그 고래, 사라진 것이 아니라
> 저리도 푸른 포물선을 그리며
> 더 넓은 바다를 원고지로 시를 썼을 수도 있었겠다
>
> ―「장생포에서」 전문

위의 작품의 화자는 "파도처럼 출렁이던 청춘"의 나이에 "울산 막노동판에 스며들어/돈 좀 더 벌어보겠다"는 다짐으로 노동자의 길에 들어섰다. 그러던 "휴일, 긴급 정비 중인 유조선에 올라 철야 작업으로 기름 범벅이 되던 날" 자신의 "큰 꿈 품은 고래 한 마리 어디론가 사라지고/검은 파도에 일렁이는" 한 노동자의 얼굴을 보게 되었다. "기름인지/눈물인지/닦아내던 밤바다"에서 자신이 걸어온 길을 되돌아본 것이다. 그 결과 생의 꿈으로 삼고 찾던 "고래 한 마리"는 어디에도 보이지 않았다. 그뿐만 아니라 삶의 하루하루를 연명하는

일이 만만하지 않다는 사실을 새삼 깨달았다.

그렇지만 화자는 자신의 삶을 후회하거나 좌절하지 않는다. 자신이 희망한 "고래"를 획득하지 못했지만 실망하지 않고 묵묵히 걸어왔기 때문이다. 노동자의 삶을 부끄러워하지 않았을 뿐만 아니라 돈을 버는 것만을 목적으로 삼지 않았기 때문이다. 그리하여 화자는 "다시 그 바다에 서보니/어쩌면 그 고래, 사라진 것이 아니라/저리도 푸른 포물선을 그리"고 있다고 생각한다. "더 넓은 바다를 원고지로 시를 썼을 수도 있었겠"다고 자신의 길을 긍정하는 것이다. 결국 화자는 사회학적 상상력을 통해 한 노동자의 사회적 존재를 인식한다.

3.

"삼촌, 일로 오이소! 싱싱한 놈으로 잘해줄게"
방어진 활어 센터 순자네 아지매
그녀는 분명 나를 보고 호객 중인데
어라, 저 손에 쥔 회칼 좀 보소
쓰윽 쓱쓱, 맹인 검객처럼
저 혼자 무채 썰듯 오징어를 써는 중이나니
오징어 한 마리에 일백여 번의 칼질, 너비 오차 제로
그녀도 처음에는 손가락을 회 썰듯 했다는데
저 차가운 동해에 신랑 잃은 사연이나
하나뿐인 딸내미 꿋꿋하게 키워낸 억척이
춤추는 저 칼날 속에 숨겨져 있었나니
성난 파도 같은 모진 운명
칼 하나 들고 담담히 맞서다 보니
어느새 칼과 몸이 하나가 되었으리라

번뇌와 망상조차 단칼에 쳐낸 적 없이
하루하루를 맥없이 사는 나는 신들린 듯한 저 칼을 바라보며
밭 매는 데 인이 박여 허리마저 호미처럼 굽은
내 어머니를 생각하나니

—「심검당(尋劍堂)」 전문

위의 작품의 화자는 "삼촌, 일로 오이소! 싱싱한 놈으로 잘해줄게"라며 호객 행위를 하는 "방어진 활어 센터 순자네 아지매"를 자랑스레 소개한다. 화자가 주목하는 것은 "순자네 아지매"의 호객 행동이 아니라 "어라, 저 손에 쥔 회칼 좀 보소"라고 한 데서 볼 수 있듯이 그녀의 "회칼"이다. 그녀는 "쓰윽 쓱, 맹인 검객처럼/저 혼자 무채 썰듯 오징어를 써는 중"인데, "오징어 한 마리에 일백여 번의 칼질, 너비 오차 제로"의 경지를 보여주고 있다.

"그녀도 처음에는 손가락을 회 썰듯 했"을 정도로 칼질이 어설펐다. 그렇지만 그녀는 모진 결심을 하고 매달려 달인의 경지에 이르렀다. 그녀가 그렇게 할 수밖에 없었던 것은 "차가운 동해에 신랑 잃은 사연이" 있었기 때문이다. 그리하여 "하나뿐인 딸내미 꿋꿋하게 키워"내기 위해 그녀는 칼을 갈았다. 그녀의 "억척이/춤추는 저 칼날 속에 숨겨져 있"는 것이다.

화자는 "성난 파도 같은 모진 운명/칼 하나 들고 담담히 맞서다 보니/어느새 칼과 몸이 하나가" 된 그녀의 모습에서 "번뇌와 망상조차 단칼에 쳐낸 적 없이/하루하루를 맥없이 사는" 자신을 반성한다. 그리고 "신들린 듯한 저 칼을 바라보며/밭 매는 데 인이 박여 허리마저 호미처럼 굽은" 자신의 "어머니"를 떠올린다. 가족을 살리기 위해 온몸을 다해 살아온 "순자네 아지매"와 "어머니"의 삶을 숭고하게 여기는 것이다.

이와 같은 차원에서 위의 작품의 제목을 "심검당(尋劍堂)"으로 정한 것은 이해된다. "심검당"은 사찰에서 선실(禪室) 또는 강원(講院)으로 사용되는 건물에

현대시의 가족에

붙이는 이름이다. 승려들이 좌선하는 처소로 사용되는데, '지혜의 칼을 찾는 곳'이라는 뜻이 들어 있다. 화자는 한평생 회칼을 쓴 "순자 아지매"나 한평생 밭을 맨 "어머니"의 삶이 좌선에 정진하는 승려들 못지않게 위대하다고 본다. 그리하여 그들의 삶의 터전을 "심검당"이라고 부른다. 세속인들이 살아가려고 욕망하는 모습과 종교인들이 마음을 비우고 좌선하는 모습은 서로 상반되지만, 삶 자체에 헌신하고 있기에 경의를 표하는 것이다.

오토바이 가게 앞을 지나가는데
다리를 걷어붙인 청년 하나가 빨간약을 바르고 있다
스패너를 든 가게 사장이
다 고치는 데 시간이 좀 걸릴 것 같다고 말하자, 청년 왈
배달이 밀려 큰일이라며 성화를 부린다
나는 오지랖 넓게 가던 길을 멈추고
"배달이 뭔 대수냐? 빨리 병원부터 가시라"고 말하려는데
청년의 휴대폰이 울린다
"죄송합니다. 사모님, 곧 도착합니다. 조금만 기다려주십시오"
휴대폰에 대고 쩔쩔매는 청년의 정강이로
빨간약 서너 줄이 길게 흘러내리고
수시로 회사를 때려치운다는 내 입이 부끄러워
나오려던 말을 삼키고 가던 길을 재촉한다
오토바이 한 대 내 옆을 휙 지나간다

—「퀵서비스」 전문

위의 작품의 화자는 "오토바이 가게 앞을 지나가"다가 "다리를 걷어붙인 청년 하나가 빨간약을 바르고 있"는 모습을 발견한다. 그 청년은 "스패너를 든 가게 사장이/다 고치는 데 시간이 좀 걸릴 것 같다고 말하자" "배달이 밀려 큰일이라며 성화를 부"리고 있다. 화자는 "오지랖 넓게 가던 길을 멈추고/"배달

이 뭔 대수냐? 빨리 병원부터 가시라"고 말하려"고 했는데, 그때 "청년의 휴대폰이 울"렸다. 청년은 "죄송합니다. 사모님, 곧 도착합니다. 조금만 기다려 주십시오"라고 "휴대폰에 대고 쩔쩔"맸다.

'퀵서비스(quick service)'는 오토바이 등을 이용해 당일 배송을 목적으로 소화물을 수집 및 배달하는 노동 활동이다. 그렇지만 온라인을 기반으로 거래되는 플랫폼 노동자들처럼 퀵서비스 노동자들의 처우는 열악하기만 하다. 자신이 원하는 장소에서 원하는 시간만큼만 일하면 된다고 하지만 사업주 중심으로 노동을 해야 하기에 휴식을 제대로 갖지 못한다. 장시간 노동과 저임금에 시달리기도 한다. 또한 근로계약을 맺지 않아 노동법에 규정된 노동자의 지위와 권리를 갖지 못한다. 4대 보험을 적용받지 못하는 등 사회 안전으로부터 사각지대에 놓여 있는 것이다.

작품의 화자는 "휴대폰에 대고 쩔쩔매는 청년의 정강이로/빨간약 서너 줄이 길게 흘러내리"는 모습을 보며 "수시로 회사를 때려치운다는 내 입이 부끄러워/나오려던 말을 삼키고 가던 길을 재촉한다". 그 청년보다 자신의 노동 조건이 좋기에 상대적인 안정감 내지 만족감을 가졌다기보다는 청년이 처한 노동 환경을 새롭게 확인한 것이다. 그리하여 화자는 노동자의 열악한 형편을 사회적인 상황과 연관시켜 살펴보며 그 극복 방안을 모색하고 있다.

4.

학창 시절 전교 몇 등 하던 친구 녀석
시험 칠 때마다 대담하게 커닝을 했었는데
녀석이 말벌처럼 웅크려 책을 뒤적이면
교실은 꿀벌의 날갯짓 같은 아이들의 한숨 소리가 윙윙거렸다
그 속에는 모른 척 신문만 훑고 있는 감독 선생님에 대한 원망과

배경이 남다른 녀석에 대한 시기심과 두려움이 들어 있었는데
나는 이명처럼 왕왕거리는 그 소리가 너무 듣기 싫어
대충 찍고 엎드려 잠을 청하기 일쑤였다
그리고 어느 날 잠을 깨보니 지천명이 코앞이다
녀석은 여전히 말벌의 문양 같은 황금 배지를 달고
뉴스나 인터넷 속에서 으스대고
아이들은 그때처럼 숨어서 와글와글 댓글을 달고
나는 백지 답안 같은 막걸릿잔 앞에서
꾸벅꾸벅 졸음을 이기지 못하고 있다
세상은 달라진 게 하나도 없다

— 「말벌」 전문

위의 작품의 화자는 "학창 시절 전교 몇 등 하던 친구 녀석"을 소개하고 있는데, 그는 "시험 칠 때마다 대담하게 커닝을 했었"다. "녀석이 말벌처럼 웅크려 책을 뒤적이면/교실은 꿀벌의 날갯짓 같은 아이들의 한숨 소리가 윙윙거렸"고, "그 속에는 모른 척 신문만 훑고 있는 감독 선생님에 대한 원망과/배경이 남다른 녀석에 대한 시기심과 두려움이 들어 있었"다. 화자는 그와 같은 상황에 대항하지 못하고 "이명처럼 왕왕거리는 그 소리가 너무 듣기 싫어/대충 찍고 엎드려 잠을 청하기 일쑤였다".

작품의 화자는 "어느 날 잠을 깨보니 지천명이 코앞이"라는 사실에 놀랐는데, "녀석은 여전히 말벌의 문양 같은 황금 배지를 달고/뉴스나 인터넷 속에서 으스대고/아이들은 그때처럼 숨어서 와글와글 댓글을 달고" 있기에 더욱 놀랐다. 화자 역시 "백지 답안 같은 막걸릿잔 앞에서/꾸벅꾸벅 졸음을 이기지 못하고 있"는 형편이었다. 그리하여 화자는 "세상은 달라진 게 하나도 없다"고 단언한다. 시대가 지났는데도 불평등한 사회의 계급이 여전히 존속되고 있는 사실을 확인했기 때문이다. 그에 따라 화자는 불평등한 계급을 이용해 이

득을 챙기고 있는 "말벌"을 고발하면서 사회의 계급 모순을 어떻게 하면 극복할 수 있을까를 모색한다.

마르크스는 인간이 생존을 위해 사용하는 생산 수단의 소유 여부로 계급을 정의했다. 근대 산업 사회 이전에는 토지를 소유한 사람들과 그 토지에 자신의 노동력을 쏟아야 하는 사람들 간의 계급이 존재했고, 근대 산업 사회 이후에는 공장이나 기계 등을 소유한 사람들과 그것들에 자신의 노동력을 팔아야 하는 사람들 간의 계급이 존재했다. 귀족 및 양반과 농노 및 노비의 계급으로부터 부르주아와 프롤레타리아 계급으로 구성이 바뀐 것이다.

어느 시대나 계급에 의한 착취가 존재했는데, 마르크스는 자본주의 체제에서 발생되는 착취와 그것으로 인한 불평등에 특히 관심을 가졌다. 자본가는 점점 부를 축적하는 데 반해 노동자는 빈곤으로 말미암아 상대적 박탈감이 심화되는 면을 주시한 것이다. 물론 자본주의 체제는 세금 제도를 통해 자본가 계급이 부를 취득하는 데 제한하고, 복지 제도를 통해 노동자 계급의 생활수준을 향상시키고, 교육 제도를 통해 노동자에게 계급 향상의 기회를 부여하고 있다. 그 결과 근대 산업사회 이전의 농노나 노비보다 현대 자본주의 사회의 노동자는 물질적으로 풍요로운 생활을 하고 있다. 그렇지만 계급 간의 경제적 불평등으로 인해 많은 문제점을 낳고 있다. 소수의 대지주, 금융 자본가, 산업 자본가 등이 토지와 주식과 채권을 절대적으로 소유해 부와 소득의 불평등이 심화되어 최하층 계급에 속하는 실업자, 환자, 장애인 등은 극빈 상태에 놓여 있는 것이다. 따라서 이와 같은 상황을 극복하기 위해 사회의 구성원들이 행동에 나서는 것이 필요하다.

어둠 앞 촛불을 들고
광화문 이순신 장군 동상 앞에서

현대시의 가족애

박근혜 탄핵이라 외쳤네요
쓸개 빠진 사람처럼 울산에서 서울까지
을에서 갑이 된 듯
가장자리에서 중심이 된 듯
고래고래 고함을 질렀네요
장군은 동상이 되어서도
두 눈 부릅뜨고
빌딩 저 너머 적들을 지키시고
우리의 적은 항상
차벽 너머 저 안에 있었다며
장군께 억울하지도 않으냐고
고래고래 고함을 질렀네요
그해 봄을 몽땅 안고
아이들이 바다로 질 때도
물대포에 사람이
죽어 나가떨어질 때도
저 안은 꽃단장 잔치판을 벌였다고
반주에 취해 횡설수설,
자정 넘어 새벽이 되어서도 장군은 눈 하나 깜짝 않으시는데
졸음에 전의를 상실한 채 나는 그만
장군의 갑옷 자락에서
꿀잠에 들고 말았네요

— 「촛불연가」 전문

위의 작품의 화자는 "어둠 앞 촛불을 들고/광화문 이순신 장군 동상 앞에
서/박근혜 탄핵이라 외쳤"다. "쓸개 빠진 사람처럼 울산에서 서울까지/을에
서 갑이 된 듯/가장자리에서 중심이 된 듯/고래고래 고함을 질렀"다. 비록 "졸
음에 전의를 상실한 채" "장군의 갑옷자락에서/꿀잠에 들"기도 했지만 촛불
집회에 참여함으로써 국민의 주권을 회복하는 데 그 나름대로의 역할을 한 것

이다.

2016년 10월 29일부터 2017년 4월 29일까지 국민에 의해 진행된 스물세 차례의 촛불 집회는 우리 사회를 크게 바꾸어놓았다. 국정을 농단한 대통령은 탄핵되었을 뿐만 아니라 국민에 의한 평화적인 선거를 통해 정권 교체가 이루어졌다. 국민이 적극적으로 나서서 주권을 되찾았고 민주주의 가치를 바로 세운 것이다.

위의 작품에서 화자가 "촛불 집회"를 "연가"의 대상으로 부른 것은 의미가 크다. 그 어떤 계급도 "촛불"을 사랑하며 노래 부르는 민중을 이길 수 없는 법이다. "연가"는 감염성이 강해 또 다른 "연가"를 부르기에 한 개인은 개별화되어 있을 때와는 전혀 다른 존재가 된다. 개인을 넘어 전체와 연대하고, 자신의 이익과 함께 전체의 이익을 추구하고, 고립된 세계 인식을 극복하고 공동체적인 존재가 되는 것이다. 따라서 고도로 전문화된 자본주의 계급으로부터 소외당하고 있던 민중들은 모순된 상황에 맞서 주체성을 회복한다.

따라서 위의 작품은 사회학적 상상력의 추구로 볼 수 있다. 개인의 상황과 전체의 상황 관계를 인식하고 있을 뿐만 아니라 현재의 상황을 통해 미래의 상황을 전망하고 있기 때문이다. 사회학적 상상력은 "미래에 대한 우리의 가능성과 관련되어 있다. 사회학은 현재의 사회적 삶의 형태를 분석할 뿐만 아니라, 우리에게 열려 있는 '가능한 미래'가 무엇인가를 보여주기도 한다. 사회학적인 상상력의 추구는 단순히 사태가 어찌 되었는가 뿐만 아니라 우리의 노력 여하에 따라서 사태가 어찌 될 수 있는가까지를 보여"[4]주는 것이다.

이와 같은 차원에서 역사적 사건들을 다룬 작품들이 눈길을 끈다. 단순히 사건을 기록하거나 감상적으로 접근한 것이 아니라 우리 사회가 지향해야 할

---

4 앤터니 기든스, 김미숙 외 역, 앞의 책, 46쪽.

가치를 보여주고 있다. 가령 화자가 청계천에 세워진 전태일 열사의 흉상 앞에서 "그대의 거룩한 불도장 내 손바닥에 아로새"기며 "딱 한 번뿐일지라도 거룩한 불꽃으로 살고 싶다"(「딱성냥」)고 다짐한 것이 그 모습이다. 전태일 열사가 1970년 11월 13일 열악한 노동 조건에 항거해 분신한 것을 계기로 청계 피복노동조합이 결성되었듯이 불평등한 계급에 억압당하던 노동자들이 깨어난 역사를 화자는 되새기고 있는 것이다. "저것은 이 세상에서/가장 높고/가장 낮고/(중략)/가장 절망적이고/가장 희망적이"(「철탑 1 – 2013년 8월 현대차희망버스 현장에서」)라고 고공 농성장인 철탑을 노래한 것도 마찬가지이다. 2012년 10월 17일 현대자동차 비정규직 조합원이 현대차 불법 파견 인정 등을 요구하며 현대자동차 공장 인근의 고압 송전탑에 올라가 장기간 농성에 돌입하자 전국에서 현대차 희망버스를 조직해 울산으로 응원하러 온 역사를 되살리고 있는 것이다.

화자가 제주 4 · 3평화공원의 "돌에 새긴/두 아이의 이름//4세 김관주, 2세 김관주"(「유채꽃 멀미」)를 숙연하게 부르는 것도 그러하다. 1947년 3월 1일부터 1954년 9월 21일까지 제주도에서 일어난 4 · 3항쟁의 과정에서 희생된 민중들과 함께하는 것이다. "사이다 같은 여름휴가를 얻어/광주 5 · 18묘지"(「화려한 휴가」)를 찾아간 것도 마찬가지이다. 1980년 5월 18일부터 27일까지 광주지역 시민들이 요구한 민주화 운동에 기꺼이 동참하고 있는 것이다.

따라서 2014년 4월 16일 오전 8시 50분경 경기도 안산시 단원고등학교 학생 등 476명의 승객을 태운 세월호가 전남 진도군 조도면 부근 해상에서 전복되어 침몰한 세월호 참사를 다룬 작품들이 새롭게 읽힌다. "세월호 같은 슬픈 이별을 다시는 없게 해달라는,/아이들의 바람을 아직 알아듣질 못하지"(「꽃편지 1」), "해마다 4월이면 나는 창가 벚꽃으로 내려와/야외 교실을 차리는 저 아이들 때문에/안절부절못한다"(「꽃편지 2」), "그대 아닌 스스로를 위로하기 위해

이 자리에 선 나를/그대 절대 용서 마라"(「그대 나를 용서 마라」), "파도여 부디 이 엄마의 눈물을 전하여다오"(「아침밥상 ─ 고 황지현 양의 명복을 빌며」)라고 역사적 사건을 재인식하는 것이다.

우리 사회에는, 좀 더 구체적으로 말하면 우리 시단에는 시가 사회학적 상상력을 추구하는 것을 동의하지 않는 분위기가 만연하다. 시는 사회학적 상상력과 상관없는 것이라거나, 시가 사회학적 상상력을 추구하면 예술적으로 성공할 수 없다는 편견이 상당하다. 그렇지만 시인의 작품이 실존 상황이나 역사 상황을 담아내지 못했을 때 그 한계가 더욱 크다는 것을 깨달아야 한다. 생명력이 강한 작품일수록 사회학적 상상력이 크다는 것은 진리에 가깝다. 사회학적 상상력을 추구하는 시인은 자아와 세계 사이의 관계를 깊고도 넓게 인식함으로써 보다 주체적이고 역사적인 존재가 되는 것이다.

현대시의 가족애

함몰될 수 없는 이름, 광부

― 성희직, 정연수 시인

1.

한국 시문학사에서 광산시를 창작한 광부 시인으로는 김월준, 김태수, 박영희, 성희직, 이원규, 이청리, 정송환, 정연수, 정일남, 정환구, 최승익 등을 들 수 있다. 광산촌과 연고권이 있는 시인은 이외에도 좀 더 들 수 있지만, 광부 생활을 한 시인은 이렇듯 열 명 남짓하다.

광부 시인들의 수가 적다 보니 노동문학의 담론이 풍성했던 1980년대에도 광산시는 문단에서 주목받지 못했다. 그렇지만 광부 시인들이 창작한 시는 물론이고 소설 등의 작품은 노동문학에서 결코 배제할 수 없다. 노동의 구체성을 담고 있을 뿐만 아니라 노동문학의 전형이 되는 의의를 지니고 있기 때문이다. 탄광 작업의 현장, 광부들의 일상, 광산촌 풍경, 진폐와 규폐 문제 등을 담은 광부들의 작품이야말로 노동문학의 본질인 것이다.

1989년 석탄합리화정책 시행 이후의 광산촌은 급속하게 무너졌다. 국민 소득의 증대로 석탄 대신 가스나 전기 등의 에너지를 선호하는 시장 체제로 변화되고, 국제 에너지 환경도 석유 시장에 비해 석탄이 불리해 산업구조의 조정 차원에서 추진되었지만, 폐광에 따른 대책을 제대로 마련하지 않고 졸속으로 시행하는 바람에 광부들은 큰 타격을 입었다. "광부들을 싹 쓸어버리겠다는 석탄합리화 진압대"에 "봄눈처럼 순진한 광부들은 저항 한 번 못 해보고" "서울은 근처도 못 가보고/그저 안산으로, 수원으로, 부천으로"(정연수, 「사북은 봄날」) 쫓겨났다. 그리고 광부 생활을 하다가 부상당하거나 진폐나 규폐의 산업재해로 노동할 수 없는 광부들만 폐광촌에 남게 되었다.

정부는 폐광촌 광부들의 절실한 요구를 수용해 1995년 '폐광지역 개발지원에 관한 특별법'을 제정 공포한 뒤 2003년 카지노, 호텔, 테마파크 등을 운영하는 강원랜드를 개장했다. 강원랜드는 2007년 매출 1조 원을 돌파할 정도로 호황을 누리고 있는데, 정작 폐광촌 주민들에게는 기여하는 바가 없다. 더욱이 2012년~2013년 강원랜드에 채용된 518명 전원이 청탁 대상자였다는 언론 보도가 있듯이, 지역민들의 일자리 창출을 위해 설립된 강원랜드는 본래의 취지와 다르게 운영되고 있다. 한국 사회에서 힘 있거나 연줄 있는 부류들의 자식이 소위 '빽'이 없는 광부들의 자식 일자리를 차지하고 있는 것이다.

2.

예전에 땅에 묻힌 할아버지보다
더 이전에 땅에 묻힌 조상님네보다
더 깊은 땅속에 내가 있음은
살아가기 위해서지
죽기 위한 연습이 아니다

달아날 곳도 없는 비좁은 지하 막장
죽음의 신은 저 어둠 뒤에 숨어
언제라도 불쑥 튀어나와

내 목을 조를 기회를 엿보지만

내게도
날이 선 도끼, 날카로운 곡괭이
수많은 산을 잘라먹은
톱 한 자루 있으니 두렵지 않아

언젠가 한 번은 죽을 목숨이라지만
아직은 때가 아니지
아직은!
돌아가야 해 지금은

따뜻한 아랫목에 밥 묻어놓고
기도 소리 나지막이 날 기다리는
그 창가 불빛 환한 나의 집으로

—「광부 1」전문

위의 작품의 화자는 자신의 작업장에서 드는 감정을 절박하게 나타내고 있다. 광부들의 탄 캐기 작업은 "예전에 땅에 묻힌 할아버지보다/더 이전에 땅에 묻힌 조상님네보다/더 깊은 땅속에"서 이루어진다. "살아가기 위해" 갱 속에 들어가 목숨을 걸고 작업하는 것이다.

화자는 "달아날 곳도 없는 비좁은 지하 막장/죽음의 신은 저 어둠 뒤에 숨어/언제라도 불쑥 튀어나와//내 목을 조를 기회를 엿보"고 있다고 두려움을 느낀다. 실제로 막장 작업을 하는 도중 갱이 붕괴되거나 지하에 있던 물줄기가 갱도에 쏟아져 들거나 안전사고로 인해 연간 200여 명의 광부가 목숨을 잃었다. 따라서 화자가 작업 도중 죽음의 위협을 느끼는 것은 자연스런 모습이다.

그렇지만 화자는 그 죽음의 공포에 주눅 들지 않는다. "내게도/날이 선 도끼, 날카로운 곡괭이/수많은 산을 잘라먹은/톱 한 자루 있으니 두렵지 않"다고 말한다. 화자가 죽음을 두려워하지 않는 이유는 "죽음의 신"에 맞설 수 있는 든든한 무기를 지녔기 때문이라기보다는 반드시 살아야겠다는 의지가 강하기 때문이다. "언젠가 한 번은 죽을 목숨이라지만/아직은 때가 아니지/아직은!/돌아가야 해"라고 다짐하는 데서 여실히 볼 수 있다. 화자는 "따뜻한 아랫목에 밥 묻어놓고/기도 소리 나지막이 날 기다리는/그 창가 불빛 환한 나의 집"에 간절히 돌아가고 싶어 한다. 이와 같이 화자의 가족 사랑은 절실하고도 절박한 것이다.

위의 작품을 쓴 성희직 시인은 1991년 시집 『광부의 하늘』을 간행하면서 작품 활동을 시작했다. 또 다른 시집으로 『그대 가슴에 장미꽃 한 송이를』(1994) 및 『광부의 하늘이 무너졌다』(2022), 산문집으로 『성희직의 세상 사는 이야기』(2002), 『세상을 움직이는 힘, 감동』(2007)을 간행했다. 성희직은 광부 시인일 뿐만 아니라 노동운동가이고 정치인이다. 1986년 삼척탄좌 채탄광부로 5년 동안 일했는데, 해고된 동료를 돕는 모금운동에 나섰다가 해고되었고, 잇따른 광산사고로 동료들이 사망하자 안전대책을 촉구하며 작업을 거부하다가 해고되기도 했다. 1989년 당시 야당인 평화민주당 당사에서 단식 농성을 하며 해고 광부들의 복직 투쟁을 벌였는데, 정치권과 언론이 무관심을 보이자 광산작업용 도끼로 왼손 검지와 중지를 자르기도 했다. 이후 1991년 광역의원 선거에서 강원도의원 민중당 후보로 출마해 전국에서 유일하게 당선되었는데, 한국 역사에서 진보정당 당적으로 공직선거에 당선된 첫 경우였다. 이후 지역민들의 큰 사랑을 받아 강원도의회 3선 의원을 역임했다. 1994년에는 한 신부전환자에게 신장을 기증하기도 했다. 2007년부터는 진폐재해자들의 복지를 위해 투쟁위원장을 맡아 단체집회, 단식 농성, 배밀이 시위, 손가락 단지 등의 투쟁으로 진폐 재해자들이 기초 연금을 받을 수 있도록 하는 데 앞장섰다. 1990

현대시의 가족애

년의 탄광노동자 노동조건 개선 투쟁으로 2004년 민주화운동 유공자가 되었다. 현재는 정선진폐상담소 소장으로 있다.

3.

산맥을 넘는 눈발의 속살에는 집념이 담겼습니다. 자식만 보고 살자고, 동점 구문소를 지나 철암의 쥐라기 막장에 닿았습니다. 하얀 눈을 밟고 들어가다 보면, 이억 오천만 년 된 동굴 어귀에선 까만 눈이 내립니다. 크고 밝은 태백의 이름 언저리에는 진폐증 무덤들이 별처럼 총총 빛났고요. 아버지의 마지막 도시락 속에서 가래 끓는 기침이 벌레처럼 스멀스멀 기어 나왔습니다. 탄차가 무덤 위로 쌩쌩 내달리는 동안에도, 무덤을 열고 나온 아이들은 제 발로 동굴을 찾아갔습니다. 광부를 대물림할 줄 알았다면, 아버지는 산맥을 넘지 않았겠지요. 어머니는 아들이 팽개치고 간 책가방을 열고 하얀 쌀밥을 지었습니다. 눈은 그치지 않을 작정이지만, 어머니의 눈자위는 벌써 시래기처럼 바싹 말랐습니다. 폐광의 그늘에 웅크리고 있던 아들이 기침을 시작했습니다. 동굴 속에선 동발 한 틀 우지끈 부러지고. 화들짝 놀란 눈, 이럴 순 없잖냐며 마구 퍼붓고 있습니다.

— 정연수, 「오래된 동굴」 전문

위의 작품에서는 "자식만 보고 살자고, 동점 구문소를 지나 철암의 쥐라기 막장에" 들어가는 한 광부의 모습이 눈에 선하다. 화자의 아버지는 "산맥을 넘는 눈발의 속살에는 집념이 담겼"을 정도로 자식에 대한 기대를 걸고 힘든 작업을 기꺼이 했다. 그렇지만 생활은 나아진 것이 없어 "아버지의 마지막 도시락 속에서 가래 끓는 기침이 벌레처럼 스멀스멀 기어 나왔"을 뿐이다. "태백의 이름 언저리에는 진폐증 무덤들이 별처럼 총총 빛났"는데, 아버지도 그 일원이 된 것이다.

자식들은 광부 아버지의 기대를 이루지 못했다. "탄차가 무덤 위로 쌩쌩 내달리는 동안에도, 무덤을 열고 나온 아이들은 제 발로 동굴을 찾아"든 것이다. "광부를 대물림할 줄 알았다면, 아버지는 산맥을 넘지 않았겠지"만, 그것은 요원한 희망일 뿐이었다. 한국 사회에서 가난이 대물림되는 상황은 설명이 필요하지 않은 엄연한 현실이다. 부모의 소득이 낮을수록 가난이 대물림되어 빈곤의 악순환이 지속된다. 흔히 빈곤을 탈출할 수 있는 길로 교육을 들고 있지만, 그것은 극히 예외적일 뿐이다. 기회의 균등이 마련되어 있다고 하지만 어디까지나 기득권자들이 자신의 기득권을 합리화하기 위한 명분으로 내세우는 것이다. 소득의 양극화가 심화됨으로써 교육의 격차가 커져 결국 빈익빈 부익부 상황이 고착화되고 있다. "어머니"가 "아들이 팽개치고 간 책가방을 열고 하얀 쌀밥을" 짓는 것이 그 모습이다. 광부 남편의 도시락을 싸던 아내는 다시 광부 아들의 도시락을 싸게 되었다. 그리하여 "눈은 그치지 않을 작정이지만, 어머니의 눈자위는 벌써 시래기처럼 바싹 말랐"다.

광부가 된 아들 역시 아버지와 마찬가지로 "진폐증"을 앓는 재해자가 되었다. "폐광의 그늘에 웅크리고 있"어야 하는 실직자의 신세까지 되었다. 이와 같은 상황으로 보면 아들의 처지는 아버지보다 열악한 삶을 살아가고 있다. 광부의 대물림이 가난의 대물림을 심화시킨 것이다. "동굴 속에선 동발 한 틀 우지끈 부러지"는 것이 그 상황을 상징적으로 나타낸다. "화들짝 놀란 눈, 이럴 순 없잖냐며 마구 퍼붓고 있"는데, 광부 가족의 현실이 너무나 안타까워 눈조차 분노하고 있는 것이다.

정연수 시인은 태백에서 광부의 아들로 태어나 실제로 광부 생활을 했다. 그는 한국에서 처음으로 광산시를 연구해 문학박사 학위를 취득했을 만큼 광산문학 연구에 열정이 높다. 1991년 탄전문화연구소를 설립해 2004년까지 매년 『탄전문학』을 발간했으며, 『한국 탄광시전집』(2007)을 간행해 한국의 광산시 1,000편을 집대성했다. 시집으로 『꿈꾸는 폐광촌』(1993)을 비롯해 『박물관 속의 도시』(1997)와 『여기가 막장이다』(2021)가 있고, 산문집으로 『탄광촌 풍속

이야기』(2010) 및 『노보리와 동발』(2017)이 있다. 광부들의 삶의 애환과 광산촌의 문화를 작품을 통해 구체적으로 담아내고 있을 뿐만 아니라 광부들의 권익을 위한 활동에도 적극적으로 동참한다. 현재 강릉원주대학교에서 강의하고 있다.

4.

광부들의 시에서 주목해야 할 또 다른 면은 사북항쟁을 노래한 것이다. 1980년 4월 21일부터 24일까지 사북 동원탄좌 사북광업소 광부들이 총파업을 일으킨 것이 사북항쟁이다. 광부들은 열악한 근로조건과 어용 노동조합에 대항한 것인데, 유신체제의 억압에 이어 12·12군사쿠데타를 감행한 뒤 국가권력을 탈취해나가는 신군부에 대한 대항이기도 했다. 따라서 사북항쟁은 단순한 노동자 파업이 아니라 민주화 운동이라는 역사성을 갖는다. 신군부는 정권 탈취에 방해되는 세력은 무조건 진압했는데, 사북항쟁이 그 시작이었다. 신군부는 사북항쟁의 광부들을 "폭도로 내몰"았고, 광부들의 항쟁을 "폭동으로 진실을 왜곡"(성희직, 「1980년 '사북'을 말한다」)시켰던 것이다.

1980년 4월 15일 어용 노조위원장은 광산노동조합연맹 전국지부장 회의에서 합의한 42.7%의 임금인상을 무시하고 회사측과 20% 임금인상을 비밀리에 합의했다. 이 사실을 알게 된 광부들은 위원장 사퇴와 임금인상을 요구하고 나섰다. 4월 21일 오후 2시경 노조사무실에서 광부들 사이에 숨어 있던 사복 경찰을 발견해 붙잡으려고 하자 그는 제지하는 광부들을 지프 차량으로 깔아 뭉개고 도주했다. 목숨조차 경시한 경찰의 행동에 분노한 광부들은 시위를 통해 사북읍을 장악했다. 그리고 4월 24일 협상을 통해 합의함으로써 파업은 평화적으로 마무리되었다.

그렇지만 계엄당국과 강원도경은 원만한 수습을 약속하고도 70여 명의 광부들과 부녀자들 불법적으로 연행한 뒤 잔혹하게 폭행과 고문을 가했고, 40여 명을 구속했다. 이와 같은 역사적 사실이 있기에 사북항쟁을 부정적인 상황으로 나타내는 '사태'로 명명해서는 안 되고, 노노 갈등으로 국한시켜서도 안 된다. 사북항쟁은 기업주와 어용노조의 횡포로 말미암아 오랫동안 임금, 인권, 안전, 보건, 재해 보상, 복지 등에서 고통받아온 광부들의 집단 항의를 공권력이 왜곡시켜 폭행하고 고문한 반민주적이고 반인권적인 사건이다. 따라서 사북항쟁은 민주주의와 인권을 위해 저항한 부마항쟁, 5·18광주항쟁과 같은 차원에서 그 진상을 규명하고 역사적인 의의를 마련해야 한다.[1]

---

1   맹문재, 「사북항쟁의 역사성」, 사북민주항쟁동지회 엮음, 『광부들은 힘이 세다』, 푸른사상사, 2020, 145~147쪽.

현대시의 가족애

남민전의 계승

— 박석준 시집, 『시간의 색깔은 자신이 지향하는 빛깔로 간다』

1.

박석준은 한국 시문학사에서 남민전(남조선민족해방전선준비위원회)사건을 담아낸 시인으로 기록 및 평가될 것이다. 물론 김남주 시인이 남민전사건의 가담자로서 옥고를 치르면서 겪은 상황을 구체적으로 그려내었고, 박석률 운동가도 자신의 남민전 체험을 담아내었기에 박석준 시인이 선구적인 작업을 한 것은 아니다. 그렇지만 두 친형이 남민전에 가담함으로써 이루 말할 수 없는 고통과 불안을 겪어야 했던 상황을 한 권의 시집으로 담아낸 의의는 결코 작지 않다. 독재정권이 조작한 공안사건이 당사자뿐만 아니라 가족들에게 얼마나 가혹했는지를 증명해주는 것은 물론 독재정권을 유지하기 위해 민주화운동에 나선 사람들을 간첩 및 공산주의자로 조작한 역사에 책임을 묻는 것이다. 아울러 반인권적인 공안사건이 더 이상 우리 사회에서 일어나지 않기를 민주주의를 염원하는 사람들을 대변해 희망하는 것이다.

박석준 시인의 시 세계에 토대를 이루고 있는 남민전사건은 유신체제의 말기에 날조된 공안사건이다. 1976년 2월 이재문, 신향식 등은 군사독재정권의 폭정으로 말미암아 억압된 민주주의와 민족 해방을 목적으로 남민전을 비밀리에 조직한 뒤 유신체제를 비판하는 유인물과 조직의 기관지인 『민중의 소리』를 시민들에게 배포했다. 그러던 중 1979년 10월부터 11월 사이 북한과 연계된 간첩단으로 몰려 검거되었다. 신향식과 이재문은 사형을, 안재구, 최석진, 이해경, 박석률, 임동규는 무기징역을 선고받았다. 남민전에 가담한 문인으로는 김남주 시인, 이학영 시인, 임헌영(임준열) 평론가가 있었고, 박석률의 동생인 박석삼은 15년 형을 선고받았다.

박석률은 남민전사건이 간첩단 사건이 아니라 군사독재정권에 의해 조작된 공안사건이라는 의견을 다음과 같이 제시했다. 첫째, 남민전은 반국가 단체를 참칭하려고 한 사실이나 내란을 예비하거나 폭력 혁명을 시도한 사실이 없다. 남민전의 강령을 보면 유신독재정권을 타도하고 민족민주연합정권을 수립한다는 항목이 있지만, 이것이 정권을 직접 수립할 계획을 가졌다거나 예비했다는 증거가 되지 않는다. 전위대를 조직해 벌였던 과격한 활동은 재벌 응징과 자금 조달을 위한 목적에서 나온 것이었고, 또 일련의 정치 투쟁에서 선도적인 역할을 담당하기 위한 것이었다. 둘째, '남조선'이라는 명칭이 북한의 노선에 동조하는 반국가 단체임을 드러내는 것이라는 공안당국의 발표는 억지이다. 한국전쟁 이후 민족 분열을 영구화시키려는 세력들은 냉전시대의 흑백논리로 용어를 구분 지어 사용해왔다. 가령 동무, 인민, 남조선 등의 용어는 우리의 고유어인데도 불구하고 남한에서는 사용하는 데 꺼리고 있는 것이다. 셋째, 남민전 관련자 중 일부가 좌경 서적을 소지하거나 북한 방송을 청취했다는 사실이 좌경 단체의 증거라는 것은 조작이다. 판매되고 있지 않은 좌경 서적을 입수한 사람은 없었고, 북한 방송을 청취한 사람이 있었지만 동조한 사실은 없었다. 통일을 논의하기 위해서는 북한을 알아야 하므로 정보기관이나 정부 관계 부처가 독점하고 있는 북한 관계 자료를 민간인에게도 제공되어야 한다. 북한을 알기 위한 일부 구성원의 행동을 북한의 노선에 동조한 증거로

현대시의 가족애

왜곡시켜서는 안 된다.[1]

　박석준 시인의 이번 시집에는 남민전사건 외에도 민청학련(전국민주청년학생총연맹)사건이 등장한다. 민청학련사건은 1974년 4월에 발표된 공안사건으로 국가를 전복시키고 공산정권 수립을 추진했다는 혐의로 180여 명의 관련자들이 구속되거나 기소되었다. 유신체재에 대한 시민들과 대학생들의 반대 투쟁이 계속되자 군사독재정권은 불온 세력의 조종을 받아 반체제 운동을 했다고 날조한 것이다. 이 사건으로 여정남, 도예종, 서도원, 하재완, 이수병, 김용원, 우홍선, 송상진 등 인혁당재건위원회 8명이 사형을 당했다. 1975년 4월 8일 대법원에서 사형 판결이 확정된 뒤 상소가 기각되자 다음 날 곧바로 형을 집행했다. 이철, 유인태, 김병곤, 나병식, 이현배, 김영일, 김지하 등 민청학련 관련자들도 사형 선고를 받았지만 다행히 형이 집행되지는 않았다.

　남민전사건과 민청학련사건은 2차 인혁당사건과 밀접한 관련을 갖는다. 인혁당사건은 두 차례에 걸쳐 기획된 공안사건이다. 굴욕적인 한일회담에 대한 반대 투쟁이 거세지자 위기에 직면한 박정희 정권은 탈출구를 마련하기 위해 북한의 지령을 받고 국가 변란을 기도한 지하조직 인혁당(인민혁명당)을 적발했다고 1964년 8월 14일 발표한 뒤 관련자들을 처벌했다. 2차 인혁당사건(인혁당재건위원회사건)은 재야세력이 유신헌법에 대해 개헌청원 100만인 서명운동을 펼치자 1974년 4월 25일 공산계 불법단체인 인민혁명당이 민청학련사건의 배후 조직이었다고 발표한 것이다.

　남민전을 비롯해 민청학련, 인혁당 등의 조직이 결성될 수밖에 없었던 시대적인 상황을 이해할 필요가 있다. 1972년 10월 유신체제가 발족되고, 1973년 8월 8일 김대중 납치사건이 발생되자, 군사독재정권에 반대하는 시민들의 운

1　박석률, 『저 푸른 하늘을 향하여』, 풀빛, 1989, 332~341쪽.

동이 확산되었다. 박정희 정권은 그에 맞서 1974년 긴급조치 1호를 발표해 유신헌법에 대한 일체의 개헌 논의를 금지시켰고 위반자는 비상 군법회의에 회부했다. 그럼에도 불구하고 대학생들과 시민들의 투쟁이 계속되자 군사독재 정권은 민청학련사건, 인혁당사건, 남민전사건을 반체제 운동으로 조작해 발표한 뒤 극형과 중형으로 처벌했다. 이와 같은 탄압에 맞서려면 강력한 저항 운동이 필요했지만 더 이상 공개적인 방법으로는 가능하지 않았다. 그리하여 비합법적이고 비공개적인 조직 운동이 전개된 것이다. "우리 헌법은 3·1운동의 숭고한 이념과 4·19혁명의 이념을 계승한다고 밝힘으로써 국민의 저항권을 추상적으로나마 규정하고 있는데, 외세에 대한 저항, 독재 체제에 대한 저항은 그 어떤 폭압으로도 탄압할 수 없다고 하는 이 저항권의 행사와 온갖 형태의 예속과 억압으로부터 벗어나려는 자주권의 행사야말로 남민전이 결성되어야 했던 근거를 제공하는 것"[2]이라는 진단이 그 상황을 잘 나타내준다. 박석준 시인은 이 시집에서 민주화와 민족 해방의 길을 추구한 남민전의 정신을 계승하고 있다.

2.

통증이 와도 안대로 가릴 수도 결근을 할 수도 없다.
교육관이 뭐냐고? 글쎄요. '어떻게 살 것인가?'를 생각했을 뿐.

국밥집 가서 밥 한 숟가락 얻어 와라.
조퇴하고 가게에 들른 중1 나는 서성거리다 집으로 갔다.
어디 가서 얻어 온 거냐?
집에 가서, 가지고, 왔어요.

---

2   박석률, 위의 책, 334쪽.

그럴 줄 알았다. 사람은 정직해야 하지. 그런데,
말이 더 이어지지 않아서, 나는 심장이 뛰고 초조했다.
허약한 애한테 너무 뭐라 하지 마시오.
엄마가, 엄마의 목소리가 스며들자
아버지가 밥 한 숟가락에서 몇 알 떼어 큰형 이름 적힌 편지봉투에 바른다.
그러곤 갑자기 손을 잡아채어 불안하게 하면서 밖으로 걸음을 뗐다.
우리 식료품 가게 앞 큰길을 건너 의원으로 들어갔다.
의원에서 나오는 길로 아버지가 택시를 잡았다.
나를 업고 올라가, 70년 봄 동산 위 정자에 앉혀놓았다.
광주천과 무등산이 보이는 정자에 아버지가 서 있어서, 나는 불안한데
어떻게 살아야 하지?
아버지의 소리가 해 질 무렵에 귀를 타고 머리에 박힌다.
1년 후에 파산하여 아버지가 1974년에 서울로 갔다.
큰형이 민청학련 사건으로 수감되었다.

열아홉 살 다 지나가는 1976년 겨울, 두 걸음 걷다가
쓰러지는 나를 큰형이 업어 서울 병원으로 데려갔다.
팔로4징후였다. 형이 각서를 썼다. 무슨 소리가 들리고
엄마가 보인다. 기자라 한 사람이 물었고 오후에
큰형이 가져온 신문에 해가 바뀌고 며칠이 지난 시간과
국내 최초 성공, 내 이름이 실려 있다.

스물두 살 내가 느리게라도 걸을 수 있어 돈을 구하려고
이곳저곳 찾아다니다 11월에 본 가판대 신문, 적힌 사건,
큰형 이름. 눈물이 나고 내가 초라하게 여겨졌다.
남민전사건으로 큰형이 투옥되었다!
나는 부실하여 감당할 만한 일터를 먼 곳에서 구했다,
스물여섯에. 교사가 되었으나 큰형의 일로 안기부에게
각서를 써야만 했다. 13개월 후에 아버지가 떠났다.

여인숙 일을 접은 어머니는 단칸방에서 일터로 갈

남민전의 계승

사람을 깨운다. 그 후엔 나팔꽃 화분을 가꾸거나
오후엔 절룩이며 팥죽을 팔러 나가실 텐데.
새벽길에서 나는 7년 넘게 갇혀 있는
큰형 얼굴을 떠올린다, '어두운 곳에서 벗어나 지향하는
색깔로 시간을 만들어가는 것……'으로 생각을 이어간다.

　　　　　　　　　　　—「국밥집 가서 밥 한 숟가락 얻어 와라」 전문

　위의 작품의 내용을 상황의 흐름으로 읽어보면 다음과 같다. 식료품 가게를 운영하는 아버지는 큰아들에게 보낼 편지봉투를 붙일 풀이 필요해 화자인 작은아들에게 근처의 국밥집에 가서 밥 한 숟가락 얻어오라고 시킨다. 편지봉투를 붙일 풀 한 통 없을 정도로 집안이 가난했던 것이다. 중학교 1학년생이었던 화자는 조퇴하고 가게에 들렀다가 아버지의 말씀을 듣고 밥 한 숟가락을 가지고 온다. 아버지가 "어디 가서 얻어 온 거냐?"라고 묻자 "집에 가서, 가지고, 왔어요."라고 대답한다. 그러자 아버지는 "그럴 줄 알았다. 사람은 정직해야 하지."라고 칭찬하신다. 화자가 집에 가서 밥을 가지고 온 것은 다른 집에 가서 얻어올 정도로 숫기가 없었음을 보여주기도 하지만, 남의 도움을 받지 않고 스스로 해결하려는 자립심이 강했다는 것을 나타내기도 한다.

　화자는 아버지의 말씀을 듣고 나서 심장이 뛰고 초조해진다. 사람은 정직하게 살아야 한다는 아버지의 말씀이 새롭게 들렸기 때문이고, 몸이 허약했기 때문이다. 화자가 학교에서 조퇴하고 가게에 들른 것은 몸이 좋지 않아서였다. 아버지는 편지봉투에 풀을 얼른 부치려고 작은아들에게 근처의 식당에 가서 밥 한 숟갈을 얻어오라고 했는데, 아들은 집에 가서 가지고 오느라고 다소 늦었다. 그 때문에 아버지는 아들의 답답한 처신에 다소 실망했다. 그리하여 어디 가서 가져오느라고 이렇게 늦었느냐고 나무라는 목소리를 내려다가 최대한 감정을 자제하고 아들의 대답을 긍정해서 "사람은 정직해야 하지."라

고 칭찬한 것이다. 화자는 아버지의 그 말을 아주 복잡하게 받아들인다. 몸이 좋지 않아 심장이 뛰고 초조해지기도 한다. 그와 같은 모습을 옆에서 지켜보던 화자의 어머니는 "허약한 애한테 너무 뭐라 하지 마시오."라고 아들의 편을 들어준다.

아버지는 작은아들이 가져온 밥 몇 알을 떼어 큰아들의 이름이 적힌 편지봉투에 바른다. 그리고 나서 아들의 손을 잡아채어 가게 밖으로 나선다. 화자는 불안하게 아버지를 따라 걸음을 뗀다. 아버지는 가게 앞 큰길을 건너 의원으로 아들을 데리고 들어간다. 허약한 아들을 진료하기 위한 것이다. 그렇지만 그곳에서 오래 있지 못하고 나오고 만다. 그 이유는 의사가 작은아들이 무슨 병을 앓고 있는지 제대로 알지 못하거나, 의사가 추천하는 약을 구입할 돈이 없었기 때문으로 유추된다.

의원을 나온 아버지는 아들을 택시에 태워 근처의 동산으로 간다. 아버지는 아들을 업고 동산에 올라가 그곳의 정자에 내려놓는다. 광주천과 무등산이 선명하게 보이는 곳이다. 아버지는 그 정자에 서서 "어떻게 살아야 하지?"라고 혼잣소리를 낸다. 식료품 가게가 잘 되지 않아 걱정을 많이 하고 있는 것이다. 화자는 어린 나이지만 아버지의 그 소리를 슬프게 듣는다. 그때가 1970년이었다.

1년 뒤 아버지는 동산에 올라가 걱정하던 처지를 극복하지 못하고 파산하고 만다. 그리고 1974년 서울로 올라간다. 아버지가 서울로 올라간 것은 새로운 삶의 터전을 마련하기 위한 것이 아니라 "큰형이 민청학련사건으로 수감되었"기 때문이다. 집안의 형편이 어려운 데다가 큰아들이 공안사건에 연루되어 구속됨으로써 아버지의 걱정과 고통은 가중된다.

화자의 "큰형"은 실제의 인물인 박석률이다. 그는 1974년 4월부터 1975년 2월까지 민청학련사건에 관련되어 서울교도소, 안양교도소, 순천교도소 등에서 복역했다. 민청학련사건은 군사독재정권이 유신체제를 반대하는 시민들과 학생들을 공산주의 활동을 한 간첩단으로 날조한 공안사건이다. 아버지는 큰 아들이 시국사건에 가담되어 충격을 받았지만, 정직하게 살아가려고 한 행동 이었기에 실망하지 않는다. 그만큼 아버지는 큰아들을 믿었던 것이다.

그런데 화자는 열아홉 살이 되는 1976년 겨울 두세 걸음을 걷다가 쓰러지고 말았다. 마침 "큰형"이 민청학련사건의 복역을 마치고 나온 때였다. "큰형"은 동생을 업고 서울 병원으로 데려가 진단을 받았다. 그 결과 "팔로4징후"라는 선천성 희귀 심장병을 앓고 있는 것으로 밝혀졌다. 그 당시 팔로사징후는 고칠 수 없는 병이었다. 그리하여 "큰형"은 각서를 쓰고 동생을 임상실험의 대상으로 맡겼다. 그 결과 동생은 "국내 최초 성공"이라는 신문기사가 날 정도로 기적적으로 살아났다. 그와 같은 일로 화자는 자신의 생명을 살린 "큰형"을 은인으로 생각하게 되었다.

수술을 받은 화자는 느리게라도 걸을 수 있을 만큼 건강이 좋아졌지만 집안의 형편은 나아지지 않았다. 화자는 집에서 필요할 때마다 이곳저곳을 찾아다니며 돈을 구하러 다녔다. 그러던 11월 어느 날 신문가판대에서 "큰형"의 이름을 보게 되었다. 다름 아니라 "큰형"이 "남민전사건"으로 구속되었던 것이다. 그 순간 화자는 "눈물이" 났고 자신이 "초라하게 여겨졌다". 그만큼 "큰형"은 화자에게 하늘같은 존재였고, 아버지에게도 마찬가지였다. 아버지가 "계림동 집을 떠날 무렵 대학교 3학년인 나에게/"니 큰형은 크리스마스 날 석 방될 것이다./대학에 다닐 사람은 니가 아니고 니 큰형이다."/"너는 아무리 공부를 해봐야/니 큰형 손톱만큼도 못 따라간다."(「아버지-무너진 집」)라고 말씀 하신 데서도 확인된다.

"큰형"은 1977년 10월 남민전에 가입해 청년학생위원회 및 전위대의 핵심 구성원으로 활동하다가 1979년 11월 체포되어 사형을 구형받고 무기징역을

현대시의 가족애

선고받았다. 그 뒤 대전교도소, 대구교도소, 광주교도소로 이감되면서 옥고를 치렀다. 1988년 12월 21일 가석방 조치로 석방될 때까지 그는 "빈번한 설사, 가슴 답답, 등골 쑤심, 머리 아픔, 팽만, 둔통 등으로 안정을 기하지 못"[3]할 정도로 중병을 앓아 생명이 위태롭기도 했지만, 굴복하지 않았다. 가족들 또한 고통을 겪으면서 "큰형"을 위해 헌신했다. 아들의 영치금을 마련하려고 아버지는 "수감된/형들을 기다리며 수레를 끌고 고물을"(「먼 곳 1 – 돈과 나와 학생들」) 수집했고, 어머니는 "전기가 흐른가 몇 번 정신 잃었"(「1980년」)을 정도로 공안기관에 끌려가 고문과 폭행을 당했다. 그뿐만 아니라 어머니는 "삼형이 소내에서 단식투쟁하다가 고문당했다는 소식을/들었을 때, 췌장염을 앓고 있다는 큰형 소식을 듣고서/면회 신청을 했지만 좌절됐을 때, 교도소 정문 앞에 누워/"내 아들 내놓아라! 내 아들을 보기 전에는/여기서 한 발자국도 못 간다."고 농성을 하면서/면회 요구 투쟁을"(「슬픈 방 1」) 했다. 그러면서도 아들의 영치금을 마련하기 위해 "여인숙 일"을 했고, 고문당한 다리를 "절룩이며 팥죽을 팔"았다.[4]

남민전 사건에는 화자의 "큰형"뿐만 아니라 셋째형인 박석삼도 가담해 집안은 그야말로 풍비박산이 났다. 그와 같은 상황은

> 영치금을 구하러 돌아다니는 작은형, 간첩 집안이라고
> 쫓겨난 누나, 중학교, 국민학교만 나온 동생들 헌과 수,
> 유일하게 대학을 나왔으나, 몸이라도 성해야 할 텐데,

---

3 박석률, 위의 책, 237쪽.
4 어머니의 팥죽 장사는 다음의 작품에서도 볼 수 있다. "어머니가 누나랑 동지죽 장사를 시작했다./"뭘 이렇게 많이? …… 손님도 다 먹지 못할걸."/"그래도 그런 것 아니다. 여기까지 와서 죽 한 그릇/사먹을 형편이라면 얼마나 배고픈 사람이겠냐?"(「먼 곳 3 – 11월의 얼굴들과 빗물」)

하였을 때, 내가 본 어머니의 슬픈 눈.
나는 그 눈을 보고 죄스러워, 구직하겠다고 했다.
나는 어머니와 함께 구직하러 돌아다녔다.
찾아간 모든 곳에서, 너무 허약하다며 나를 거절했다.

—「먼 곳 1 – 돈과 나와 학생들」

라는 식구들의 모습에서 여실히 볼 수 있다. "형들"의 영치금을 마련하기 위해 가족들은 동분서주했고, 누나와 동생들은 학업을 중단할 수밖에 없었다. 가족 중에서 유일하게 대학을 나온 화자도 그냥 있을 수 없어 구직을 하러 다녔다. 그렇지만 몸이 너무 허약해 취직이 쉽지 않았다.

화자는 다행히 한 곳에 자리가 나 "스물여섯에 교사가 되었"다. 그렇지만 "큰형의 일로 안기부에/각서를 써야만 했"고, 교사가 된 뒤에도 형사들의 감시를 받아야 했다. ""해방전선? 그런 데에 관심 있소?'/소리에, 잠시 후 "없습니다." 말했다. 다시 1분쯤 지나/"학생들이 집에 찾아오기도 합니까?'/소리에, 출근하려고 방문을 열자, 날마다 구두/닦아 놀게요, 하고 학남이 대문 밖으로 뛰쳐나가는/장면이 떠올라 "아직은."이라는 말을 했다./"이젠 교사니까 학교 일에 신경 써주시오./딴생각 말고. 몸도 허약한데!"(「먼 곳 2 – 프리즈 프레임」)라고, 안기부의 압력을 받는 교장이 취조하듯 전하는 말도 들었다.

안기부나 형사 등이 직접 행위자가 아닌 친족을 감시하고 취조하는 것은 연좌제를 적용하는 것으로 명백히 불법이다. 연좌제는 범죄인과 친족 관계에 있는 자에게 연대책임을 지우는 것으로 그 피해가 너무 커 1894년 형사 책임 개별화 원칙이 선언되면서 폐지되었다. 그럼에도 불구하고 한국전쟁과 남북분단이라는 특수한 상황으로 인해 사실상 관행으로 적용되어 왔다. 가령 공무원 임용이나 해외여행 등에 적용해 당사자에게 불이익을 준 것이다. 연좌제의 문제점을 근본적으로 개선하기 위해 1980년 "모든 국민은 자기의 행위가 아닌 친족의 행위로 인하여 불이익한 처우를 받지 아니한다."라고 헌법 제13조 3항에 규정했다. 그렇지만 군사독재정권은 연좌제를 폐지하지 않고 위의 작품에서 보듯이 적용한 것이다.

큰아들의 석방을 학수고대하며 영치금을 마련하기 위해 온몸으로 헌신하던 아버지는 화자가 취업한 지 "13개월 후에" 세상을 뜨고 만다. 큰아들이 투옥한 지 53개월이 되는 1984년 4월이었다. "월요일 1교시를 끝내고, 교감의 말에 처음으로 조퇴를/하고 버스를 타고 내가 돌아왔으나, 아버지는 숨을 쉬지/않았다. 돈 구하겠다고 헌이 아침에 나갔다는데./헌이 가져온 30만 원으로 망월동에 묘지를/계약하고, 나는 묘비에 새겨질 글씨를 썼다." 그렇지만 아버지가 돌아가신 일을 감옥에 있는 형들에게 알릴 수 없었다. "장례를 치른 뒤 방 안은 어두운 길로 젖어들 것만 같았다./작은형이 회의를 하자고 하여, 결국/"말하지 말아라. 돌아가신 걸 알면 둘 다 괴로워서 병날/것이다. 그러면 지금까지 식구대로 고생한 보람도 없이."/라고 한 어머니의 말에 따르기로"(「아버지-무너진 집」) 한 것이다.

작품의 화자는 어렵게 취직한 교사직에 최선을 다했다. 눈에 통증이 와도 학생들에게 혐오감을 주지 않기 위해 안대를 사용하지 않았고, 결근도 하지 않았다. 학생들의 천진난만과 개성 유지를 살리려고 한 번도 강요하지도 구타하지도 않았다. 누군가 당신의 교육관이 뭐냐고 묻는다면 "내게 확실한 교육관이 있는 것인가?"[5]라고 깊게 고민한 뒤 "어떻게 살 것인가?를 생각했을 뿐"이었다고 겸손하게 말하겠지만, 나름대로 정직하게 걸어온 것이다. 그렇게 살아올 수 있었던 것은 "사람은 정직해야" 한다는 아버지의 말씀을 가슴에 새겼기 때문이다. 또한 민주주의와 민족 해방을 위해 온몸으로 싸운 형들이 거울

---

5   박석준, 『내 시절 속에 살아 있는 사람들』, 일월서각 · 한그룹, 1999. 98쪽.

처럼 서 있어서였다. 그리하여 화자는 새벽 출근길에서 "7년 넘게 갇혀 있는/ 큰형의 얼굴을 떠올린다". 그리고 "'어두운 곳에서 벗어나 지향하는/색깔로 시간을 만들어가는 것"이라고 생각한다. 결국 형들이 걸어간 길을 따라가기 로 다짐한 것이다.[6]

3.

가지 않으면 길이 생기지 않는다.
5월 14일, 16명이 먼 곳에서 전남대까지 왔는데,
장학사와 교장과 교감이 정문 봉쇄로 길을 막았다.
나는 기어이 광주 · 전남 지역 노조 발기인 대회장으로 갔다.

5월 28일, 아침 7시경 대절 버스가 목포에서 떠났다.
오후 1시에 전교조 결성대회가 개최될 한양대를 향해서.
결성대회를 원천 봉쇄할 거라는 뉴스를 들었기에,
더욱 한양대로 가야 한다는 심정이 절실해서.
일로에서 전경이 10시를 넘길 때까지 길을 막아
광주 진입로에서도 길을 막아 12시를 훨씬 넘겨버렸다.
전남대 중앙도서관 앞 잔디밭에서 결성대회를 가졌다.
가야 하는데, "만세! 결성됐어!" 소리가 났다.
돌아가는 길에서 나는 뇌리에 '속보'라는 말을 새겨냈다.

6월 9일 김성진 등 전날 식당에 모였던 선생들은 모두
8시가 아직 안 된 이른 시각에 현관 앞에 도착했다.
결의를 굳히기 위해서, 만일의 경우를 대비하기 위해서.
곧 윤보현 선생이 교장실로 들어갔다.

---

6 다음의 작품에서도 확인된다. "형이 나를 살려냈는데, 탄원서를 써야겠다. 생각을 한다/나 때문에 갇혀버린 나! 나도 가야 하는데……"(「먼 곳 3 – 11월의 얼굴들과 빗물」)

교직원노조 먼 곳 분회를 결성한다는 뜻을 전하기 위해서.
점심시간이 되자 한 사람씩 조용히 4층 강당으로 갔다.
1시 20분경, 4층에서 교원노조가 흘러나가기 시작했다.
흐르는 전주에 감흥이 일어나 나는 자리에서 빠져나갔다.
왼쪽으로 가, 팔을 흔들며 솟구치는 희열에 젖어
"살아 숨 쉬는 교육 교육민주화 위해 가자, ……."
대중에게 처음으로 노래를 선동하며 목소리를 쏟아냈다.
"교장으로서가 아닌 개인적인 입장에서는 교직원노조
먼 곳 분회가 발전되기 바라는 바입니다만……."이라고
아리송한 발언으로 우리들의 일에 끼어들어 왔는데……,
하루 뒤인 6월 10일에 전교조 전남지부가 결성되었다.

6월 17일 토요일, 학교 앞 삼거리에서 나왔을 때에,
1시 20분경에, 건너편 인도에 모여드는 선생들을,
그 20미터쯤 아래 전문대 쪽엔 차도의 전경을 보았다.
전문대가 목포지회 결성대회장인데.
밀고 밀리고, 어느 결엔지 내가 제1열에 서 있었다.
막기만 하던 전경이 교사들의 턱밑에 방패를 들이대고
뒤에서는 공권력을 무너뜨리려고 밀어붙이고,
견디다 못한 1열의 4인 스크럼이 풀어졌는데,
나는 방패에 오른쪽 손등을 찍혀버렸다.
피가 나고 등 뒤가 허전한데, 돌연 전경들이 내려갔다.
집회 예정 시간인 2시를 20분이나 지났는데.
교사들이 삼삼오오 흩어져서 집회장으로 가고 있었다.
전문대 정문 앞에서 '더불어'와 '자고협' 소속
낯익은 학생들의 "전교조 사수!" 하는 외침이 흘렀다.

6월 19일 월요일 오전 휴게실에 있는 나에게
"지회 결성 상황으로 미루어보니까 단위 학교에도 탄압이
올 것 같은데……, 앞으로 어떻게 대처하면 좋겠는가?"
하고 가야 할 길을 김성진 선생이 물었다.

남민전의 계승

"일단 미술실로 거점을 잡읍시다."
왜 그러느냐고 묻는 김 선생에게 설명했다.
"등잔 밑이 어둡다고 1층 교장실 다음다음 교실에서
일이 진행된다고 선생들이 쉽게 생각할 수 있겠습니까?"

—「속보, 나의 길―존재함을 위하여」 전문

위의 작품은 화자 자신이 전교조(전국교직원노동조합)의 결성 과정에 참여한 모습을 차례로 보여주고 있다. 화자는 1989년 "5월 14일, 16명"의 근무지 교사와 함께 "전남대까지 왔"다. 그 상황을 파악한 "장학사와 교장과 교감이 정문 봉쇄로 길을 막았"지만 화자는 "기어이 광주·전남지역 노조 발기인 대회장"에 참석했다. 화자가 이와 같이 행동한 것은 "가지 않으면 길이 생기지 않는다"라고 생각했기 때문이다. 마치 노신이 "희망이라는 것은 본래 있는 것이라고 말할 수 없지만, 없는 것이라고 말할 수도 없다."(「고향」)라고 말한 것과 같은 신념을 가진 것이다. 화자는 "무수한 과제를 안고 전진하는 역사 속에서 우리의 함성이 드높이 울리는 그날이 언젠가는 오리라"[7]는 것을 믿고 옥고를 치른 "큰형"의 길을 따랐다.

전교조 결성을 위한 화자의 행동은 1989년 "5월 28일, 아침 7시경 대절 버스가 목포에서 떠났다./오후 1시에 전교조 결성대회가 개최될 한양대를 향해서"의 상황에서 볼 수 있듯이 지속되었다. 그날 "결성대회를 원천 봉쇄"하는 바람에 "한양대로 가"지 못하고 대신 "전남대 중앙도서관 앞 잔디밭에서 결성대회를 가졌다". 비록 서울의 개최지까지는 못 갔지만 "만세! 결성됐어!"라는 함성을 들을 수 있었다. 그 순간 화자는 "뇌리에 '속보'라는 말을 새겨"넣을 정도로 환희를 느꼈다.

---

7 박석률, 위의 책, 225쪽.

그렇지만 전교조의 결성은 쉽게 이루어지지 않았다. 1989년 "6월 9일 김성진 등 전날 식당에 모였던 선생들은 모두/8시가 아직 안 된 이른 시각에 현관 앞에 도착했다./결의를 굳히기 위해서, 만일의 경우를 대비하기 위해서./곧 윤보현 선생이 교장실로 들어갔다./교직원노조 먼 곳 분회를 결성한다는 뜻을 전하기 위해서"였다. 그 뒤 "점심시간이 되자 한 사람씩 조용히 4층 강당으로 갔다./1시 20분경, 4층에서 교원노조가 흘러나가기 시작했다./흐르는 전주에 감흥이 일어나" 화자는 "자리에서 빠져나갔다./왼쪽으로 가, 팔을 흔들며 솟구치는 희열에 젖어/"살아 숨 쉬는 교육 교육민주화 위해 가자, ……."/대중에게 처음으로 노래를 선동하며 목소리를 쏟아냈다". 화자를 비롯한 교사들의 적극적인 행동에 교장은 ""교장으로서가 아닌 개인적인 입장에서는 교직원노조/먼 곳 분회가 발전되기 바라는 바입니다만……."이라고/아리송한 발언으로 우리들의 일에 끼어들어 왔"지만, 화자를 비롯한 교사들은 굳건한 뜻을 지켜 "하루 뒤인 6월 10일에 전교조 전남지부"를 결성했다.

전교조의 설립은 지회나 단위학교로 내려갈수록 이해관계가 맞물려 있기 때문에 어려움이 컸다. 그와 같은 모습은 1989년 "6월 17일 토요일, 학교 앞 삼거리에서 나왔을 때에,/1시 20분경에, 건너편 인도에 모여드는 선생들을,/그 20미터쯤 아래 전문대 쪽엔 차도의 전경을 보았다./전문대가 목포지회 결성대회장인데./밀고 밀리고, 어느 결엔지 내가 제1열에 서 있었다./막기만 하던 전경이 교사들의 턱밑에 방패를 들이대고/뒤에서는 공권력을 무너뜨리려고 밀어붙이고,/견디다 못한 1열의 4인 스크럼이 풀어졌는데,/나는 방패에 오른쪽 손등을 찍혀버렸다"와 같은 상황에서 여실하게 볼 수 있다. 그렇지만 화자는 물러서거나 포기하지 않았다. "피가 나고 등 뒤가 허전"했지만 집회장으로 간 것이다. 전교조 결성을 결의한 교사들도 "집회 예정 시간인 2시를 20분이나 지났는데"도 불구하고 "삼삼오오 흩어져서 집회장으로" 모여들었다.

"전문대 정문 앞에서 '더불어'와 '자고협' 소속/낯익은 학생들의 "전교조 사수!" 하는 외침"도 들려 더욱 힘이 났다.

1989년 "6월 19일 월요일 오전 휴게실에 있는 나에게/"지회 결성 상황으로 미루어보니까 단위학교에도 탄압이/올 것 같은데……, 앞으로 어떻게 대처하면 좋겠는가?'/하고 가야 할 길을 김성진 선생이" 묻자 화자는 "일단 미술실로 거점을 잡읍시다."라는 전략을 내놓았다. "왜 그러느냐고 묻는 김 선생에게 설명했다./"등잔 밑이 어둡다고 1층 교장실 다음다음 교실에서/일이 진행된다고 선생들이 쉽게 생각할 수 있겠습니까?'"라고 명쾌하게 그 근거를 제시한 것이다.

이와 같은 화자의 행동은 "지역 교협 창립대회장인 성당,/그 앞길에서. 뛰어온 형사 10여 명이 나를 포위한/지난달 토요일 낮"이며 "12월 첫 금요일, 퇴근 시간이 된 후에, 2층 회의실에서/평교사회 창립대회를 진행하는 마이크 소리가 흘러"(「먼 곳 4-수감된 거리에 서면」)나왔다고 밝힌 데서 보듯이 이전의 경험이 축적되었기에 가능했다. 실제로 화자는 1987년 10월 17일 목포교협 창립과 1987년 12월 4일 영흥고 평교사회 창립 등에 관여했다. 또한 참교육 실천을 위한 학생들의 조직인 "더불어"나 "자고협"(조직 자주 교육 쟁취 고등학생 협의회)과도 긴밀한 관계를 유지하고 있었다.

이와 같이 작품의 화자는 전교조 과정을 몸소 겪었다. 1989년 7월 9일 교사들은 전교조의 합법성 쟁취를 위한 범국민대회를 개최했는데, 화자는 19명의 교사와 전야제를 갖고 "전원 연행 각오할 것, 상황에 따라 묵비권을 행사할 것/소속 신분을 밝히지 말 것" 등을 각오하고 참가했다. "9일, 아침에 목포에서 출발한 대절버스가" "한강 고수부지"에 도착해 "대동단결, 대동투쟁, 전교조 합법성 쟁취하자!"(「7·9대회」)라고 구호를 외치자 전경들이 몇 겹으로 포위해 경찰서에 연행되어 조사까지 받았다.

화자는 범국민대회에 참가한 뒤 학교로 돌아와 전교조 교사들과 함께 7월 11일부터 무기한 단식 수업과 철야 농성 투쟁에 들어갔다. "8월 4일 8시 반경에 교장이 농성장 안으로 들어"와 ""탈퇴 문제를 신중히 고려해봄이 좋을 것 같은데./소낙비는 피해 가는 것처럼"이라고 회유하자 "분열시키려는 의도라고 판단하여" 반발했다. 그 일이 있은 지 "열흘 후 나와 강, 4김, 신, 안, 윤, 9인이/먼 곳에서 직권면직 되었다"(「단식 수업 그리고 철야농성」).

1980년대에 들어 과도한 입시교육, 학교 조직의 관료화, 정치 활동 통제 등에 문제 제기를 하는 교사들이 소모임을 만들고 교육자협회 등의 사회단체들과 연대 활동을 했다. 그 결과 1986년 5월 10일 교육민주화선언을 발표했고, 1987년 9월 27일 전교협(전국교사협의회)을 창립했다. 그렇지만 전교협은 공식적인 교사 단체가 아니었기 활동에 제약을 받게 되어 1989년 5월 28일 전교조를 결성했다. 전교조는 교육 환경 및 제도 개선, 교육 민주화와 자주성 확립, 교사의 노동3권 보장, 참교육 실천 등의 활동을 추진했다. 그렇지만 당시 노태우 정권은 전교조를 불법단체로 간주하고 1,500명 이상의 관련 교사를 구속하거나 파면하거나 해임했다.

직권면직을 당한 작품의 화자는 실직자로서 살아가기가 어려웠다. 그리하여 "10미터 간격의 책상에 '500원'이라고 쓴 종이를 붙이고/끈이 달린 참교육 세라믹 볼펜 500개가 담긴 박스를/열어놓았다. 2인 1조로 길가에서 장사를 시작"(「볼펜을 팔면서」)하며 버티어 나갔다. 화자는 그와 같은 생활을 하면서도 전교조 합법화와 민주 대개혁을 위한 전국교사대회 등에 적극적으로 참여했다. "7개월째 말이 단절되고 일로부터 소외되"고, "심장에 이상이 생겨 다리와 발등이 붓는다고 진단"을 받고, "불우이웃이 되어 받은 쌀로 연명"했지만, "오늘 참가하지 않으면 나는 잊혀진 사람이 될 것"(「장밋빛 인생」)이라고 생각하고, 1992년 11월 8일 서울대에서 열린 행사 등에 참석한 것이다. 이와 같은 노력

끝에 1999년 '교원의 노동조합 설립 및 운영 등에 관한 법률'이 제정되어 전교
조는 합법화되었다.

화자가 전교조의 합법화에 온몸으로 참여한 것은 시대의 임무를 수행하기
위해서였다. "음악이 끊기면서 대통령이 서거했다는 뉴스가 삽입됐다./광주
로 돌아온 날, 4월부터 나를 감시하고 시험도 방해한/형사가, 광주와 서울 각
다섯 명인 형사가 보이지 않았다./11월엔 해방전선, 큰형, 삼형, 검거 기사를
보았다"와 같은 상황에서 "1년간 학사경고를 받은 나는 문리대 벤치에서 쇼
윈도/세상을 생각하거나 하다가 4월부터 데모대에 끼어들었다./5월 15일 오
후 4시엔 도청 앞 집회에" 참석한 모습에서 볼 수 있다. 그렇지만 화자는 "우
리 집 쪽으로 총검을 지닌 계엄군들이 가는 것을 보고/불안하게 걷는 나. 우리
집 대문 앞 술집으로 들어가기에,/숨죽여 어떻게 열렸는지 모른 대문 안으로
들어간 나."(「1980년」)라고 밝혔듯이 아픈 몸이 따라주지 않았을 뿐만 아니라
목숨 걸고 맞설 용기가 부족했기 때문에 항쟁의 역사에 헌신하지 못했다. 그
리하여 화자는 그 부채감을 갚기 위해 민주화 투쟁에 헌신한 두 형의 길을 따
라 전교조의 합법화 투쟁에 나선 것이다.

4.

오늘 아침 충무로의 낡은 건물 좁은 방에서 창문을 여니,
여러 갈래로 가늘게 떨어지는
가난한 비가 내리고 있다.

어제, 태풍이 소멸해 사라져갔지만, 막내가 텐트를 치고
삼형이 담당하여 낮 12시에 마석모란공원에서 시작한
고 박석률 선생 2주기 추모식엔 그 비가 스몄다.
해직 교수와 시인 둘이 광주에서 올라와 빗속에 참석했다.

현대시의 가족애

비가 그치고, 광명으로 가 병원에서
3년 6개월째 의식을 회복하지 못하는 작은형을 보고,
7시에 충무로로 돌아와 밤 10시까지 사람들을 만났다.
추모식에 온 세 사람, 서울의 시인, 그리고 89년 전교조
건설 및 교사 해직 과정에 고등학생 운동을 한 두 제자를.

남민전 사건으로 체포된 박석률 형이 9년 세월이 지난 후 풀려났다.
이미 아버지는 세상을 떴고, 어머니는 고문과 폭력으로 다리를 제대로 못 쓰
게 되었고, 동생들은 남의집살이하거나 학교를 중단해서, 교사인 내가 번 돈을
모아 88년에 마련한 두 칸 셋방만이 무기수였던 형이 쉴 곳이었다.
식구들은 하룻밤을 함께 자고 흩어졌다. 그러나
나는 해직을 선택할 수 있게 되어 나의 길을 갔다.
다시 교사로 살아가면서, 쉰 살이 넘어 시를 짓는 사람,
시인의 길을 모색했다. 2017년 2월에 중도 퇴직한 후로는
교사 운동에 관여하지 않았다.

교사도, 노동자도, 농민도, 작가도 아닌 형은
74년에도, 95년에도 수감되어 10개월씩 살았으나
과장됨 없이 2017년 7월에 세상을 떴다.
그냥 '전사'로 남았다.

사람마다 지향이 달라, 누군가를 그리워하는
이유가 따로 있고 그리워할 사람이 따로 남는다.
형을 그리워하는 때 나에겐 분리와 반항, 가난함과 삶의
진실이 문제로 다가와 있었다. 그런데, 비 내리는 오늘
아침 나에겐 그리워할 사람으로 박석률 형이 남았다.
— 「그리워할 사람, 그리워하는 사람」 전문

위의 작품의 화자는 "오늘 아침 충무로의 낡은 건물 좁은 방에서 창문을"
열고 "여러 갈래로 가늘게 떨어지는" 비를 바라보다가 "가난한 비"를 인식하

고 어제의 일들을 떠올린다. "막내가 텐트를 치고/삼형이 담당하여 낮 12시에 마석모란공원에서 시작한/고 박석률 선생 2주기 추모식"이 있었던 것이다. 큰형의 추모식에는 고맙게도 "해직 교수와 시인 둘이 광주에서 올라와 빗속에 참석했다". 화자는 추모식을 마치고 "광명으로 가 병원에서/3년 6개월째 의식을 회복하지 못하는 작은형을 보고,/7시에 충무로로 돌아와 밤 10시까지 사람들을 만났다". "추모식에 온 세 사람, 서울의 시인, 그리고 89년 전교조/건설 및 교사 해직 과정에 고등학생 운동을 한 두 제자" 등이었다.

화자는 추모식을 치르고 사람들을 만나는 동안 큰형을 다시금 떠올리며 자신이 걸어온 길을 되돌아본다. "남민전 사건으로 체포된 박석률 형"은 "9년 세월이 지난 후 풀려났다". "이미 아버지는 세상을 떴고, 어머니는 고문과 폭력으로 다리를 제대로 못 쓰게 되었고, 동생들은 남의집살이하거나 학교를 중단"했다. 경제적인 활동을 할 가족이 없어 교사인 화자가 "번 돈을 모아 88년에 마련한 두 칸 셋방만이 무기수였던 형이 쉴 곳이었다". 그렇게 "식구들은 하룻밤을 함께 자고 흩어졌다".

그 뒤 화자는 큰형에 대한 도리를 다하기 위해 전교조 운동을 포기하지 않았다. "해직을 선택"했으며 자신의 "길을 갔다". "쉰 살이 넘어 시를 짓는 사람,/시인의 길을 모색"한 것이다. 물론 "2017년 2월에 중도 퇴직한 후로는/교사 운동에 관여하지 않"고 있지만, 화자는 "교사도, 노동자도, 농민도, 작가도 아닌 형"이 "74년에도, 95년에도 수감되어 10개월씩 살았으나/과장됨 없이 2017년 7월에 세상을" 뜬 큰형의 역사를 잊지 않는다. "그냥 '전사'로 남"은 큰형을 가슴속에 새기는 것이다.

"박석률 형"은 민청학련 사건과 남민전 사건 외에도 1995년 11월에서 1996년 8월까지 범민련(조국통일범민족연합) 사건으로 수감되었다. "통일 논의는 남북의 당국자를 위시한 소수의 사람들이 주도해왔는데, 통일 논의가 정치인이

나 누구의 독점물이 아니고, 국민 모두의 것이며, 정치적 통일에 앞서 민족공동체의 통일이 중요하기 때문에, '국민의 알 권리'와 '말할 권리'가 첫째로 보장되어야 합니다."[8]라는 큰형의 주장은 사법기관이 받아들이지 않았다. 범민련은 조국 통일의 실현을 목적으로 남한, 북한, 해외동포들이 결성한 통일운동 단체였지만, 1997년 대법원은 이적단체로 판결을 내렸다.

화자는 추모식을 마친 뒤 민청학련사건, 남민전사건, 범민련사건의 가담으로 오랫동안 옥고를 치른 큰형을 다시금 가슴에 품는다. 가족들의 가난과 불행과 불안이 큰형의 수감에서 비롯되었기 때문에 원망하는 마음을 갖기도 했지만, 그의 삶을 기꺼이 껴안는다. 큰형을 한 개인적인 존재를 넘어 시대적이고 역사적인 존재로 인정하는 것이다. 그리하여 "사람마다 지향이 달라, 누군가를 그리워하는/이유가 따로 있고 그리워할 사람이 따로 남는"데, 화자에게 형은 "분리와 반항, 가난함과 삶의/진실이 문제로 다가"온다. 결국 "비 내리는 오늘/아침 나에겐 그리워할 사람으로 박석률 형이 남"는 것이다.

화자는 큰형이 가난하게 살았지만 끝까지 남민전 전사의 길을 포기하지 않았다고 생각한다. 한국 민주주주의 진전과 조국 통일을 이루는 데 한 알의 밀알이 되었다고 평가하는 것이다. 화자는 "가지 않으면 길이 생기지 않는다"(「속보, 나의 길—존재함을 위하여」)라는 삶의 진리를 일깨워준 큰형에게 감사한다. 그리고 "어두운 곳에서 벗어나 지향하는/색깔로 시간을 만들어가"(「국밥집 가서 밥 한 숟가락 얻어 와라」)고자 시인의 길을 걷는다.

---

8   박석률, 『자주와 평화, 개혁으로 일어서는 땅』, 백산서당, 2003, 321쪽.

베트남 문화의 전도사

— 박경자 시집, 『프엉꽃이 데려온 여름』

1.

박경자는 한국 시문학사에서 베트남의 문화를 집중적으로 담아낸 시인으로 평가될 것이다. 시인은 베트남의 음식, 시장, 가족, 혼례, 제례, 직장 생활 등을 관광객처럼 소개하는 것이 아니라 현지인들과 함께하면서 이해하고 습득하고 있다. 시인이 베트남 사람으로 태어나서 자라고 생활하지 않았기 때문에 그들과 같은 문화의 뿌리를 갖는 것은 불가능하지만, 최대한 동질감을 가지고 수용하고 있는 것이다.

1992년 한국과 베트남이 수교에 합의한 이후 경제 분야뿐만 아니라 산업기술, 관광, 교육, 결혼, 스포츠 등 다양한 분야의 교류가 증대하고 있다. 베트남에 있는 한국인 수와 한국에 있는 베트남인 수가 각각 10만 명이 넘는다는 사실은 양국의 교류가 얼마나 활발하게 진행되고 있는지를 증명해준다.

1998년 김대중 정부가 베트남전쟁에 대해 공식적으로 '유감'을 표명한 뒤 역사 문제도 개선되고 있다. 그동안 많은 시민단체의 노력으로 양국 관계가 진전되고 있는데, 국가 차원에서 좀 더 적극적으로 사과하고 보상체계를 마련하는 것이 필요하다. 시인을 비롯한 예술가들의 동참 역시 요구된다. 베트남

현대시의 가족애

을 동남아시아의 한 시장이나 관광지로 협소하고 편협되고 표피적인 자세를 극복할 필요가 있는 것이다.

한국 시문학사에서 베트남을 본격적으로 담은 시인으로는 김태수를 들 수 있다. 그가 간행한 시집 『베트남, 내가 두고 온 나라』(푸른사상사, 2019)는 베트남전쟁의 참상을 정직하게 증언하면서 '자유의 십자군'이라는 허울 좋은 이름으로 참전했던 자신을 참회하고 있다. 생명을 건 수당으로 가난의 굴레를 벗어나려고 참전한 일이 결국 거대한 제국주의의 폭력에 동조한 것임을 깨닫고 베트남 사람들에게 속죄하고 있는 것이다. 이외에 김남일, 박영한, 방현석, 오현미, 이대환, 이원규, 조해인, 황석영 등이 쓴 소설과 김준태, 하종오 등이 쓴 시작품이 있다. 한국에 잘 알려진 베트남의 시인이나 소설가로는 반레, 찜짱, 휴틴, 탄타오, 바오닌, 응웬반봉, 응웬옥뜨 등이 있다. 이와 같은 상황에서 역사적인 전망을 가지고 베트남의 문화를 구체적으로 담아낸 박경자 시인의 작품들은 주목된다.

2.

박경자 시인의 시집에서 무엇보다 눈에 띄는 것은 음식들이다. 베트남의 녹두로 만든 빈대떡, 반까오 거리의 마트에서 사온 막걸리, 쑤언 할머니집 앞에서 삶고 있는 쌀국수, 신들만 먹었다고 전해지는 달고 맛있는 과일인 두리안(durian), 따뜻하고 꽃 모양의 과일인 나(Na), 담장 안에 달린 망고, 두리안처럼 생긴 커다란 과일인 밋(Jackfruit), 대나무 밥, 설 명절에 먹는 전통 떡인 반뗏(Banh Tet), 그리고 분짜(Bun Cha) 등이 시집 속에 풍요롭게 차려져 있다.

> 재래시장이 가까운 곳이었다
> 나와 지엠은 노상에 앉아 분짜가 나오기를 기다렸다

면을 말하는 분과 고기를 말하는 짜가 합쳐져서
이름이 분짜라고 했다
팔꿈치가 닿을 듯이 모여 앉은
우리의 옆자리에도 그 옆자리에도
푸른 향신채와 소스가 담긴 그릇이 먼저 나오는 사이
즐비한 플라스틱 의자와 테이블이 채워지고
거리가 주방인 그곳은
마치 커다란 광장 같았다
이마를 맞댄 동료들이 있고 아이의 손을 잡은 아빠가 있다
그릇을 나르는 남자의 표정은 넉넉하고
달콤 짭짤한 양념을 부채질하는 숯불 앞의 여자는
더위 먹은 입맛을 부추겼다
아무리 더워도 먹고 싶다는 눈빛 때문인지
거리를 메운 고기 냄새 때문인지
가로수는 그늘을 늘리고
오토바이는 경적을 멈춘다
나는 옆에 앉은 지엠을 따라
소스가 담긴 그릇에 고기와 고수를 담고
쌀로 만든 면을 넣었다
젓가락을 휘휘 저어
고기와 면과 고수를 감아올리면
하늘하늘 프엉꽃이 웃고 새들도 떠드는
잊을 수 없는 거리가 된다

— 「분짜 거리」 전문

위의 작품의 화자는 "면을 말하는 분과 고기를 말하는 짜가 합쳐져서/이름
이 분짜라고" 하는 음식을 먹고 있다. 분짜를 파는 곳은 "재래시장이 가까운
곳이었"는데, "팔꿈치가 닿을 듯이 모여 앉은/우리의 옆자리에도 그 옆자리에
도" 사람들이 들어차 "거리가 주방"이 될 정도로 인기가 있다. "마치 커다란

광장 같"은 그곳에 "이마를 맞댄 동료들이 있고 아이의 손을 잡은 아빠가 있"을 만큼 베트남 사람들이 즐겨 먹는 것이다.

위의 작품에서 한국 사람인 "나"는 "분짜"를 호기심을 가지고 대한다. "분짜"를 먹어본 적이 없는 "나는 옆에 앉은 지엠을 따라/소스가 담긴 그릇에 고기와 고수를 담그고/쌀로 만든 면을 넣"고 "젓가락을 휘휘 저어/고기와 면과 고수를 감아올"려 먹는다. 화자는 "분짜"의 이 기막힌 맛을 "하늘하늘 프엉꽃이 웃고 새들도 떠드는/잊을 수 없는 거리"로 나타내고 있다.

한국 사람인 "나"와 베트남 사람인 "지엠"이 함께 "분짜"를 먹는 모습은 서로의 마음을 주고받고 인정을 나누기에 끼니를 해결하는 것 이상의 의미를 갖는다. "분짜"를 먹을 줄 모르는 화자가 "지엠"이 친절하게 알려주는 대로 따라 먹기에 의사소통을 구체적으로 하는 것이다. 상대를 인정하고 존중하는 모습은 다음의 작품에서도 볼 수 있다.

토요일 오전에 미역국을 끓여서 디엡에게 갔다

발간색 내복과 양말을 신은 디엡이 문을 연다
산모의 얼굴이 푸석푸석하다
한국 음식을 좋아하는 그녀가 미역국을 반긴다

식탁에는 밥과 말려서 갈아놓은 돼지고기가 있다
막 밥을 먹으려던 그녀는 나에게 같이 먹자고 한다
노랗게 쪄진 밥 위에 포슬포슬한 루억을 얹고서
우리는 마주 보고 웃는다

미역국과 루억이 만난 식탁에는
야자나무에 열매가 차오르는 동안 아들을 낳은 디엡과
말하지 않아도 오가는 다정함이 있다

적도 부근에서도 크리스마스를 기다리는 십이월,
나는 그녀에게 자꾸만 더 먹어라 미역국을 권하고
그녀는 내 앞으로 루억을 밀어놓는다

— 「미역국과 루억」 전문

위의 작품의 화자는 "토요일 오전에 미역국을 끓여서 디엡"을 방문했다. "발간색 내복과 양말을 신은 디엡이 문을" 여는데, "산모의 얼굴이 푸석푸석하다". 그러면서도 "한국 음식을 좋아하는 그녀가 미역국을 반긴다".

"밥과 말려서 갈아놓은 돼지고기가 있"는 식탁에서 "막 밥을 먹으려던 그녀는" 화자에게 "같이 먹자고" 인정을 베푼다. "노랗게 쪄진 밥 위에 포슬포슬한 루억을 얹고서" 서로 "마주 보고 웃는다". "미역국과 루억이 만난 식탁에는/야자나무에 열매가 차오르는 동안 아들을 낳은 디엡과/말하지 않아도 오가는 다정함이 있"는 것이다. 그와 같은 모습은 "적도 부근에서도 크리스마스를 기다리는 십이월,/나는 그녀에게 자꾸만 더 먹어라 미역국을 권하고/그녀는 내 앞으로 루억을 밀어놓는" 데서도 볼 수 있다.

한국인은 산후조리의 음식으로 "미역국"을 필수적으로 먹는다. 임신했을 때 못지않게 출산한 뒤에도 영양 보충이 필요한데, 칼슘과 비타민 등이 풍부한 "미역국" 섭취로 조달하는 것이다. 미역은 몸이 약해진 산모의 원기를 회복하는 데 도움을 주기에 화자는 "미역국"을 끓여 "디엡"을 찾아갔다. 물론 "미역국"이 몸에 좋은 음식이라고 할지라도 익숙하지 않은 사람에게는 부담이 될 수 있다. 그렇지만 화자는 "디엡"이 "한국 음식을 좋아하는" 것을 알고 있기에 가져갔고, 아니나 다를까 그녀는 "미역국을 반"겼다. 그 결과 "디엡"에게는 돼지고기로 만든 "루억"에다가 "미역국"이 더해져 보양식이 훨씬 풍요로워졌다.

화자가 "디엡"에게 호의를 베푼 것은 같은 여성으로서 공감하는 바가 크기

현대시의 가족애

때문이었다. 화자는 여성이 출산할 때 느끼는 고통이 인간으로서 느끼는 고통 중에서 가장 크다는 것을 잘 알고 있다. 그리하여 국적의 차이와 상관없이 동질감을 가지고 "디엡"에게 "미역국"을 전한 것이다.

이와 같이 작품들의 화자는 음식물을 끼니를 해결하는 것 이상으로 인식하고 있다. 빨간색 구두를 신고 오는 "타오"가 "고향에서 가져온 옥수수를 나는 좋아"하고, 그녀는 "내가 만든 김밥과 김치를 좋아"(「빨간 구두 타오」)하듯이 음식물 교류를 통해 연대의식을 추구한다. "히에우가 가족과 함께 만들었다며/ 바나나 잎에 찐 떡"인 "반떽"(「반뗏을 먹다」)을 가지고 와 화자와 나누어 먹는 모습도 그러하다. 화자가 "디엡과 함께 '나'라고 하는 이름의 껍질을 벗"기면서 "베트남 8월의 시장에는 온통/너와 함께 '나'가 기다리고 있"(「나(Na)」)다고 느끼는 것도 마찬가지이다. 결국 화자는 음식 문화의 교류로써 국적의 차이를 극복하고 있는 것이다.

3.

1.
캄캄한 동네를 돌고 돌아 불빛이 새어 나오는 곳에
조안이 서 있었다
마당에는 제사를 지낸 친척들이 기다렸다
나는 조안의 아버지를 모신 신주 앞에 향을 올렸다
큰아버지와 고모와 사촌들이 이방인을 환영했다
술잔을 권하고 악수를 청했다
이방인은 그들과 술잔으로 통했다

2.
식사를 하는 동안 남자들이 주방을 들락거렸다
조안이 내 그릇에 음식들을 놓아주었다

누나가 만들었다는 고수와 함께 볶은 조갯살이 맛있었다
홀로된 어머니를 보살피는 누나가 있고
아버지의 빈자리를 살뜰히 챙기는 큰아버지가 있고
부지런하고 구김 없는 조안이 있었다
발음되지 않는 언어들이
마주보며 목을 타고 흐르는 밤이었다

　　3.
조안의 어머니가
코코넛이 씹히는 초록색 떡과
녹두 가루가 섞인 달달한 과자를 선물했다

과자통 밑에서 지폐 두 장이 나왔다
오늘 밤, 시간을 거슬러
나는 시골 삼촌 댁을 다녀온 것 같다
작은 손에 차비를 꼭 쥐여주시던 숙모님이 그립다

　　　　　　　　　　　　　　　　　　　—「조안의 가족들」전문

　위의 작품의 화자는 가깝게 지내는 "조안"의 집에 찾아가 그녀의 "아버지를
모신 신주 앞에 향을 올"렸다. 화자가 예를 갖추자 그녀의 "큰아버지와 고모
와 사촌들이 이방인을 환영"하고 "술잔을 권하고 악수를 청했다". 화자는 "그
들과 술잔으로 통"할 정도로 함께해 친분을 쌓았다.

　화자는 "식사를 하는 동안" "조안" 가족의 공동체 의식을 확인할 수 있었다.
"조안의 누나"는 "고수와 함께 볶은 조갯살"을 만들었을 뿐만 아니라 "홀로된
어머니를 보살피"고 있었다. "아버지의 빈자리를 살뜰히 챙기는 큰아버지가
있"는 사실도 알았다. 그와 같은 가족의 사랑을 받는 "조안"은 "내 그릇에 음
식들을 놓아"줄 정도로 인정이 많았고, "부지런하고 구김 없는" 생활을 했다.
화자는 "조안"의 가족들 앞에서 "발음되지 않는 언어들이/마주 보며 목을 타

　　　　　　　　　　　　　　　　　　　　　　　현대시의 가족애

고 흐르는" 감동을 느꼈다.

가족들의 인정스러움은 화자가 방문을 마치고 떠나올 때도 마찬가지였다. "조안의 어머니가/코코넛이 씹히는 초록색 떡과/녹두 가루가 섞인 달달한 과자를 선물"했을 뿐만 아니라 "과자통 밑에" 몰래 "지폐 두 장"도 넣어주신 것이다. 이와 같은 융숭한 대접을 받은 화자는 어렸을 때 "시골 삼촌 댁을 다녀온 것 같다"는 느낌을 받았다. 자신의 "작은 손에 차비를 꼭 쥐여주시던 숙모"도 떠올랐다.

베트남 사람들의 가족 공동체 의식은 다른 작품들에서도 볼 수 있다. 예를 들어 "튜"는 "격주로 양쪽 부모님 집을 오가며 매달 생활비를 드리고", "입원한 할머니의 병원비를 형제들"(「점심시간의 회식」)과 함께 부담하고 있다. "디엡"은 "설날을 기다리고/친척들을 기다렸다가/아끼는 김치를 함께 먹으려"(「김치 있어요?」)고 한다. "월급을 모두 고향의 부모님께 보내는 따오"(「봄날」)나, "조카를 위하여 지난주에 이어 또 잔치를 열"어주는 "뚜안의 큰아버지"(「두 번째 만남」)도 그러하다. 심지어 "버나인"은 아내와 딸을 버리고 네 번이나 결혼한 아버지를 내치지 않고 "안부를 묻고/엄마 몰래 용돈을 드리고/아무리 힘들어도 여전히 가족"(「안녕, 버나인」)으로 여긴다. "리엔"은 두 번째 부인에서 태어난 "남편과 함께"(「리엔의 시아버지」) 자식이 없어 혼자 바닷가 마을에 사는 시아버지의 본처 집에 친자식처럼 찾아가 인사를 드린다.

이와 같은 가족 공동체 의식은 "호텔 까멜라에 작은 사당이 있"(「신들의 집」)고, "조상신에게 꽃을"(「잠옷과 꽃 자전거」) 올리려고 잠옷 차림으로 준비하는 후손의 모습에서도 볼 수 있다. 베트남 사람들에게 조상 숭배는 대단히 중요한 윤리이고 덕목이다. 베트남의 가보(家譜)가 조상이 돌아간 연월일, 즉 기일을 기록한 비망록의 성격이 짙은 것에서도 알 수 있다. 베트남 사람들은 제사는 저세상으로 떠난 조상들을 편하게 쉬도록 하기 위해 절대적으로 필요하다고

믿고 있다.[1]

마당에는 토종닭과 돼지고기로 만든 음식들이 반기고
찹쌀로 담근 전통주와 붉은 찰밥으로
잔칫상이 가득하다

아오자이를 곱게 입은 신부의 어머니와
양복을 갖춘 신부의 아버지가 나란히
하객들 사이를 돌며 술잔을 권한다

동료들이 모여 앉은 자리에는 웃음소리가 끊이지 않는다
누군가 신부에게 선물을 내밀자 즉석에서 열어본다
줄줄이 이어붙인 만 동짜리 지폐가 꼬리를 물고 나온다
신랑 신부의 머리 위에서 지폐가 펄럭인다

집 앞에 설치한 스피커에서 음악이 울리고
화려한 드레스가 조그만 시골 마을을 들썩거린다
꽃처럼 환한 신부가 활짝 웃으면 신랑이 따라 웃는다
—「응우옌 씨네 마을의 피로연」 부분

"마당에는 토종닭과 돼지고기로 만든 음식들이 반기고/찹쌀로 담근 전통주와 붉은 찰밥으로/잔칫상이 가득"하듯이 결혼식은 그지없이 풍성하다. "아오자이를 곱게 입은 신부의 어머니와/양복을 갖춘 신부의 아버지가 나란히/하객들 사이를 돌며 술잔을 권"하듯이 정겹고 즐겁기도 하다. 마을 사람들은 신랑 신부가 가계를 유지해 조상을 숭배할 수 있기를 바라며 기꺼이 축하하는 것이다.

---

1   유인선, 『근세 베트남의 법과 가족』, 위더스북, 2014, 76쪽.

베트남의 결혼식 풍경은 산업화와 도시화가 본격화되기 이전의 한국과 다르지 않다. 자신의 고장에서 가족과 함께 농사를 지으며 살아온 사람들은 미지의 세계로 떠나려고 하지 않는다. 자신이 태어난 고향에서 살다가 뼈를 묻으려고 하고, 고향을 떠난 사람들도 언젠가는 돌아와 살려고 한다. 그만큼 자기 마을에 대한 애착심이 크고 공동체 의식이 강하다. 마을의 풍습과 관습도 스스로 지키려고 한다. "동료들이 모여 앉은 자리에는 웃음소리가 끊이지 않"고, "누군가 신부에게 선물을 내밀자 즉석에서 열어"보아 "조그만 시골 마을"이 "들썩거"리는 것이 그 모습이다.

그렇지만 베트남의 결혼 문화는 산업화와 도시화가 진행되면서 변하고 있다. 아직 인구의 70% 정도가 농촌에 거주하고 있는 농업 국가이지만 산업화가 진행될수록 제조업 국가로 변하게 되어 결혼 문화도 달라질 것이다. "고향에서 농사를 짓던 쑤언도/영어를 잘하는 뚜엔도/한국에서 유학한 롱도/남녀할 것 없이/출근 시간이면 오토바이를 타고" "수만 평 대지 위에 생산의 깃발이 펄럭이는"(「짱쯔에 공단」) 공장으로 몰려드는 장면에서 예상할 수 있다. 이러한 변화에는 베트남에 진출한 한국의 기업이 4천 개가 넘는다는 사실에서 증명되듯이 한국의 영향이 크다. 국제결혼의 증가도 마찬가지이다.

마흔이 넘도록 결혼을 못한 영식 씨가 리엔 씨와 결혼을 한다
베트남 회사에서 만난 신부는 18살 연하다

영식 씨에게는 꿈도 못 꿀 일이
바다를 건너와 이루어지고 있다

젊은 신부를 위해 화려한 꽃들을 준비하고
젊은 장인 장모의 표정을 읽고 있다

호텔 야외 결혼식장에서
주변의 호기심과 날 선 시선들을 한몸에 받고 있다
결혼도 전에 신부네 집에 불려가 힘든 집안일을 했다거나
처갓집 음식이 입에 맞지 않아 고추장을 들고 다닌다거나
서로에게 숙제로 남은 언어들이 허공을 떠돌고
우려와 부러움이 섞인 시선을 따라
하얀 드레스를 입은 신부가 등장한다

멀리서도 화색이 도는 영식 씨의 얼굴에는
내일 일을 미리 걱정할 필요는 없다는 듯
신부를 향한 입꼬리가 올라가고
식장에는 양국의 언어가 화음을 맞춘 음악처럼 흐른다

— 「한국 남자 영식 씨」 전문

"마흔이 넘도록 결혼을 못한" 한국 남성 "영식 씨"가 베트남 여성 "리엔 씨와 결혼"식을 올리고 있다. "베트남 회사에서 만난 신부는 18살 연하"일 정도로 "영식 씨에게는 꿈도 못 꿀 일이/바다를 건너와 이루어"진 것이다. 신랑 신부는 "호텔 야외 결혼식장에서/주변의 호기심과 날 선 시선들을 한몸에 받고 있다". "결혼도 전에 신부네 집에 불려가 힘든 집안일을 했다거나/처갓집 음식이 입에 맞지 않아 고추장을 들고 다닌다거나/서로에게 숙제로 남은 언어들이 허공을 떠돌고/우려와 부러움이 섞인 시선"들이 결혼식장을 채우고 있는 것이다. 그렇지만 신랑과 신부는 주위의 걱정과 우려에 신경 쓰지 않고 사랑하는 마음을 나타내고 있다. "하얀 드레스를 입은 신부가 등장"하자 "멀리서도 화색이 도는 영식 씨의 얼굴에는/내일 일을 미리 걱정할 필요는 없다는 듯/신부를 향한 입꼬리가 올라가"는 것이다.

어느덧 한국이나 베트남에서 이루어지는 다문화 결혼은 낯선 풍경이 아니다. 2017년 한국 통계청이 발표한 자료에 따르면 결혼 이민자 출신국 중에서

베트남이 377명으로 2위인 중국(39명)에 비해 압도적으로 많다. 결혼 이민자의 배우자 관계 만족도도 베트남인 경우는 86.9%(매우 만족 68.3%, 만족 18.6%)이고, 결혼 이민자의 전반적 생활 만족도도 베트남인 경우 83.6%(매우 만족 58.3%, 만족 25.3%)로 비교적 높은 편이다.[2] 한국인과 베트남인이 결합하는 다문화 가정은 더욱 늘어날 것이다.

4.

베트남은 B.C 2879년 반 랑국[文郎國]이라는 독립 왕국으로부터 시작된 유구한 역사를 가지고 있다. 식민지의 경험 또한 오래되어 214년 중국을 통일한 진나라의 침략 이후 천 년 동안 지배를 받았다. 13세기에는 몽골로부터 3차례의 침략을 받았고, 1862년부터는 프랑스의 지배를 받았으며, 1940년부터는 일본의 지배를 받았다. 1945년 일본이 제2차 세계대전에서 패하자 같은 해 9월 2일 호치민[胡志明]을 중심으로 베트남민주공화국을 선언했다. 그렇지만 1946년 프랑스의 반대에 부딪혀 제1차 인도차이나 전쟁을 겪었다. 1954년 베트남이 전쟁에서 승리했지만, 같은 해 7월 제네바 협정에 따라 소련이 지원하는 북부와 미국이 지원하는 남부로 분할되었다. 그 후 북베트남을 중심으로 독립전쟁이 일어나자 미국이 개입해 소위 베트남전쟁으로 불리는 제2차 인도차이나 전쟁을 겪었다. 1973년 미국이 철수하면서 휴전되었고, 1976년 북베트남 주도로 베트남사회주의공화국이 탄생되었다.[3]

이와 같은 역사에서 보듯이 베트남은 세계 강국의 지배로부터 독립해 민족

---

2   https://kosis.kr/statisticsList/statisticsListIndex.do?menuId=M_01_01&vwcd=MT_ZTITLE&parmTabId=M_01_01#SelectStatsBoxDiv

3   송정남, 『베트남의 역사』, 부산대학교 출판부, 2000, 439~603쪽.

의 자주와 자치를 회복한 강한 민족이다. 한국은 1964년 외과병원 파병을 시작으로 베트남전쟁에 전투병력을 파병함으로써 베트남 국민들에게 큰 원망과 상처를 주었다. 1992년 두 나라가 수교를 맺은 뒤 지금까지 경제 분야는 물론이고 다양한 교류를 통해 관계를 개선하고 있다. 따라서 베트남의 역사를 이해하는 것이 더욱 필요하다.

전쟁을 기억하려는 사람들이 있었다
그들은 탱크에 올라가서 총을 겨누어보기도 하고
탄알 없는 대포를 쏘기도 하고
헬리콥터에 앉아보기도 하면서 사진을 찍었다
미국과 프랑스와 싸웠던 생생한 흔적의 박물관 야외에는
발길이 끊이지 않았다

수천 대의 살상 무기를 상대로
여자들은 아이를 안고 총을 들었다
산골짜기 위로 무기를 나르고 식량을 제공하는 민간인들이 있었다
적군을 포위한 군인들은 물러서지 않았다

산산조각이 난 미 전투기의 잔해를 모아
탑을 세운 국민들

남편을 잃고 자식을 잃었지만
전쟁은 비극에서 끝나지 않았다

비 오듯 퍼부었을 포탄을 잊지 않고 있는 국민들이 있다
추락한 미국의 폭격기를 끌어내고 있는 소녀의 사진이
끈적한 열대의 바람을 일으킨다
— 「하노이 군사 박물관에서」 전문

현대시의 가족애

제2차 인도차이나 전쟁 때 베트남 사람들은 도망치지 않고 맞섰다. "수천 대의 살상 무기를 상대로/여자들은 아이를 안고 총을 들었"을 뿐 아니라 "산 골짜기 위로 무기를 나르고 식량을 제공하는 민간인들"도 많았다. "적군을 포 위한 군인들"도 결코 "물러서지 않았다".

베트남 국민들은 그 역사를 잊지 않기 위해 "산산조각이 난 미 전투기의 잔 해를 모아/탑을 세"웠다. "비 오듯 퍼부었을 포탄을 잊지 않"으려고 만든 것 이다. "전쟁을 기억하려는 사람들"은 "탱크에 올라가서 총을 겨누어보기도 하 고/탄알 없는 대포를 쏘기도 하고/헬리콥터에 앉아보기도 하면서 사진을 찍" 는다. "미국과 프랑스와 싸웠던 생생한 흔적의 박물관 야외에는/발길이 끊이 지 않"는데, 여성 박물관에도 마찬가지이다.

여기 여성들이 있어요
태어나 총을 들고 밭을 일구던 여성들

벽면을 가득 채운 훌륭한 여성들의 얼굴이 있고
독립운동 때 사용했던 가짜 신분증, 실제로 사용했던 타자기
여성 군복과 모자가 있어요

전통 혼례복과 출산과 젖을 먹이는 엄마가 있고
여자들이 돌리던 방아가 있고
웃는 얼굴이 우리의 어머니의 어머니와 많이 닮았어요
밖에서 농사를 짓고 집에서 불을 피우고
남편과 자식을 잃고도 어깨에 총을 멨어요

이곳에는 국가가 있고 꽃이 있어요
영원히 시들지 않는 꽃이
여전히 어깨에 무거운 바구니를 메고

머리에는 논라를 쓰고 있어요

— 「하노이 여성 박물관」 전문

"하노이 여성 박물관"에는 "태어나 총을 들고 밭을 일구던 여성들"이 있다. 또한 "벽면을 가득 채운 훌륭한 여성들의 얼굴이 있"는데, 그들이 "독립운동 때 사용했던 가짜 신분증, 실제로 사용했던 타자기/여성 군복과 모자" 등도 전시되어 있다.

"여성 박물관"인 만큼 "전통 혼례복과 출산과 젖을 먹이는 엄마가 있고/여자들이 돌리던 방아가 있"다. "밖에서 농사를 짓고 집에서 불을 피우"기도 한다. 그 "웃는 얼굴이 우리의 어머니의 어머니와 많이 닮았"다. 그러면서도 "남편과 자식을 잃고도 어깨에 총을" 메고 있는 모습이 색다르다. 그리하여 화자는 "이곳에는 국가가 있고 꽃이 있어요/영원히 시들지 않는 꽃이" 있어요, 라고 베트남 여성들의 강인함을 노래한다.

실제로 베트남 여성들은 "전쟁에 나간 남편을 대신하였고/전쟁에서 돌아온 남편을 두고도" "여전히 지게를 메고 있다"(「꽝가인」). 베트남 가족은 가부장제로 남편이 가정 내에서 우위를 점하고 있지만, 아내는 논을 갈고 추수를 하는 등 농사일을 남편만큼 한다. 또한 상업 활동으로 가족 경제에 크게 기여하고 있다. 이렇듯 가정에서 남편이 아내보다 우위에 있다고 하더라도 아내의 역할이 제한받지 않는다. 나라가 어려울 때는 "밭을 일구던 여성들이" "총을 들"기도 한다.

베트남의 역사와 문화를 구체적으로 담아낸 박경자 시인의 작품들은 베트남 사람들과의 연대를 추구하고 있기에 의미가 크다. 박경자 시인은 박항서 감독과 함께 "천 년을 참았던 열기가/한꺼번에 뜨거워져 밤을 흔들어놓"(「박항서 매직」)는 베트남 관중들과 함께한다. "한국말을 좋아하고 한국 음식을 좋아하는" 베트남 여성들이 "방탄소년단의 '봄날'을 부"(「봄날」)르자 함께 부른다.

"하노이 대학에서 한국어를 전공한 히엔은 교수가 꿈이"고 "경영학을 전공한 흐엉은 한국 회사에 취직하"(「히엔과 흐엉」)는 것이 꿈인데 기꺼이 응원한다. "쓸모없이 버려지던 바나나 잎을/포장지로 사용하는"(「바나나 잎의 변신」) 지혜를 베트남 시민들에게 배운다. 생일 축하 행사를 점심시간에 가져 근무 시간을 아끼는 것은 물론 "초코파이", "치약과 칫솔", "샴푸"(「생일 선물」) 등을 선물로 전하는 실용성을 베트남 회사원들에게 배우기도 한다. 궁극적으로 한국 사람들이 베트남 사람들과 함께 지향해야 할 "사랑을"(「COVID-19」) 인식하고 추구하는 것이다.

발표지 목록

제1부

「경물(景物)의 시학」(유진택 시집, 『염소와 꽃잎』, 푸른사상사, 2019)

「인학(仁學)의 서정시」(이흔복 시집, 『내 생에 아름다운 봄날』, 도서출판 b, 2021)

「고요의 시학」(박노식 시집, 『고개 숙인 모든 것』, 푸른사상사, 2017)

「관계의 시학」(권진희 시집, 『죽은 물푸레나무에 대한 기억』, 푸른사상사, 2012)

「긍정의 시학」(김종상 시집, 『고갯길의 신화』, 푸른사상사, 2017)

제2부

「'당신'의 시학」(이인호 시집, 『불가능을 검색한다』, 푸른사상사, 2018)

「시간의 얼굴」(김승종 시집, 『푸른 피 새는 심장』, 파란, 2022)

「지천명의 필사(筆寫)」(최부식 시집, 『봄비가 무겁다』, 문학의전당, 2015)

「비유의 시학」(서상규 시집, 『철새의 일인칭』, 푸른사상사, 2011)

「기억의 시학 ― 김재혁 시집, 『아버지의 도장』」(『현대시학』, 2007년 4월호)

「장소애의 시학」(최동호의 시 세계, 『수원문학』 37호, 2015)

현대시의 가족애

제3부

「현대시에 나타난 가족관계」(『시와 사상』, 2015년 봄호)

「가족이라는 이름」(이삼현 시집, 『봄꿈』, 생각나눔, 2022)

「가족애의 시학」(허윤설 시집, 『마지막 버스에서』, 푸른사상사, 2019)

「가족의 시학」(윤중목 시집, 『밥격』, 천년의시작, 2015)

「모성의 시학」(정진남 시집, 『성규의 집』, 푸른사상사, 2017)

「대상애와 가족애의 화음」(박금아 수필집, 『무화과가 익는 밤』, 푸른사상사, 2021)

제4부

「난쟁이의 달나라」(조미희 시집, 『자칭 씨의 오지 입문기』, 문학수첩, 2019)

「사회학적 상상력」(황주경 시집, 『장생포에서』, 푸른사상사, 2019) * 원제는 「사회학
　　　적 상상력의 시」

「함몰될 수 없는 이름, 광부」(『현대시학』, 2021년 1~2월호) * 원제는 「함몰될 수 없
　　　는 이름, 광부 시인 ─ 성희직, 정연수 시인」

「남민전의 계승」(박석준 시집, 『시간의 색깔은 자신이 지향하는 빛깔로 간다』, 푸른사
　　　상사, 2020)

「베트남 문화의 전도사」(박경자 시집, 『프엉꽃이 데려온 여름』, 푸른사상사, 2020)

찾아보기

현대시의 가족애

초판 1쇄 인쇄 · 2022년 10월 25일
초판 1쇄 발행 · 2022년 11월 5일

지은이 · 맹문재
펴낸이 · 한봉숙
펴낸곳 · 푸른사상사

주간 · 맹문재 | 편집 · 지순이 | 교정 · 김수란, 노현정 | 마케팅 · 한정규
등록 · 1999년 7월 8일 제2-2876호
주소 · 경기도 파주시 회동길 347-16 푸른사상사
대표전화 · 031) 955-9111(2) | 팩시밀리 · 031) 955-9114
이메일 · prun21c@hanmail.net
홈페이지 · http://www.prun21c.com

ISBN 979-11-308-1964-8 93800
값 25,000원